BEST SELLER

Javier Reverte (Madrid, 1944) es un escritor de dilatada carrera y autor de una obra singular, que incluye novelas, libros de viaje y dos poemarios. Formado en el periodismo, oficio que desempeñó durante casi treinta años tanto en medios escritos como audiovisuales, se dedica ahora plenamente a la literatura y ha logrado, en pocos años, ser uno de los escritores más leídos de España. Entre sus libros de viaje, que han encontrado un eco enorme entre los lectores, destacan los títulos *El sueño de África* (1996), *Vagabundo en África* (1998), *Corazón de Ulises* (1999), *Trilogía de Centroamérica* (2000), *Dios, el diablo y la aventura* (2001) y *Los caminos perdidos de África* (2002), *El río de la desolación* (2004) y *La aventura de viajar* (2006). En cuanto a las novelas ha publicado, entre otras, *Campos de fresa para siempre* (1986), *Muerte a destiempo* (1988), *Todos los sueños del mundo* (1999), *La noche detenida* (2002, I Premio de Novela Ciudad de Torrevieja) y *El médico de Ifni* (2005).

Biblioteca

JAVIER REVERTE

La aventura de viajar

DEBOLSILLO

Diseño de la portada: Departamento de diseño de Random
House Mondadori/Yolanda Artola
Fotografía de la portada: © Brigitte Sporrer/Zefa/Corbis

Primera edición en DeBOLS!LLO: febrero, 2008

Printed in Spain – Impreso en España

ISBN: 978-84-8346-557-8 (vol. 523/10)
Depósito legal: B. 1.113-2008

Compuesto en Fotocomposición 2000, S. A.

Impreso en Novoprint, S. A.
Energia, 53. Sant Andreu de la Barca (Barcelona)

P 865578

A mis buenos amigos de Quinzanas (Asturias),
Berto, Ramón y Pepe «Xilu»

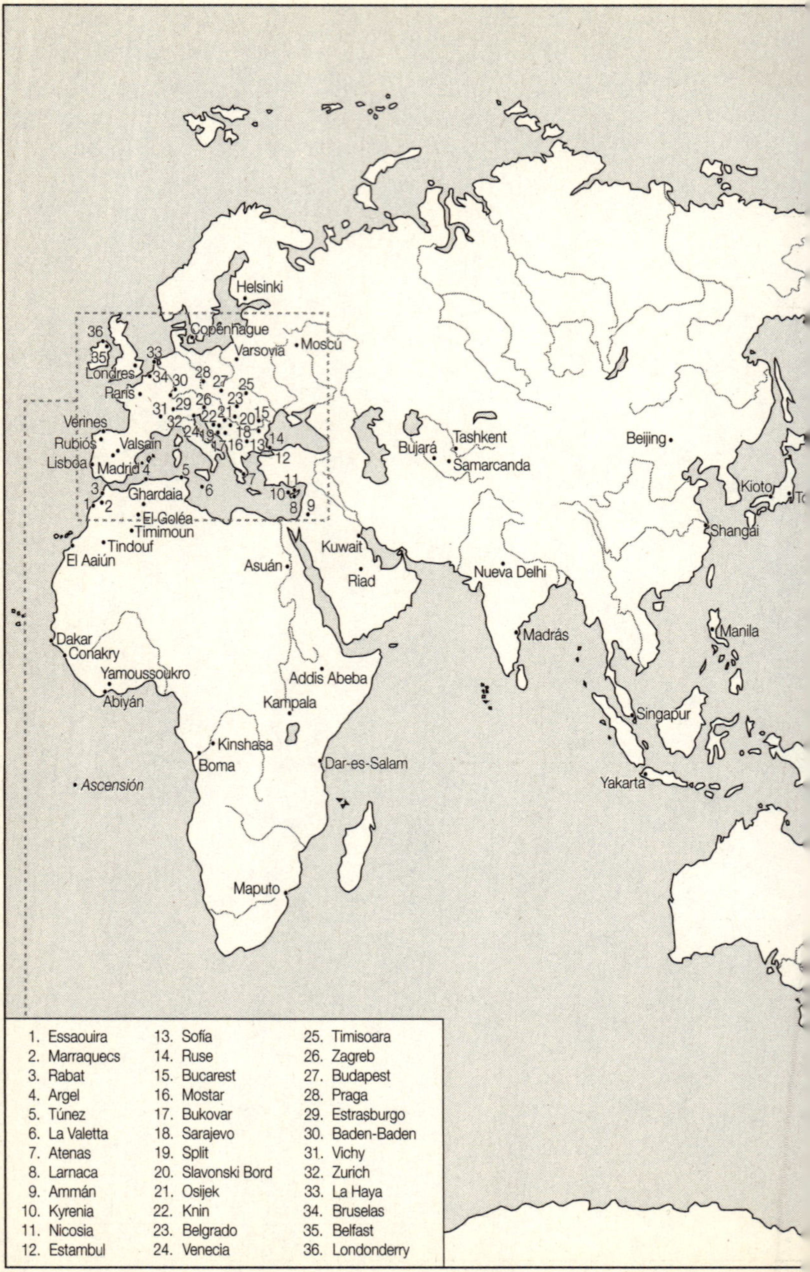
Helsinki
Copenhague
Moscú
Varsovia
Londres
París
Verines
Rubiós
Valsaín
Lisboa
Madrid
Ghardaia
El Goléa
Timimoun
Tindouf
El Aaiún
Asuán
Kuwait
Riad
Bujará
Tashkent
Samarcanda
Beijing
Kioto
Shangai
Nueva Delhi
Madrás
Manila
Singapur
Yakarta
Dakar
Conakry
Yamoussoukro
Abiyán
Addis Abeba
Kampala
Kinshasa
Boma
Dar-es-Salam
Ascensión
Maputo
1. Essaouira
2. Marraquecs
3. Rabat
4. Argel
5. Túnez
6. La Valetta
7. Atenas
8. Larnaca
9. Ammán
10. Kyrenia
11. Nicosia
12. Estambul
13. Sofía
14. Ruse
15. Bucarest
16. Mostar
17. Bukovar
18. Sarajevo
19. Split
20. Slavonski Bord
21. Osijek
22. Knin
23. Belgrado
24. Venecia
25. Timisoara
26. Zagreb
27. Budapest
28. Praga
29. Estrasburgo
30. Baden-Baden
31. Vichy
32. Zurich
33. La Haya
34. Bruselas
35. Belfast
36. Londonderry

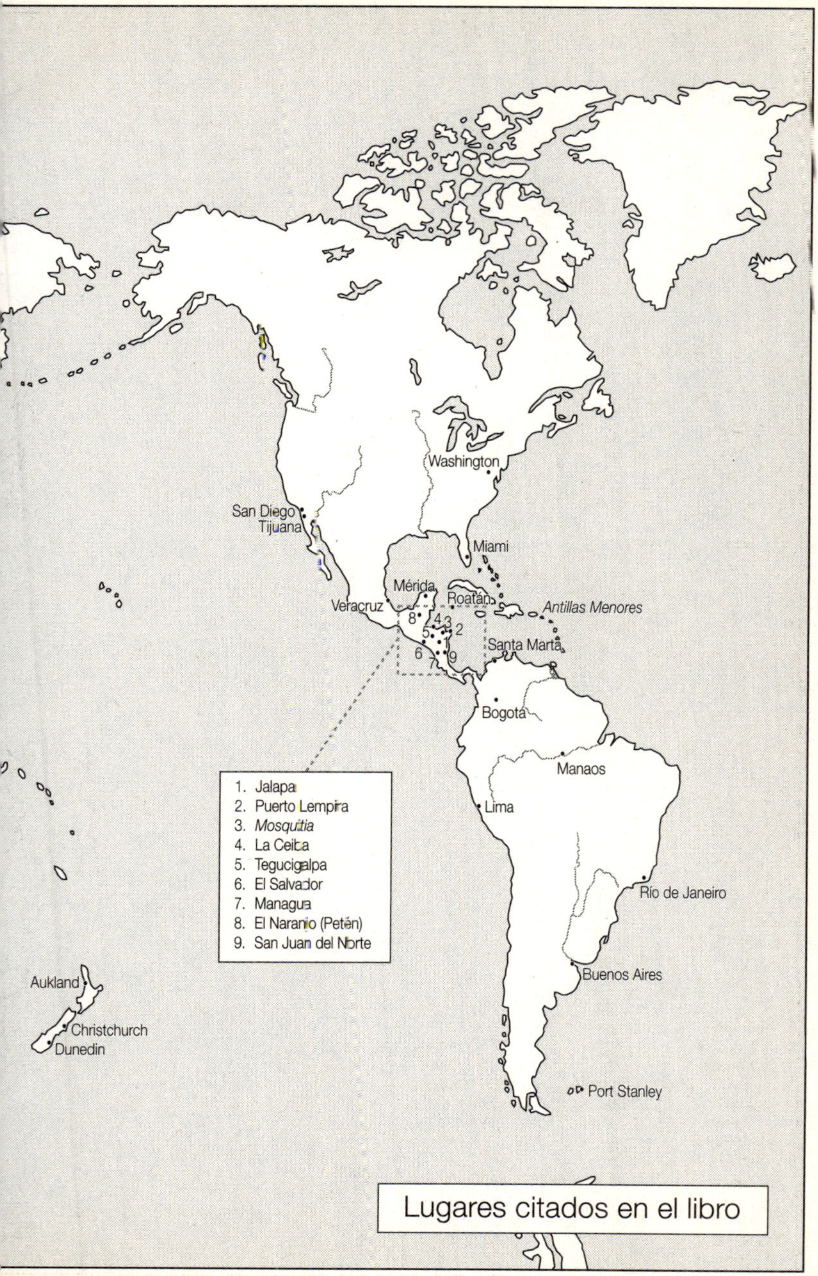

Lugares citados en el libro

Índice general

Prólogo

Siempre tuve el propósito, hasta donde mi memoria alcanza, de ser escritor. Pero nunca, hasta hace muy pocos años, se me ocurrió ser un narrador de viajes. Mi primer libro viajero surgió de manera espontánea y por casualidad.

Siendo un niño de ocho o nueve años, le dije a mi tía Amelia, una hermana de mi padre, que quería ser misionero, marcharme a África y, a la vuelta, hacerme escritor. Ella me dio un capón cariñoso y me contestó que me olvidase de la idea, que Dios ya estaba muy bien servido. Entonces pensé que sería explorador en lugar de misionero; pero mi tía volvió a propinarme un capón y me informó de que ya no quedaba ningún territorio por explorar en el mundo. Debió de ser en ese momento cuando decidí dedicarme a relatar aventuras imaginarias, copiadas de los libros que leía entonces, tomando la precaución de no decírselo a mi tía, por si acaso trataba de disuadirme a base de capones. Empecé varias novelas sobre piratas y galeones, sobre policías y ladrones, sobre forajidos y sheriffs del Oeste americano, sobre exploradores y tribus salvajes, y sobre cazadores de fieras y buscadores de oro. Cada día comenzaba una novela nueva y al siguiente la abandonaba por otra. No concluí ninguna de ellas.

Por aquellos días los niños viajábamos muy poco y la realidad de nuestro entorno ofrecía escasas emociones. Yo creo que, hasta los once o doce años, no me había alejado de Madrid más allá de ochenta kilómetros. Ni desde luego había visto el mar, ni por supuesto había vivido una verdadera aventura. Pero los chavales de entonces teníamos otra forma de viajar y apasionarnos con la existencia: la imaginación.

En la acera de enfrente de la casa madrileña donde nací, en el número 20 de la calle Joaquín María López, había una pequeña tienda, junto a una carbonería, que guardaba lo que varios de mis amigos y yo considerábamos los mejores tesoros. Era un comercio estrecho y profundo, sin ventanas al exterior. A la entrada se vendían golosinas, y el resto de la oferta la constituían los maravillosos tebeos. Muy viejos casi todos, por lo general gastadísimos, a punto de desencuadernarse la mayoría, incluso algunos con una buena parte de sus hojas comidas por las polillas. El dueño, que se sentaba al fondo, alumbrado por la mezquina luz de una bombilla de pocos vatios, era un hombre grueso y silencioso que nos producía cierto temor. Casi nunca hablaba. Se contentaba con gruñir cuando le cambiábamos nuestros tebeos usados por los suyos, añadiendo unos céntimos de peseta. Me pregunto ahora cómo podían sobrevivir muchas familias de la posguerra española con aquellos misérrimos negocios.

A bordo de los cuadernos de viñetas coloreadas navegué por los Mares del Sur y entré en el corazón de las selvas amazónicas, busqué oro en las minas de Alaska y tesoros en las sierras inaccesibles de los Andes, asalté carruajes al lado de Dick Turpin y acabé con bandas de gánsteres malignos junto a Roberto Alcázar y Pedrín, e incluso recorrí el espacio en la nave de Diego Valor, perseguido por el pérfido Mekong, rey de los marcianos.

Los tebeos llenaban nuestros sueños de paisajes y hechos extraordinarios; pero contábamos además con lo que entonces se llamaba cines «de sesión continua», esto es: las salas que programaban dos películas y, al término de la segunda, volvían a proyectarlas sin apenas interrupción, de tal modo que había una oferta de cuatro películas diarias, si querías repetir, por el precio de una entrada. Estos cines abundaban en los barrios madrileños, en tanto que en el centro de la ciudad estaban los «de estreno», que tan sólo ofrecían un filme y cuyas entradas eran mucho más caras.

Sentados en las butacas o en el «gallinero» (la parte superior del anfiteatro), los chicos podíamos cabalgar con John Wayne por las praderas del territorio indio, o recorrer África cazando animales y combatiendo tribus caníbales junto a Stewart Granger y Deborah Kerr, o vengar las injusticias uniéndote a la tropa de Robin Hood, o asaltar galeones cargados de riquezas enrolado en la banda del pirata Errol Flynn.

Por si fuera poco, cuando yo tenía unos diez años, comencé a asomarme a los libros de aventuras escritos por Edgar R. Borroughs, Zane Grey, Oliver Curwood… Ellos hicieron crecer y ampliar la geografía de mis hazañas imaginarias. Una tarde combatía hasta la muerte contra el gran mono Kerchak, la siguiente defendía Fort Henry junto a los hermanos Zane, enfrentado a los enfurecidos ataques de los indios, y una tercera me internaba en las inmensas soledades nevadas del Yukon, perseguido por miríadas de lobos hambrientos, en busca de una mina de oro. Durante mis primeros años fui educado por libros que narraban historias sencillas en las que se hablaba del honor y del coraje. Después, al crecer, el mundo se volvió más complejo.

Pero el placer de los tebeos, el cine y los libros no terminaba ahí. Al regreso del colegio, los amigos del barrio nos reuníamos en algunos de los desmontes y descampados que abundaban en el Madrid de la posguerra, y jugábamos a ser protagonistas de lo imaginario, representábamos en la realidad las aventuras que habíamos seguido en los tebeos, en los filmes y en los libros. «¿Vale que yo era Dick Turpin?», «¿Vale que tú eras John Wayne en *Fort Apache*?», «¿Vale que yo era el Corsario Negro?», «¿Vale que tú eras Jonathan Zane?». Entretanto, las chicas de nuestra edad saltaban a la comba en las calles sin tráfico del barrio, ignorantes de que nosotros estábamos jugándonos la vida luchando contra indios, cuatreros, gánsteres y fieras salvajes.

Viajábamos al último rincón del planeta, brincando tan campantes sobre los siglos y las geografías. Y en todas partes nos esperaban aventuras que forjaban nuestro heroísmo.

Años más tarde, cuando comencé a trabajar en el periodismo, fui enviado muy joven al extranjero en calidad de corresponsal y pronto comencé a viajar por el mundo como informador. Muchos de mis viajes resultaron a la postre bastante extraños y en algunos de ellos me sucedieron cosas extraordinarias. De esos viajes quiero hablar en los siguientes capítulos, los viajes extraordinarios, esto es: los que de alguna manera resultaron un poco insólitos y fuera de lo común.

Desde muy pequeño, viajar me parecía la mejor de las aventuras. Después, mi trabajo como periodista convirtió el viaje en una parte de mi oficio. Más adelante, los viajes se hicieron importantes en mi tarea de escritor. Luego, se transformaron casi en una droga. Ahora, los vivo como una aventura. El viejo regresa al lado del niño.

«Dadme el rostro de la tierra en torno y ante mí la carretera», pedía Stevenson en un verso. Es lo único que necesitamos, ciertamente.

1

Olores, visiones, sabores y canciones

Esos días azules, ese sol de la infancia…

Último verso escrito
por ANTONIO MACHADO

El sabor caldorro del agua de una cantimplora y la frescura del agua en las fuentes serranas, el olor a pinos en verano, el gusto de un bocadillo frío de tortilla de patatas, mi visión del mar un día de la infancia y el sonido del cencerro de los bueyes de una yunta constituyen las primeras sensaciones que identifico con el viaje. Hasta los once años yo no me había alejado más allá de ochenta kilómetros de Madrid, mi ciudad natal, y ello tan sólo durante las excursiones que se organizaban en el colegio y en los veraneos. No todos los centros escolares, por supuesto, planeaban jornadas campestres para los alumnos; únicamente lo hacían los de cierto postín, en su mayoría religiosos. Ni tampoco todas las familias podían pagar unas vacaciones de verano a sus hijos. Pero mi padre hacía un esfuerzo que hoy imagino enorme, trabajando en varias empresas periodísticas, para conseguir el dinero suficiente con el que pagar unas vacaciones estivales a sus seis hijos.

Como yo no era un buen estudiante, cada uno o dos cursos mis padres se veían obligados a cambiarme de centro de enseñanza ante mis repetidos fracasos escolares y mi exagerada «mala conducta». Así que unos cursos podía disfrutar de las excursiones y otros no. Mi infancia y mi temprana adolescencia estuvieron marcadas por una suerte de éxodo colegial. Creo que no conservo amigos de la niñez porque, al no durar más que uno o dos temporadas en cada centro, carecía de tiempo para crear la amistad y mantenerla en los años siguientes.

El colegio era la peor de las torturas que sufrí en mi niñez y, quizás, en toda mi vida. Había otras, desde luego, como el frío atroz de los inviernos. Pero también había cosas emocionantes, como el paisaje devastado, inquietante para los niños, de aquel Madrid de la posguerra al que, entre brumas, recuerdo como un campo de ruinas en los barrios cercanos a la Ciudad Universitaria. Yo nací en esa zona y viví allí mis primeros años, cerca de donde se produjeron los cruentos combates de la Batalla de Madrid, aquel Madrid del «¡No pasarán!» del invierno de 1936. Recuerdo los edificios heridos por las bombas, las casamatas, pequeños fortines y nidos de ametralladora en los desmontes, cuevas donde se refugiaban paupérrimas familias de gitanos, bolsas de chabolismo y calles de tierra alisada, que se cubrían de barro en el invierno y de polvo en el verano: ése era el paisaje. Un buen número de hogares no contaban con calefacción y se combatía el frío con estufas de carbón o de leña. Para los niños, aquel Madrid cutre de la posguerra era un universo emocionante, pues nos dejaba ver las trazas de terribles batallas. Y la tristeza de la escasez y el frío los solventábamos con las sesiones en los cines «de sesión continua», los tebeos y los imaginativos juegos de la calle. También, en alto grado, gracias a las excursiones del colegio, un acontecimiento que siempre resultaba extraordinario.

A todos los niños, desde siempre, les han gustado los hechos excepcionales, las sorpresas. Muchos poseen un alma aventurera que suele estar en el primer plano de su personalidad. Lo que suele suceder es que, mientras van creciendo, la sociedad adulta se ocupa de ir desvaneciendo esa sed de aventura, borrándola entre las tinieblas del corazón del niño hasta hacerle creer que ha muerto. Es mentira, porque el niño siempre vive agazapado detrás de la capa exterior que la sociedad le ha obligado a modelar. Y lo probable es que vuelva a asomar en los minutos que preceden a la muerte. Recuerdo ahora que, cuando mis padres murieron, en los instantes anteriores a su fin, sus gestos me parecieron infantiles, me trajeron a la memoria las viejas fotos del álbum familiar que retrataban sus sonrisas más ilusionadas y más jóvenes.

Por mi parte, nunca he dejado que se desvanezca el niño que fui y lo trato de mantener contra viento y marea. Lo que quiero decir es que nací con un alma deseosa de aventura y no he aceptado casi nunca disfrazarla de otra cosa.

Quizás las excursiones eran el acontecimiento más excepcional de aquellos días, superior a todos los otros. Sucedían hacia la primavera y se anunciaban con poco tiempo de antelación. Tal vez los directores de los colegios decidían organizar una jornada campestre cuando, a mitad de curso, se sentían algo fatigados de su trabajo docente, pese a que el quehacer de un buen número de ellos, en aquellos días, no consistiera en enseñar nada, sino tan sólo en reprimir el vehemente instinto de libertad de los alumnos. El caso es que, al proclamarse la excursión para una determinada fecha, los niños brincábamos de gozo.

Un hecho fundamental, creo yo, para comprender el alcance de la ilusión que nos creaban las excursiones era que se producían en días de diario, esto es: ahorrándonos a los chicos una jornada normal de clases. Significaban, pues, un día menos de tortura, un día menos de tener que escuchar cosas incomprensibles, mientras tu mente navegaba por otros universos; un día sin capones en la cabeza, sin bofetones en la cara, sin golpes con la regla de cálculo en la palma de tu mano ni castigos que cumplir en casa, como escribir trescientas veces en un cuaderno, con letra cuidada, «no volveré a distraerme en clase» y llevárselo al día siguiente al profesor. Los días de excursión, además, no tenían nada que ver con las visitas a los museos, que eran mucho más frecuentes.

Estas visitas, que llamaban «culturales», se producían siempre en domingo y te arrebataban un día de libertad antes que darte conocimiento alguno. Yo recuerdo los largos, anchos y helados pasillos de los museos en invierno, con un profesor delante de la tropa que iba dictando lecciones ininteligibles sobre asuntos carentes de interés para la mayoría de los chicos. Debías seguirle en silencio y muerto de frío, bajo la amenaza de nuevos castigos, sintiendo que tu anhelado domingo se esfumaba entre tus dedos, que no podías irte a jugar al fútbol al descampado con tus amigos del barrio, y que al día siguiente tendrías que madrugar de nuevo para acudir a la cárcel del colegio. Los peores museos eran para mí, por este orden, el Geológico y el Arqueológico. Ahora, a mis sesenta años, me sentiría capaz de apasionarme con las piedras, pero a la edad de ocho o nueve dudo bastante de que nadie tenga interés por ellas, salvo para tirarle una a la cabeza a un chaval de la pandilla rival. En cuanto a la arqueología, las momias me producían cierta inquietud, lo mismo que las solemnes estatuas de la Antigüedad preclásica. Y las estelas y pedazos de vasijas rotas no han producido el menor calor en mi ánimo en ninguna época de mi vida.

Era mucho más interesante el museo de Ciencias Naturales, situado en lo que antes se llamaba Altos del Hipódromo, una colina sobre el paseo de la Castellana donde se encuentran también la Escuela de Ingenieros Industriales, la Residencia de Estudiantes y, más atrás, el instituto Ramiro de Maeztu y el Consejo Superior de Investigaciones Científicas. En la sala de mamíferos de la sección de zoología había algunos leones, leopardos, osos y lobos disecados, metidos en grandes urnas de cristal y rodeados por plantas y un decorado que imitaba su hábitat: nieve para los plantígrados polares, jungla para los felinos, tundra y bosques de pinos para los lobos, desiertos para los chacales. Todos los animales estaban hechos una pena, con las pieles devoradas por la polilla y una mirada vesánica en los ojos de cristal amarillo que les habían colocado los taxidermistas y que eran exactamente iguales a las canicas con las que jugábamos en mi barrio. En esa misma zona, también en una urna, el mamífero que más llamaba la atención lucía a los pies un cartelito en el que sencillamente se leía: NATIVO. Era un hombre negro de pequeño tamaño, taparrabos de hojas de palma, una lanza en la mano y ojos también de bolas de cristal amarillo. Estaba a la puerta de una cabaña de paja y le rodeaban algunas plantas tropicales. Cuando hace unos años saltó en los periódicos el escándalo del «negro de Bañolas», nadie se acordó del «nativo» del museo madrileño de los años cincuenta del pasado siglo. Quién sabe adónde habrá ido a parar.

Otra sala que también despertaba la atención de la chavalería era la que contenía el armazón óseo de un dinosaurio. Creaba en nosotros un sentimiento de admiración y miedo mezclados. A mí, imaginarlo vivo y corriendo por los desmontes de la Moncloa me parecía una secuencia de un filme de terror: peor que el primer *Frankenstein* de Boris Karloff que vimos en la infancia.

Pero fuera de la salas de zoología y del dinosaurio, el de Ciencias Naturales era también un museo solemnemente aburrido, con cientos de urnitas que contenían mariposas, escarabajos, libélulas, arañas y saltamontes acribillados por alfileres. Con decenas de asquerosos reptiles de todos los tamaños, también disecados y con los inevitables ojos amarillos. Y otra vez piedras, por miles, que en este caso contenían los perfiles de fósiles de peces, de insectos y de plantas.

Ya he dicho que, al contrario que las visitas a los museos, la excursión se llevaba a cabo en días de diario. Y cuando nos anunciaban la proximidad de una jornada campestre, la emoción y el nerviosismo nos hacían ir descontando los días del calendario mentalmente: faltan ocho, faltan siete, faltan seis... También rezábamos para que no lloviera, porque incluso si caían cuatro gotas, la excursión quedaba de inmediato suspendida y ese día había que asistir a clase. Además, que yo recuerde, una excursión jamás se atrasaba en el tiempo: moría a secas sin celebrarse; era un día perdido para la felicidad terrenal.

Las excursiones costaban a las familias un poco de dinero, porque el colegio alquilaba un autocar para el desplazamiento. Eso creaba, en algunos centros de enseñanza, pequeños dramas, pues los niños de familias con escasez de recursos económicos, que eran un buen número en la posguerra, no podían ir a la excursión. Los días previos al gran acontecimiento, esos chavales caminaban como sombras entristecidas durante las horas del recreo, avergonzados, solitarios, sin siquiera mezclarse entre ellos, humillados y con el alma de su niñez herida por un alfilerazo parecido al de los insectos secos del museo de Ciencias Naturales.

A veces, el día de la excursión había que madrugar un poco más. ¡Pero a quién le importaba eso! Yo estaba en pie antes de que mi madre me llamase para desayunar. Me tomaba con prisas el tazón de leche caliente y el pedazo de pan o las galletas. Ya tenía preparado el enorme bocadillo de tortilla de patatas, a veces otro más pequeño de chorizo e, incluso, en tiempos de bonanza, un «filete ruso» y un par de plátanos o de naranjas. Y, por supuesto, la imprescindible cantimplora.

Las cantimploras de mi infancia eran todas iguales: hechas de metal y algunas veces cubiertas por una tela de fieltro marrón oscuro, eran planas por un lado y abombadas por el otro. Supongo que cabía en ellas algo más de un litro de líquido, y el tapón enroscable se sujetaba al recipiente por una cadena que podía engancharse al cinturón. Así que te calzabas unas botas, te amarrabas la cantimplora al cinto, te echabas al hombro un morralito con la comida y un jersey de más que tu madre te ponía por si acaso, y salías de casa casi al amanecer, desdeñando el frío, acompañado por algún adulto malhumorado a causa del madrugón. Te hubiera gustado llevar un machete colgando de un tahalí y un salacot en la cabeza. Pero ya que no había ninguno en casa, la cantimplora bastaba para certificar que en tu pecho palpitaba un corazón aventurero. Era una pena que, al salir del portal, no estuvieran las chicas del barrio para verte. Seguro que tu apostura exploradora les habría deslumbrado. Yo estoy convencido de que esa esperanza, el que nos admiren las chicas por nuestro porte y hazañas, la hemos tenido todos los niños con alma de aventura. Y conozco a algunos que todavía se lo creen de mayores, incapaces de asumir que a las mujeres, por lo general, ver a un hombre vestido de explorador les importa un bledo. Si el hombre es apuesto, sospecho que lo prefieren desnudo.

El autocar solía estar esperando a la puerta del colegio desde mucho antes de la hora anunciada para la partida. Y los chóferes, casi sin excepción, mostraban una mirada hostil. Yo creo que eran los únicos que no disfrutaban con las excursiones, quizás porque, al final de la jornada, el suelo del vehículo quedaba cubierto de migones de pan, restos pisoteados de tortilla de patatas, pegotes de tocino de chorizo, charcos de agua sucia, mondas de naranja y pieles de plátano. O tal vez porque regresaba a su casa sordo como una tapia, a causa de la incesante algarabía que debía soportar durante tantas horas.

Casi todos los chicos llegábamos también antes de la hora: nerviosos, gritones, formando de inmediato cuadrillas entre los afines. Mi panda, por lo general, la integrábamos los menos estudiosos, los que siempre estábamos castigados, los que despertaban las iras de los maestros, el desecho de la sociedad colegial, en suma. Antes de que el autocar abriese la puerta a la chavalería, los profesores que nos acompañaban a la excursión, casi siempre dos o tres, trataban de organizarnos en fila para que subiésemos en orden al vehículo. Parecían distendidos ese día, nos sonreían más a menudo, usaban de su autoridad tan sólo en casos extremos y casi nunca amenazaban con correctivos. Incluso, si llegaban a prometerte un castigo para los días siguientes, a la vuelta a Madrid lo habían olvidado. Quizás se debiera al hecho de que, a menudo, los maestros que nos acompañaban eran los más jóvenes y menos intransigentes del colegio. Puede que fueran jóvenes contratados por un bajo salario que sentían, en su corazón, tanto desprecio hacia aquella España negra como el que los niños percibíamos, sin reflexionarlo, en nuestro ánimo.

Casi nunca prosperaba su intento de organizar una hilera para subir al autobús. Y a codazos, las pandas se disputaban la proximidad de la puerta para alcanzar, antes que las otras, los asientos de atrás. Eran los más apreciados, porque se encontraban muy alejados de los profesores, que siempre ocupaban los asientos delanteros, cerca del conductor, y porque a menudo formaban un banco corrido en el que podía caber casi toda la cuadrilla junta. Mis grupos de desalmados camaradas, la hez de cada colegio al que iba, solíamos conquistarlo. Cualquiera que fuese el centro al que yo acudía durante ese curso, el territorio trasero, el más salvaje e irredento, solía caer bajo las nalgas de la escoria de la tierra. Y todos nuestros suspensos, castigos, humillaciones, capones y reglazos de tantos meses, quedaban compensados con aquella victoria. De la mayor parte de las excursiones en que participé siendo un crío, guardo el recuerdo de mis posaderas doloridas por el traqueteo del auto, especialmente duro en la parte de atrás, y de mi espíritu enorgullecido por las conquistas territoriales en el interior de los autobuses.

Comenzaba la marcha. A veces, un profesor se levantaba de su asiento para dictarnos una serie de instrucciones de comportamiento durante el viaje. Incluso algún ceñudo chófer, con el gesto feroz retratado en el espejo retrovisor, amenazaba a quienes se desmandasen con abrirles el cráneo usando la llave inglesa. Así eran de sutiles algunos de los adultos de aquellos tiempos. Saliendo de Madrid, otro profesor intentaba que el viaje discurriese por cauces académicos. Y para lograrlo, comenzaba a cantar, animándonos a que la coreásemos, alguna de las «canciones de excursión», como aquella que decía:

Ahora que vamos despacio (bis),
vamos a contar mentiras, tralalá (bis).
Por el mar corren las liebres (bis).
Por el monte las sardinas, tralalá (bis).
Me encontré con un ciruelo (bis)
cargadito de manzanas, tralalá (bis).
Empecé a tirarle piedras (bis)
y caían avellanas, tralalá (bis).
Al oído de las nueces (bis),
salió el amo del peral, tralalá (bis).
«Chiquillos, no tiréis piedras (bis),
que no es mío el melonar», tralalá (bis).

Mientras en las primeras filas del vehículo los niños más estudiosos y formales, que buscaban siempre el cobijo de los profesores como las crías de los pájaros las alitas de su madre, se unían divertidos a la preciosa canción y repetían con entusiasmo cómplice sus «mentirijillas» —ingeniosa expresión que todavía me encuentro, de cuando en cuando, en algunas novelas de afamados colegas contemporáneos—, los chicos de atrás, rodeados aún por la penumbra de la mañana, dábamos saltos y lanzábamos pedorretas al aire.

Y de cuando en cuando, entonábamos nuestra canción favorita:

Para ser conductor de primera,
acelera, acelera.
Para ser conductor de segunda,
ten cuidado con las curvas.
Para ser conductor de tercera,
salte de la carretera…

El aludido chófer, en esas ocasiones, solía respondernos con insultos lanzados a voz en grito, mientras los profesores intentaban callarnos. Recuerdo uno que incluso llegó a parar el coche: lo arrimó al arcén, se levantó de su asiento, se volvió hacia nosotros con los brazos puestos en jarras y gritó:

—A ver quién es el mocoso hijo de su madre que me canta eso en la cara, que le voy a arrancar la nariz de un bocao.

Daba miedo verlo.

Entre canción y canción, los profesores trataban de imponer el orden. Era inútil: los del fondo, además, íbamos ganándonos la admiración y la complicidad de los de los asientos intermedios, que se unían a nuestra algarabía y a nuestras pedorretas. Por lo general, a la hora de haber salido de Madrid, el reducto delantero del chófer, el de los profesores y los empollones obedientes, se había convertido en una especie de fuerte del Far West rodeado por los sioux o los apaches. Los maestros podían darse por satisfechos si, bajo amenazas bíblicas, conseguían que dejásemos de dar brincos durante un rato.

Las excursiones se organizaban en primavera y, a menudo, con destino a la sierra madrileña. Y aunque las distancias desde la capital eran muy cortas, el estado de las carreteras de la posguerra resultaba tan penoso que un viaje de sesenta o setenta kilómetros podía durar hora y media o dos horas, dependiendo de las averías. El Guadarrama de mi infancia, en aquellos años previos a la voracidad de la especulación inmobiliaria, era mucho más hermoso de lo que es hoy. El aire corría huraño y puro, los cielos lucían jóvenes y gallardos, los perfiles afilados de las cumbres se hincaban recios en el espacio y los pinares pintaban airosos y cargados de lozanía. Volaban grandes pájaros libres en las alturas: buitres, águilas, cigüeñas, y apenas circulaban coches por las maltrechas carreteras. Al cruzar los llanos de Torrelodones y Villalba, con el sol ya un poco encumbrado y el vaho esfumado de los cristales del autocar, asomaba más próxima la línea azul del horizonte de la sierra y podíamos distinguir sus alturas. A la izquierda, el monte Abantos, con el monasterio de El Escorial debajo, y la Cruz de los Caídos a su derecha. Y más al norte, las cumbres de Siete Picos, Navacerrada y Cotos. Atrás, la Mujer Muerta tendida en su lecho azul. No sé si les sucedía a todos los niños, pero mi pecho se ensanchaba al verlas y me invadía una profunda sensación de libertad. Desde aquellos días, amo el macizo del Guadarrama, tan «viejo amigo» mío como lo fue de Antonio Machado. Hoy, lo miro con lástima, veo la sierra herida por el urbanismo dislocado, sus cumbres humilladas, sus pinares agazapados entre miles de viviendas nuevas y los altivos pájaros huidos para siempre.

He leído en alguna parte que al último lobo de estas serranías lo mataron en 1946. Pero desde la ventanilla del autocar, yo imaginaba a mi alrededor un universo salvaje, el espacio para la aventura que me prometían los cerrados pinares y las cordilleras, el universo que era la antítesis de la vida de barrio de mi ciudad. Deseaba escapar a aquellos bosques bravos.

Acercándonos al Guadarrama, algunos chicos empezaban a llenarse la andorga dándole los primeros tientos al bocadillo, y tanto era el vocerío, tal era el desgaste de nuestras gargantas, que el agua comenzaba a escasear en nuestras cantimploras muchos kilómetros antes de alcanzar nuestro destino.

Pongamos que aquel día íbamos a Navacerrada y que eran los comienzos de la primavera, con la espada feroz de los exámenes todavía un poco alejada de nuestros cogotes. El autocar comenzaba a subir la estrecha carretera de montaña, renqueante, como una oxidada lata de conserva repleta de sardinas vivas y enloquecidas, ansiosas por escapar del encierro. A veces, había que parar: o bien a causa de un pinchazo o del reventón de un neumático, cosa frecuente, o bien para que el autobús recuperase el aliento. Si había pinchazo, los chicos y los maestros descendíamos del vehículo mientras el chófer juraba contra todo lo humano —e incluso contra lo divino, aunque llevase ese día chavales de un colegio religioso y, con ellos, algún cura— y procedía a cambiar la rueda, lo que podía llevarle cosa de media hora. Entretanto, los profesores a duras penas se las arreglaban para contener a toda aquella chiquillería desbocada que pretendía lanzarse a trotar los montes, como ardillas y conejos escapados de la jaula. Los acuciados por las aguas menores se arrimaban a las cunetas y algunos presionados por las aguas mayores se perdían en los bosquecillos mientras duraba el cambio de la rueda. Los autocares de entonces no llevaban una sola de repuesto, sino varias, atadas en la baca, porque los pinchazos y reventones eran muy frecuentes.

Cuando lo que sucedía era que el coche había sufrido un calentón, el chófer juraba en menor medida. Los chicos también nos bajábamos. Y había que esperar más o menos otra media hora, con el tapón del radiador abierto, hasta que saliera por completo el vapor del agua hirviendo. Los viejos autobuses parecían jadear como bueyes enfermos o como ancianos atacados por problemas respiratorios. Cuando el vapor se había esfumado, el conductor volvía a llenar de agua el depósito del radiador y continuábamos viaje.

No recuerdo ninguna excursión en la que el vehículo que nos transportaba quedase definitivamente inutilizado. Pero en las carreteras de entonces era muy frecuente encontrarse automóviles con el capó abierto y el conductor hurgando en el motor con la llave inglesa y varios destornilladores. Esa misma escena la he visto innumerables veces, años después, en muchas carreteras africanas. No obstante, los africanos son excelentes mecánicos de la improvisación, al contrario de los torpes conductores ibéricos de aquellos días.

Conozco a viajeros españoles que se asombran al ver, en los países del Sur, esas carreteras de asfalto herido por los socavones, los autobuses renqueantes, los conductores infames que manejan su automóvil jugándose su vida y la tuya, las pensiones del camino con apestosos servicios comunes y camastros desvencijados, las cucarachas, los ratones, los burros que marchan cargados por las carreteras con riesgo de provocar un accidente, la ausencia de orden... Así era España hasta casi ayer mismo y mucha gente parece haber perdido la memoria de los paisajes de entonces. La mía es una generación que ha dado, en pocos años, un salto de siglos en progreso y confortabilidad. Y que aún sigue saltando.

De todos modos, a pesar de los inconvenientes, circular entonces resultaba más agradable que ahora: los atascos y retenciones de hoy me parecen mucho más insufribles que las averías de antaño, cuando te podías bajar al borde del camino, oír el canto de los pájaros, oler los perfumes del tomillo y la jara, y respirar un aire serrano y pulcro que daba vigor a tus pulmones y a tu espíritu. Si el coche tardaba en arreglarse, ¿qué importaba?

Antes de alcanzar los altos del puerto de Navacerrada, nos deteníamos en la Fuente de los Geólogos, en el lado izquierdo de la carretera. Aquella agua de montaña brotaba en un chorro claro y vigoroso por un canalón de cobre, y no recuerdo haber tomado ninguna otra tan sabrosa en toda mi vida. Tenía el frescor justo para calmar la sed, acariciaba el paladar, era casi dulce y yo sentía que me limpiaba la sangre, el estómago e, incluso, quizás, también me aseaba el alma de tanto pecado como arrastraba conmigo por mi rendimiento escolar y mi indisciplina. Vaciábamos de agua madrileña las cantimploras y las llenábamos de nuevo en aquel manantial portador de vitalidad. La de los Geólogos será siempre mi fuente Castalia, mi fuente de la eterna juventud.

Al llegar arriba, el autocar se arrimaba a una cuneta, casi desplomándose junto a la carretera, como un ciclista del Tour de Francia tras el imponente esfuerzo de la ascensión al *col* del Aubisque. El chófer exhalaba un suspiro y, por vez primera, dejaba escapar una sonrisa, aliviado al ver que su vehículo podía aguantar, al menos, hasta la siguiente excursión, pues muy probablemente el autocar era el único medio de sustento para él y su familia. Bloqueaba las puertas cuando ya habíamos salido y se iba a tomar un bocata y unos cuantos copazos de anís o de coñac al único chiringuito que había entonces en la cumbre del puerto. En aquellos años no existían los controles de alcoholemia.

Los chicos salíamos del autocar como vaquillas de los cajones en un encierro pueblerino y trepábamos por alguna de las sendas que conducían a los cerros, entre los pinares, bajo el cielo terso y claro del Guadarrama. Los profesores nos seguían a duras penas, intentando dominar aquella suerte de manada de jóvenes reses enloquecidas que galopaban en estampida. Al fin, en una pradera, lograban contenernos. Procedían a un rápido recuento para comprobar que ningún chiquillo se había extraviado entre los bosques y, a renglón seguido, trataban de organizar juegos colectivos, como «el pañuelo», o «pies quietos». Poco duraba el orden porque, al rato, ya había grupos de chicos que planeaban sus propias diversiones entre los pinos: por lo general, batallas imaginarias de indios contra blancos, imitando a los *westerns*. O luchas entre cuadrillas rivales a piñazos, esto es, una especie de «drea» o pedrea callejera, pero con las piñas caídas de los árboles como proyectiles en lugar de piedras, como se hacía en el barrio. Siempre se producía alguna pelea en serio y, de cuando en cuando, algún niño terminaba llorando.

Pero nosotros éramos felices. A mediodía, algo agotados, comíamos los bocadillos bajo los pinos. Y los que llevaban menos alimentos o se habían zampado ya una parte de su ración durante el camino, nos suplicaban a los que conservábamos más provisiones para que les diésemos algún pedazo de pan con tortilla de patatas, o una rodaja de chorizo, o una punta de filete ruso. No recuerdo que nadie me cediera nunca un simple trozo, si yo era el que lo pedía, ni haberle dado jamás un poco de mi bocadillo de tortilla a nadie, si me lo pedían a mí. El hambre acumulada era tal que nos comportábamos como felinos en la sabana africana a la hora de devorar la caza: vigilando furiosos nuestra porción de antílope para que nadie nos lo arrebatara.

Por la tarde, los maestros intentaban nuevamente algún juego colectivo o proponían cantar. A mí me gustaba cantar y me aprendía casi todas las canciones que oía, sin importarme su significado. Incluso me gustaban los himnos religiosos, como «Salve Regina» o «Perdona a tu pueblo, Señor». A esa hora, los chicos éramos más controlables, pues el cansancio del día se iba acumulando en nuestros cuerpos e imagino, también, que la altura sobre el nivel del mar de las sierrras madrileñas había devorado ya una buena parte de nuestras energías.

En el regreso, cuesta abajo, el chófer no se detenía en la Fuente de los Geólogos. Iba más alegre, quizás por las copas que se había tomado en el chiringuito. La tarde iba cayendo sobre los cerros y, más adelante, sobre la llanada. Pero aún teníamos vigor suficiente para lanzar los postreros gritos de guerra antes de alcanzar los últimos tramos de la carretera que conducía a la ciudad. Entonces, agotados, en la penumbra del interior del autocar, ya apenas se escuchaba una voz. El agua de la cantimplora estaba caliente, caldorra, y no aplacaba la sed. Y con la resaca de tanta libertad y desafuero, entrábamos en Madrid con los lomos molidos, como las caballerías que han cargado un peso excesivo, y deseosos de pillar la cama cuanto antes. En la puerta del colegio, los familiares nos aguardaban en la ciudad alumbrada por farolas de luz avara y caminábamos de su mano hasta el hogar, cenábamos una tortilla con un vaso de leche y nos recogíamos en el lecho con el cuerpo rendido y el ánimo orgulloso. No teníamos fuerzas, aquellas noches, ni para soñar siquiera. Como las excursiones solían ser casi siempre en viernes o en víspera de día festivo, el placer era doble, pues ni el helado madrugón ni el pavoroso colegio amenazaban nuestras vidas para la siguiente mañana.

Los veranos eran también tiempo de viaje. No para todos los chicos, por supuesto. Mi familia carecía de fortuna, pero mi padre trabajaba en varios medios informativos al mismo tiempo y reunía dinero suficiente para poder costearnos a los niños un veraneo tan modesto como estupendo. Durante los primeros estíos que recuerdo, mis padres alquilaban un piso amplio o una pequeña casa durante tres meses, en un pueblo de la sierra del Guadarrama, unas veces en lado madrileño de la cordillera, en

Cercedilla casi siempre, y otras en el segoviano, en el pueblo de Valsaín. Y allí nos íbamos todos los chavales cuando los exámenes habían terminado, en mi caso con el morral cargado de suspensos en todas las asignaturas menos en gimnasia, acompañados por mi madre, mi abuela, ocasionalmente alguna tía soltera y una mujer de servicio doméstico, una «chacha» como se decía entonces, que trabajaba todas las horas del día, como lavandera, cocinera, cuidadora de niños y lo que fuese menester, por un salario exiguo.

El viaje hasta el lugar de destino tenía para mí y mis hermanos un espléndido aire de aventura. Esperábamos la llegada del gran día como quienes aguardaban, hace un siglo o dos, la fecha de la partida de un barco para navegar hasta América. Se nos prometían tres meses sin horario, horizontes libres, las frescas pozas de los ríos serranos, los bosques y los cerros sin caminos, semanas para jugar sin tregua. Se supone que los que habíamos suspendido en junio varias asignaturas, como era siempre mi caso, teníamos que dedicar varias horas diarias al estudio. Pero mis padres no parecían ocuparse mucho de mis éxitos o fracasos escolares. Así que, tras las primeras suaves reprimendas, apenas abría un libro escolar durante los tres meses de verano. Nunca he podido explicarme cómo logré terminar el bachillerato.

Mi familia se trasladaba en autocar «de línea», esto es, de trayecto regular, hasta el pueblo donde se encontraba la casa. Los bultos y maletas viajaban en la baca del coche; y nosotros, sentados en el interior de los vehículos atestados. Especifico lo de «sentados» porque mi madre compraba con antelación los billetes con derecho a asiento. Y preciso lo del «interior» porque había gente que viajaba sobre los bultos de la baca, como todavía se viaja en muchos países de África.

Recuerdo a una familia, numerosa como la mía, que ocupaba un piso del mismo edificio madrileño donde viví mis primeros años, que en verano se trasladaba al lugar de veraneo viajando en la caja abierta de una camioneta, todos apiñados entre bultos y maletas. Ignoro por qué, pero siempre partían unos días antes que nosotros. Mis padres desdeñaban aquella forma de viajar porque les parecía poco elegante, pero a mí me seducía más que el transporte en autocar de línea. Hasta hace unos pocos años no he cumplido mi anhelo de viajar en la caja de un camión, y fue por los caminos perdidos de África. Y no en una, sino en varias ocasiones. Y me gustó la sensación, a pesar de las protestas de mi trasero y el polvo que se colaba en mis narices. Es una deuda, de las muchas que tengo con mi infancia, que al fin he podido satisfacer.

Los autobuses de línea tardaban una eternidad en llegar a su destino. Paraban en todos los pueblos del camino, pinchaban con frecuencia y sufrían averías a menudo. Al acercarnos a la sierra, podíamos ver aún los rastros de nieve en las cumbres de Cotos, Navacerrada, Peñalara, Siete Picos y la Mujer Muerta. Pero ya apretaba el calor y, durante el día, el sol arrebataba de los pinares un olor intenso y seco. Era inconfundible. Con ese aroma comenzaban los largos días sin colegio, sin ataduras, sin disciplina y sin castigos. Y el viaje era una promesa de felicidad ilimitada.

Después venían largos y calurosos días. Y paseos por los bosques libres y baños en las pozas de los ríos fríos. Recuerdo que una noche, en Cercedilla, a la luz de una hoguera, un viejo del pueblo nos contó a los niños historias antiguas de lobos que, en los inviernos, atacaban a los rebaños de vacas y a la gente que salía de noche de sus casas. Tal vez se inventó sus relatos, pero para mí resultaba muy emocionante pensar que aquellos bosques que se cerraban espesos más allá de las últimas casas del pueblo podían estar llenos de peligros. La idea de aventurarme en ellos me producía una intensa excitación.

Transcurridos los tres meses, que se hacían largos como años, una jornada de septiembre regresábamos en el autocar a Madrid: mohínos y con la amenaza de nuevos exámenes a la vuelta de unos días. Ya no olía a los pinares del estío bajo el sol caliente. Habían llegado un poco antes las primeras tormentas que preceden al otoño madrileño y el olor de la tierra empapada se elevaba melancólico desde la tierra hasta mi olfato.

Creo que, quizás a causa de aquellos veraneos, el aroma de las coníferas se identifica en mi espíritu con la alegría y la libertad del viaje hacia lugares soñados, en tanto que el perfume de la tierra mojada me impregna el alma de morriña. Pienso que el olfato, cuando reconozco olores, como el oído cuando escucho algunas canciones, me echa siempre encima la memoria de aquellos años de mi vida.

Si hablo de viajes infantiles, no puedo olvidarme del que fue, sin duda alguna, el más importante de mi niñez. O quién sabe si el gran viaje de mi vida. Me refiero a la primera vez que vi el mar.

Puede que yo tuviera unos once años, y mi hermano José nueve, cuando nuestro tío Antonio nos llevó con tres de nuestras tías y una prima más pequeña que nosotros a pasar las dos primeras semanas de septiembre a una aldea de Galicia. El pueblecito se llamaba Rubiós, y era una de las parroquias de la localidad de Las Nieves, en la provincia de Pontevedra. Mi tío Antonio, casado con una hermana de mi padre, la tía Pili, era un oficial del arma de caballería, que había servido en la Guerra Civil del lado nacional y después había pasado varios años destinado en las colonias del norte de África. Las otras dos tías que viajaban con nosotros, Celi y Amelia, también hermanas de mi padre, eran solteras y vivían con Antonio y Pili. Las dos murieron hace años. A mi tío Antonio le admirábamos mucho los chicos pequeños, porque había estado en la guerra y, además, vivido en África. Una vez apareció en la portada de una revista militar, al frente de una patrulla montada en camellos que recorría el desierto azotada por una tormenta de arena.

La casa de Galicia en la que vivía el padre del tío Antonio, a quien llamaban Yeye, era un viejo edificio de dos pisos cuya fachada aún puedo dibujar en mi memoria. Delante de la casona se alzaba una enorme higuera, entre cuyas raíces, según decían, había enterrado un gran tesoro que escondió allí un famoso bandido llamado Mariñás. De hecho, la zona de Rubiós era conocida entonces como «Eido do Mariñás», el lugar de Mariñás, algo que seguramente ignoran hoy los habitantes del pueblo. El padre de mi tío Antonio, un hacendado recio, silencioso, que siempre se cubría con una boina negra y apenas hablaba con los niños, se negaba a arrancar la centenaria higuera, plantada por su abuelo, pues le parecía más valiosa que cualquier tesoro. Creo que su nieta Elena, mi prima, que es ahora la dueña de la casona, ha respetado su decisión y la higuera sigue en pie. El tesoro queda, pues, para otra generación.

Enfrente de la puerta del caserón había varios establos para caballerías y vacas. También, un lagar donde se hacía vino, un caldo casi negro que hoy tiene cierta fama en la región: el tinto de Rubiós. A la derecha de la casa, se tendía un llano repleto de vides y, para los postres de los almuerzos, ya comíamos jugosas uvas azules. Arriba de la casa, crecía una montaña que llamaban San Mamez y, subiendo las primeras cuestas, comenzaba un espeso monte de pinos donde nos contaban a los niños que había lobos, quizás para asustarnos un poco.

A mí y a mi hermano nos daban algo de miedo las historias de lobos. Pero, al mismo tiempo, la idea de ir a buscarlos nos excitaba, porque nunca habíamos visto en libertad y en su propio entorno a un fiero animal salvaje. Así que una tarde, tiramos monte arriba. No tardaron en echarnos en falta y creo que fue un peón de los que servían en la finca quien fue a buscarnos y nos trajo de vuelta agarrados por las orejas. No nos perdieron más de vista durante todo el tiempo que permanecimos en la casa de mi tío. De todas formas, recordando el dolor de las orejas, yo no hubiera vuelto a echarme al monte. Pero mi deseo de encontrarme a solas con una manada de lobos en un bosque umbrío no ha desaparecido con los años.

Bajando la misma cuesta hacia el lado contrario del monte, se extendía el pueblo, del que recuerdo una calle larga con casas de uno o dos pisos y una plazuela. Un día en el que se celebraron fiestas, colocaron un enorme perolo de cobre en el centro de la plaza y cocieron un pulpo que me pareció gigantesco, como el de la película *Veinte mil leguas de viaje submarino*. Fue la primera vez en mi vida que comí *pulpo a feira* y, desde entonces, ha sido uno de mis platos favoritos.

Fue también en Galicia donde por vez primera en mi vida, y por última, intenté ordeñar una vaca. Por más que estiré del pezón del animal, no logré sacar una sola gota de leche de las ubres: no es un arte sencillo el ordeño y supongo que requiere mucha práctica.

Una tarde, aparecieron en el portalón del patio de la casa varios carromatos tirados por mulas y cargados de racimos de uvas. En el lagar, las echaron desde los cestos al interior de grandes cubas. Y mi hermano José y yo, durante unos pocos minutos, pisamos descalzos los frutos dentro de los enormes recipientes. Aunque yo hubiera querido seguir más tiempo, los mayores nos retiraron enseguida, pues el zumo del mosto produce ciertas emanaciones dañinas. En todo caso, me llenó de placer pisar uvas. Y no podía imaginar entonces hasta qué punto me habría de gustar, durante toda mi vida, el jugo fermentado de aquel fruto que, en un lagar gallego, me tiñó de azul los tobillos y los pies.

De Galicia me han quedado, fijos en la memoria, los olores a hierba recién cortada y a estiércol. Siempre me ha encandilado el olor de los establos de vacas, bastante más que el perfume de muchas colonias. Por las mañanas, en aquel escondido pueblo de la campiña gallega, nos despertaban los lamentos grimosos de las ruedas de los carros, cuando pasaban junto a la casa, y el sonido con ecos de cobre en los cencerros de la yunta de bueyes.

Un día, durante la cena, mi tío anunció por sorpresa que, a la mañana siguiente, iríamos a Vigo a ver el mar. Aquella noche, en la gran cama que compartíamos, mi hermano y yo apenas logramos dormir. Me acordaba de las películas que había visto, sobre todo de piratas y balleneros, en las que el océano formaba el esplendoroso paisaje de fondo, aquel mar bravío y restallante donde resonaban grandiosas voces como «¡Izad las velas!» o «¡Por allí resopla!». ¿Sería semejante al de las películas el verdadero mar?

Recuerdo que amaneció una día nublado con presagios de lluvia. Tomamos el autocar en la aldea, cruzamos el pueblo grande de Puenteareas quizás media hora después, y poco tiempo más tarde el coche trepó con fatiga una empinada cuesta. No sé quién exclamó «¡el mar!», quizás una de mis tías. Pero mi hermano y yo brincamos de nuestros asientos y nos pusimos en pie. La emoción me hacía temblar. Al frente, más allá de los huertos y las lomas verdosas, más allá de bosquecillos y de las granjas y de los pequeños grupos de casas, su superficie plana, inmensa, mostraba en ese instante una tersura dorada y brillante, por un raro efecto de la luz filtrada a través de las nubes bajas. Nunca he visto un mar igual al de aquella mañana. Comunicaba una intensa sensación de poder y plenitud, parecía forjado con acero y roja lava caliente, poseía el vigor de un escudo de guerra homérico.

Más tarde, cuando el coche nos dejó cerca de la playa, mi hermano y yo corrimos hacia el agua. Y sin decirnos nada el uno al otro, hicimos cada uno un cacillo con nuestras manos y la bebimos. En efecto, era salada. Luego, mi tío nos llevó a todos a comer a un restaurante y allí probé el centollo por vez primera. Galicia fue una verdadera fiesta de liberación para mi infancia de chico urbanita y mesetario. Y el Cantábrico olía allí «a bajamar y a broza», como determinó en uno de sus versos Blas de Otero al hablar del sabor de las mujeres desnudas.

En la playa de Vigo aprendí, sin reflexionar entonces sobre ello, que necesitamos ver el mundo en su realidad, no en su retrato; que nos sobran los intermediarios porque todos nuestros sentidos reclaman el contacto con lo que existe y palpita; que precisamos del olor de las cosas, de su sabor, de su tacto y de sus sonidos. Es una de las más hondas razones para viajar: invadir, con todo el equipaje que constituye nuestro propio ser, la entraña misma de realidad; bañarnos en la vida.

El recuerdo de aquellos días de Galicia siempre irá conmigo. Y no puedo olvidar la deuda con mi tío, la persona que me llevó por vez primera a ver el mar al que llegaría a amar tanto. Yo no sabía entonces hasta qué punto el mar puede hacerse casi imprescindible para nosotros: al verlo, al tenerlo cerca, latiendo con suavidad o enrabietado, me crea una sensación de eternidad libre y, paradójicamente, también de cobijo.

2

Aviones, navíos, turismo, glamour y lujo

Yo no sigo mi camino, el camino me sigue a mí.

Samuel Ferguson, personaje de JULIO VERNE
en su novela *Cinco semanas en globo*

Yo apenas había viajado hasta que comencé a ejercer el oficio de periodista. Y lo cierto es que no sentía una especial vocación por ser informador. Pero decidí dedicarme a ello porque una buena parte de mis familiares lo eran, incluidos mi padre, mi abuelo y tres de mis tíos, y también porque pensaba que era el oficio que más se parecía al quehacer del escritor. En mis años de estudiante universitario tampoco tenía una clara voluntad de ser viajero ni había pensado nunca en escribir un libro de viajes. A los veinticuatro años, no había pisado un país extranjero, ni siquiera las vecinas Francia y Portugal. Y de pronto, a esa edad, crucé la frontera. Desde ese día, no he cesado de hacerlo. Fue el periodismo quien me hizo viajero. Y ejerciendo un oficio que no me interesaba demasiado, me transformé en algo que no tenía previsto ser. Después, mis libros de viajes, que surgieron en forma natural, me permitieron convertirme en un escritor que vive de sus libros, algo que sí que soñé alcanzar hasta donde llega mi memoria. La vida, en ocasiones, da extrañas vueltas antes de llevarte al sitio al que pretendías arribar. Los libros de viajes me han abierto la puerta para la publicación de mis novelas y poemarios.

La primera vez que me subí en un avión quizás tenía veintiuno o veintidós años. Era un verano y yo hacía prácticas de periodismo en una agencia de noticias. El director me envió a cubrir una información sobre una especie de feria de muestras de maquinaria agrícola que se celebraba en Barcelona. De las crónicas que envié desde la ciudad durante los tres días que permanecí allí, ni una sola se cursó a los periódicos, no sé si porque eran muy malas o porque el asunto carecía de importancia. ¿A quién iban a interesarle, entre el gran público, los avances en la tecnología de los ingenios de labranza y los últimos modelos de tractores y segadoras?

No tengo ni la menor idea de lo que pude escribir a propósito de tan apasionante evento. Pero sí guardo fresco en la memoria aquel avión de hélice, destartalado y matusalénico, en el que hice mi primer viaje aéreo, allá por 1965 o 1966. Mientras despegábamos, el avión crujía y chirriaba, amenazando con escacharrarse de un momento a otro. Después, cuando tomamos altura, nos atrapó una tormenta y nos llevó en sus brazos hasta Barcelona, sumergidos en un salvaje y continuo zarandeo que duró más de dos horas. Aterrizamos dando tremendos botes sobre la pista, como si el aeroplano llevase dos grandes balones en el lugar de las ruedas. Casi todos los pasajeros descendieron mareados del aparato y huyeron despavoridos hacia la salida. A mí me sucedió al revés: mi organismo no se resintió lo más mínimo de aquel baile desaforado y, no sólo no sentí ni una pizca de miedo, sino que me quedé encantado. ¡Era maravilloso volar! En los años siguientes, he sufrido peripecias mucho peores en los múltiples vuelos que he tenido que tomar. Y como entonces, jamás he percibido temor alguno en mi ánimo. Creo que siempre me acomete la misma sensación cada vez que un avión empieza a desplazarse por los cielos como un caballo enloquecido: que si ha llegado la hora de morir, mejor es que tan grandioso acontecimiento de mi vida se inicie en la imponente altura de los cielos, antes que en la insípida y mezquina habitación de un hospital. Hay que procurar darle a la propia biografía un cierto sabor épico.

Cuando tenía veinticuatro años, pocos meses después de casarme, salí por primera vez al extranjero. Mi esposa y yo recorrimos Inglaterra, Francia e Italia utilizando trenes, durmiendo en albergues baratos y comiendo porquerías, porque el presupuesto no daba para más. Un año después, viajamos a Turquía y Grecia, y unos meses más tarde, en el verano de 1971, fui nombrado por el director de mi periódico corresponsal en Londres. Transcurridos dos años, me trasladaron a París y, en 1976, regresé a España.

Dejando a un lado las primeras escapadas al extranjero, a las que casi podría calificar como garbeos culturales (me hinchaba a ver museos), creo que los viajes, los no relacionados directamente con mi oficio de escritor de libros, han tenido motivos muy diversos: los que realicé para revistas especializadas en turismo; los de contenido social o político encargados, en general, por diarios o revistas semanales; los que me llevaron a países en guerra; aquellos en que fui acompañando a presidentes de Gobierno y a los Reyes de España; algunos encuentros de corte cultural con escritores, y los viajes para elaborar programas y crónicas de televisión.

Hubo un tiempo en el que, por problemas para encontrar otro tipo de trabajo en prensa, tuve que refugiarme en lo que podría llamarse «periodismo turístico». Realicé reportajes para varias revistas especializadas y no me pagaban mal para los tiempos que corrían. No es un periodismo que me guste —a decir verdad, creo que lo odio—, pero es cómodo y muy fácil de hacer. Te limitas a viajar y a describir, con ciertos tonos líricos, los paisajes y las ciudades. Y como los directores de las revistas del ramo quieren que con tu texto animes a la gente a viajar a los lugares que visitas —a menudo esos desplazamientos los pagan las oficinas de turismo de los diferentes países, las compañías aéreas o las agencias mayoristas de turismo—, pues cuando escribes debes mantener un tono festivo.

Éste es el tipo de periodismo en el que más abundan mayor número de tópicos de lenguaje y existen menos posibilidades de hacer un buen trabajo. Pero me vino bien ejercerlo para conocer lugares como Amberes, Amsterdam, el sur argelino, la República Dominicana, Costa Rica, Costa de Marfil y otros cuantos sitios de proyección turística. Me las arreglé para narrar con cierta dignidad cuanto veía, esquivando la tentación del tópico, y juro que jamás empleé la palabra «mágico» ni la expresión «marco incomparable». No obstante, fueron viajes que apenas me dejaron huella. A lo largo de mi vida, sólo conservo recuerdos vivos de aquellos lugares que han tocado de alguna manera mi corazón.

No obstante, uno de esos viajes, en el año 2004, se convirtió en uno de los más extraordinarios de mi vida. Y conste que utilizo la palabra «extraordinario» en su preciso sentido: lo que se sale de lo ordinario, sea para bien o sea para mal.

Se trataba de embarcarme en el que por entonces era el mayor barco de pasajeros del mundo, para realizar un crucero entre Río de Janeiro y Miami, con escalas en algunas islas del Mar de las Antillas. Acepté la oferta de embarcarme en aquel megacrucero porque nunca antes había participado en una navegación de ese tipo y porque, a veces, respondo afirmativamente a una invitación de viaje por el mero placer de romper los hábitos de la vida cotidiana.

Además, me encandilan los barcos. Y me apasionan hasta tal punto que, cuando los veo atracados en los muelles y criando bajo el casco todo tipo de mugre por falta de uso, no pienso sólo en el derroche de días de aventura y de libertad que supone tener un barco pegado a la tierra, sino que el hecho me parece, sobre todo, una obscenidad. En *El espejo del mar*, Joseph

Conrad escribió: «Un barco en una dársena, rodeado de muelles, tiene el aspecto de un preso meditando sobre la libertad con la tristeza propia de un espíritu libre en reclusión».

Así que me embarqué con un estupendo fotógrafo, Juan Echeverría. Después de trece días de navegación, regresamos a España en avión, desde Miami, y elaboré un texto algo frío y no muy largo para la revista que me encargó el reportaje. Creo que el reportaje resultó correcto, pero lo mejor de aquellos días de navegación se quedó en el tintero.

Yo quería sentir la experiencia de algo sobre lo que ignoraba casi todo. Pero estaba tan lejos de saber lo que era viajar a bordo de un crucero de lujo que, incluso, pensaba que los pasajeros tendríamos que dormir en camarotes colectivos, distribuidos en literas. Decidí no llevar esmoquin, a pesar de que lo aconsejaban en el librito de instrucciones que nos entregaron a los viajeros junto con el billete. Juan hizo lo mismo. Y ahora creo que los dos cometimos un error. Mejor que eso: estoy seguro de que nos equivocamos.

Recuerdo la llegada a la nave, a primera hora de la tarde, en un puerto del norte de Río de Janeiro. Finalizaba el mes de febrero y el viaje era el tercero o el cuarto que realizaba aquel gigantesco buque desde su botadura. Los viajeros formábamos dos largas colas para entrar por dos pequeñas puertas abiertas en el casco, a las que se llegaba subiendo por estrechas pasarelas. Había un buen número de pasajeros en silla de ruedas. Y la gran mayoría de las personas que hacían cola eran mayores que yo. Así que podía sentirme un hombre joven, a mis cincuenta y nueve años de edad, a bordo de aquella nave habitada en su mayoría por septuagenarios.

Me encontraba guardando turno en la cola mientras Juan hacía fotos y reparé en la mujer situada delante de mí. Tendría una edad cercana a los setenta años, pero a golpe de operaciones estéticas, aerobic, cremas, tintes y pinturas, lograba mantener un aspecto ágil y jovial. Le oí decir algo para sí misma en español, le pregunté si era compatriota y al momento pegamos hebra. Era catalana, se llamaba Margot y, en cierto modo, acabaría por ser algo así como mi hada madrina durante la navegación. Margot conocía bien la nave, pues había figurado entre los pasajeros del viaje inaugural, el mes anterior. No habíamos cruzado más allá de tres o cuatro frases cuando me soltó de sopetón:

—Me encantan los cruceros y me encanta comprar. Siempre subo a bordo con sesenta o setenta kilos de equipaje y bajo con casi quinientos. A estas alturas de mi vida, mis orgasmos son el *shopping*.

Tomé aire antes de responder:

—¿Y qué compra?

—Pues todo lo que encuentro de valor en los puertos donde hacemos escalas. No tengo hijos, pero sí muchos sobrinos. Y cuando regreso a España, me reciben como a Mamá Noel. ¿Ve a esa gente? —añadió señalando a los pasajeros que nos precedían—. Casi todos son norteamericanos y la mayoría millonarios y se hinchan a comprar. En estos viajes se compra muchísimo, es a lo que venimos ¿Usted es millonario?

—No; soy escritor.

Guardó un instante de silencio.

—¿Y de qué escribe? —preguntó.

—Hago novelas, viajes, poesía...

De inmediato pasó a tutearme:

—Ya me parecías…, un poeta —agregó mirando mi ropa.

Me sentía un poco humillado.

—Viaja poca gente joven en estos barcos —respondí, tratando de irritarla un poco.

—En los cruceros de lujo, la media de edad está entre los setenta y cinco años y la muerte —concluyó Margot con aplastante seguridad.

Entramos al fin en la barriga del gigante. Un mayordomo nos entregó, a cambio del pasaporte, lo que habría de ser nuestro identificador y carta de pago: una sencilla tarjeta parecida a las de crédito, con fotografía de carnet estampada en una esquina, que servía también como llave de la puerta del camarote. En los megacruceros, todos los gastos están incluidos en el precio pagado al contratar el viaje, a excepción de las bebidas alcohólicas, el juego en el casino y los artículos de venta en las tiendas libres de impuestos. El dinero no se usa. La tarjeta que te entregan al subir a bordo actúa como única moneda. El día del desembarco firmas el montante total de gastos con cargo a una de tus tarjetas de crédito, te devuelven el pasaporte y «*see you later, alligator*».

A Juan y a mí nos asignaron un camarote doble de categoría media en la cubierta número 4, mientras que Margot tenía reservada una *suite* individual en la lujosa cubierta número 10.

—Soy una viuda rica y alegre; ¿para qué sirve el dinero?—me explicó con una encantadora sonrisa.

Luego agregó:

—¿Quieres que tomemos una copa a eso de las siete en un bar de la cubierta dos? Es uno tipo pub inglés, muy mono.

Nuestro camarote daba a la banda de estribor y contaba con una pequeña terraza abierta al mar. Contenía dos camas grandes, un escritorio, un aparato de televisión y otro de radio, armario para la ropa y un baño con ducha y retrete. Más o menos, podría parecerse a la habitación de un hotel de lujo, pero algo más pequeño y, desde luego, más funcional.

Los sistemas de desagüe de los váteres, en estos megacruceros, funcionan por succión, esto es: aprietas un botón de la pared y, al instante, tienes la impresión de que una aspiradora potente y ruidosa absorbe todo el contenido de la taza en breves segundos. Leí en cierta ocasión, en un libro divertidísimo de un tal David Foster Wallace sobre un crucero por el Caribe, que una pasajera accionó el mecanismo mientras estaba todavía sentada y fue succionada con tal fuerza que sus nalgas quedaron atascadas en el agujero del desagüe. Hubieron de acudir a librarla de la trampa los fontaneros del barco, y el marido de la infeliz, para aliviar su vergüenza y salvar su pudor, previamente a la llegada de los operarios la cubrió con un ancho sombrero mexicano de paja que había comprado en el puerto de Cancún. Leyendo el libro, me sentía incapaz de reprimir la risa imaginando a la mujer hundida en la taza, mientras su rostro empavorecido y sus pies pataleantes asomaban por debajo del ala del sombrero charro. Uno de los fontaneros, según Wallace, comentó al atribulado marido que desatascar a la señora sería una tarea relativamente fácil, pero que sacar al mexicano supondría un problema mayor, ya que estaba atrancado con ella, porque liberar a dos personas al mismo tiempo resultaba bastante más complicado que hacerlo con una.

En el camarote encontré un folleto explicativo sobre las características del barco y un croquis que mostraba su barriga, detallando sus zonas y servicios. También, nos entregaban a diario el programa de navegación: una revista editada en buen papel, que nos informaba de las actividades previstas para la jornada y que una camarera dejaba sobre el lecho del camarote mientras desayunábamos en la cubierta número 7.

Cada día, el boletín recomendaba el vestuario que habíamos de utilizar para la tarde-noche. Había tres categorías de atuendo: «casual» (pantalón y camisa con cuello para los hombres, y falda o pantalón con blusa o suéter para las mujeres), «informal» (chaqueta para el hombre, con corbata opcional, y vestido o pantalón sobrio para las mujeres) y «formal» (esmoquin o traje oscuro para el hombre y vestido de cóctel u otro tipo de atuendo elegante para la mujer). Aquella primera noche estaba prevista vestimenta «formal». Me pregunté cómo iba a arreglármelas para la ocasión, pues solamente llevaba en mi equipaje, para algún evento excepcional, una ligera chaqueta azul de verano y una corbata de colores muy vivos.

Atardeció poco antes de las seis y todos los pasajeros nos encontrábamos ya a bordo, pese a que el barco no zarparía hasta las cinco de la siguiente madrugada. Así que una de las ceremoniosas imágenes que yo conservaba entre mis tópicas ideas sobre los transatlánticos no iba a celebrarse: la despedida con serpentinas, confetis, banderitas, bocinazos de las sirenas de otros barcos, una banda entonando himnos patrióticos en la cubierta superior y orquestinas de jazz y blues en las inferiores. ¿Quién iba a madrugar en Río para despedir a un megacrucero?

Cuando Blasco Ibáñez, en 1923, dio su vuelta al mundo a bordo del *Francofonia*, un transatlántico de veinte mil toneladas, la partida desde el puerto de Nueva York supuso un acontecimiento. «La orquesta del *Francofonia* entona de pronto un himno patriótico —escribe el novelista valenciano— que tiene la lentitud religiosa de un salmo. Las gentes dejan de reír y de gritar; las cabezas se descubren; cesa el mutuo envío de serpentinas entre las cubiertas del buque y la multitud superpuesta en tres largas masas que ha venido a presenciar su partida. [...]». Más adelante, Blasco Ibáñez añade: «Se extinguen en el aire las últimas notas del himno reposado y místico, las cabezas se cubren y estalla un coro de gritos junto a los costados del *Francofonia*. Algunas señoras llegadas de los estados del interior para despedir a sus amigos que van a dar la vuelta al mundo sacan repentinamente banderas nacionales de estrellas y rayas y, sosteniéndolas con ambas manos, las dejan aletear bajo las ondulaciones del viento fresco del río [el Hudson]. Vuelan otras vez las serpentinas de papel [...] La orquesta ha emprendido una serie ascendente de fox-trots y otras danzas americanas. Algunas parejas impacientes empiezan a bailar en las diversas cubiertas».

Nos quedábamos, pues, sin ceremonia de partida y nuestro desaforado barco zarparía de Río con sigilo, entre las sombras de la alborada, como un discreto cetáceo rumbo a las soledades inmensas del océano.

Poco antes de las siete, desdeñando el ascensor, bajé andando desde mi cubierta al lugar de la cita con Margot. Las escaleras eran anchas, alfombradas, flanqueadas con pasamanos dorados. Grandes tapices adornaban las paredes y de los techos pendían lámparas con cientos de relucientes lágrimas de cristal. Yo me sentía un poco como un marciano, embutido en mi chaqueta veraniega y rodeado por señorones y señoronas, ellos ataviados con pulcros e imponentes esmóquines y ellas con vestidos de raso, tules y costosas sedas.

Las cubiertas 2 y 3 se destinaban a los bares, el casino, la discoteca, tiendas libres de impuestos, el restaurante más grande del barco, una sala de teatro y el planetario, donde se proyectaban películas en tres dimensiones. Busqué el pub, me acodé en la barra y pedí una copa a un barman filipino que vestía chaqueta corta roja y pajarita negra. Grupos de hombres y mujeres con sus atuendos «formales» se sentaban junto a la hilera de mesas del fondo, bajo los grandes ojos de buey que dejaban ver las luces de los muelles de Río de Janeiro, al norte de Copacabana. El pianista tocaba baladas de los Beatles y una pareja bailaba abrazaba en el centro de la pequeña pista.

Margot apareció unos minutos después de las siete. Lucía un largo y ajustado vestido de seda roja con remates dorados en las mangas y el escote en uve, que dejaba ver el inicio del canal de sus senos. Rodeaba su cuello con un collar de perlas engarzadas en oro y sus dedos y muñecas brillaban repletos de platinos y costosas pedrerías. Se había pintado los labios de rojo sangre, a juego con las uñas, y de azabache las pestañas; sobre los párpados centelleaba un polvillo azulado. Me pidió que nos sentáramos y ordenó un dry martini al camarero.

—Está usted muy elegante —dije.

—Procuro no repetir ni un solo día mi vestuario —contestó. Me miró los pies.

—Seguro que llevas calcetines cortos —agregó.

Me alcé los bajos del pantalón.

—Acertó —respondí.

—No es lo más adecuado.

—Son más frescos para el verano.

—Pero no para los salones de un barco de lujo.

—Ya ve.

—Debí de haber imaginado que eras socialista.

—¿Y por qué lo cree?

—Porque también llevas camisa de manga corta debajo de la chaqueta. Y eso no es de caballeros; es de rojos. De todas formas, en las tiendas del barco venden camisas de manga larga. Puedes arreglarlo si quieres... Y también alquilan esmóquines: te vendría bien uno. Supongo que tampoco será difícil encontrar calcetines de hilo que cubran la pantorrilla.

—No tengo intención de cambiar mucho mi vestuario. —Algo fastidiado, la verdad, decidí adoptar el tuteo—. Pero si eso te incomoda, dejo de acompañarte, Margot.

Hice intención de levantarme.

—No, por favor, no he dicho tal cosa. Sólo que debes de ser socialista. ¿He acertado?

—Mis ideas podrían serlo, pero no me gustan los políticos que las representan.

—¡Ah, entonces eres comunista! Nunca he hablado con un comunista. En estos barcos no suelen ir muchos. ¡Qué interesante!

—No he dicho que sea comunista.

—Entonces ¿qué eres?

—Nada. ¿Y tú, Margot?

—Yo soy de derechas de toda la vida. Y también soy muy catalanista. Pero no te confundas: los ricos catalanes no somos iguales que los ricos andaluces o que los castellanos. Nosotros, por ejemplo, tenemos otra relación con el servicio. Hace poco, una criada mía se puso enferma. Y fui a verla al hospital. Eso no lo haría jamás un rico andaluz. Los ricos catalanes somos más sociales.

—Ahora que lo dices, nunca lo había pensado.

Tomamos otra copa. En apariencia, a Margot no le hacía ningún efecto el alcohol. Y yo no alcanzaba a estar seguro de si era como parecía ser o si me estaba tomando el pelo.

—Durante el franquismo no había comunistas —añadió dando un sorbo a un nuevo dry martini.

—Porque los fusilaban.

—Yo creo que no. Lo que pasaba es que nos aburrían a todos con esa murga que tienen siempre los comunistas. Son pesados, no digas que no.

—Creí que eras catalanista. Y antifranquista, por lo tanto.

—Nunca hubo problemas serios entre Franco y Cataluña. Créeme: muchos de los catalanistas de hoy eran franquistas ayer. Pero dime una cosa, ¿eres comunista porque eres pobre?

—Ni soy pobre ni soy comunista. Incluso conozco a unos cuantos comunistas ricos.

—De jóvenes, tal vez. Pero nadie en su sano juicio envejece comunista. Ya lo verás en carne propia.

—Tengo casi sesenta años, Margot.

—Un chaval.

—Parece que odias a los comunistas.

—Pues quizás, pero sólo porque no tienen glamour. ¿Has visto alguna película de Hollywood en que aparezca un comunista con buena facha? Siempre tienen ojeras y son muy delgados, como si estuviesen a toda hora pasando hambre y con la bomba a cuestas. Nunca beben champán ni dry martini. ¿Quieres una confidencia sobre mí?

—Desde luego.

—Mi nombre original no es Margot, sino Francisca. ¿Pero tú crees que alguien con glamour puede llamarse Francisca? O peor: ¡Paquita! Me cambié el nombre en cuanto lo permitió la ley. Mis abogados se encargaron de ello.

—¿Tienes varios abogados?

—La gente elegante tiene varios abogados, nunca uno sólo. ¿Es que no vas al cine? Cary Grant siempre tenía varios abogados.

—Desde luego… es mucho más elegante tener unos cuantos.

—¿Lo ves? Margot me pareció un nombre de buen gusto. Pensé unos días en ponerme Mabel, por aquello de que soy española. Pero al final me decidí por Margot.

—Margot suena a tener mucha clase.

—Eso, justamente clase. Pero lo que te decía… Ni Grace Kelly ni David Niven eran comunistas. ¿Te los imaginas con pistolas en la Plaza Roja? La gente con clase debe estar siempre en los hoteles de París, o en los restaurantes de Nueva York, o en cruceros de lujo como éste. Y no sólo no eran comunistas, sino que nunca salieron en el cine en papeles de comunista. Eran incompatibles con eso.

—Grace Kelly era un pendón antes de casarse con el príncipe de Mónaco, según he leído en alguna parte.

—¿Y quién ha dicho que sea incompatible tener clase y acostarse con hombres atractivos? Estás muy anticuado: los ricos siempre han hecho el amor a destajo... Yo ahora lo tengo dejado, la verdad. Pero aún me acuerdo de aquellos días de loco frenesí. Había chicos muy monos.

Suspiró mientras apuraba su dry martini.

—De todas formas, desde que los americanos han comprado la mayor parte de las acciones de las compañías navieras inglesas, estos cruceros ya no son lo que eran. ¡Puff, los americanos! Son moralistas, anticuados y catetos. ¿No ves lo gordos que están? Antes, las mujeres ricas de cierta edad llevaban en los viajes a sus gigolós. Hombres jóvenes, con estilo, que sabían vestir... Pero los americanos ven muy mal lo de los gigolós. El glamour de los transatlánticos ha desaparecido con el Imperio británico. Y ya no hay actores como David Niven o Cary Grant.

—Por cierto: leí un libro de tu compatriota Josep Pla que empezaba en un transatlántico. Iba camino de Israel, creo que hacia 1957.

—Pla era un payés, un paleto sin gracia y sin clase.

—Es uno de los mejores escritores de Cataluña. ¿Lo has leído?

—Yo no leo a la gente que siempre lleva la boina puesta. Pero mi marido sí que lo leía, por cuestión de negocios. Mi esposo era editor y tenía los derechos en español de muchos de los libros extranjeros que, en los años cincuenta y sesenta, se vendían como churros en toda España. Por eso soy millonaria, por la literatura, aunque no me gusta mucho leer. Siempre ha habido muchos escritores sin glamour, como tú. Pero hubo otros que sí lo tenían. Como Julio Camba.

—¿Y has leído a Camba?

—Tampoco. Pero sus fotos salían a menudo en el *Abc* y *La Vanguardia*. Tenía clase, desde luego, como otro que se llamaba Augusto Assía. En cambio, Baroja era como Pla: de la pandilla de la boina. Debían de tener ideas muy recocidas. ¿Tú llevas boina en Madrid?

—Eres fascinante, Margot: nunca me he encontrado a nadie como tú.

—Será porque los poetas siempre estáis encerrados en vosotros mismos. Pero tú me caes bien, aunque seas un escritor sin glamour y lleves manga corta debajo de la chaqueta. ¿Quieres cenar esta noche en mi mesa del comedor principal?

—¿Con manga corta?

—No te preocupes, hay otros personajes como tú en el barco y los americanos hacen la vista gorda. Yo ceno en la mesa que preside uno de los oficiales, creo que el tercero en la escala de mando. Es de Irlanda y suele estar borracho antes de que comience la cena. Le llamo el «bolinguilla». La ventaja de cenar en las mesas de los oficiales principales del barco es que las bebidas alcohólicas son gratis. Así que puedes hincharte a beber vino si te da la gana. A mí me viene bien tu compañía, porque soy la única desparejada de la mesa.

El comedor principal era un restaurante con capacidad para más de mil trescientas personas. Una brigada de camareros etiquetados atendía a los comensales, bajo la luz lloriqueante de decenas de lámparas de cristal. Después de las presentaciones, me acomodé junto a Margot al arrimo de una holgada tabla de forma redonda. Aparte del oficial, un pelirrojo sesentón que efectivamente parecía estar beodo antes de que los camareros sirvieran la comida, se sentaban a la mesa su esposa —que lo era en segundas nupcias—, su hijastra y el novio de la niña;

también, un matrimonio de japoneses que nunca hablaba y siempre sonreía, y otro matrimonio norteamericano, el marido aquejado de un fuerte Parkinson y a toda hora en silencio. En cada cena, durante los días que duró la travesía, al americano se le derramaban dos o tres vasos de vino tinto sobre la chaqueta blanca del tuxedo que invariablemente lucía cada noche, fuese o no una jornada para vestimenta «formal». Llegué a sospechar que lo suyo era una melopea eterna y continuada en lugar de un Parkinson, porque el tembleque que le acometía era excesivo incluso para un enfermo. Cada vez que se le caía el vino, se limpiaba con la servilleta como buenamente podía y arrastraba el vaso sobre la mesa, hacia delante, para que alguien se lo llenara.

La esposa del oficial irlandés era italiana, fea como un diablo y tan habladora que llenaba con creces, ayudada por la entusiasta Margot, los silencios de los otros comensales. Su conversación giraba siempre en torno a las compras que hacía en los puertos donde atracaba el barco. En cuanto a la hija, una muchacha gorda de unos treinta años con mirada de maníaca depresiva, tan sólo conversaba con su novio y siempre en voz muy baja. Él era un joven desgarbado y prematuramente calvo, de rubios cabellos enfermizos que desfallecían sobre su largo cuello blanco como la cal. Cuando sonreía, los colmillos sobresalían sobre la fila de los otros dientes, lo que le daba un aire draculino. Comía muy poco, en tanto que la chica se hacía llenar el plato por los camareros sin descanso. A mí me daba por pensar que ella devoraba cuanto podía con la intención de producir mucha sangre en su organismo, para que, más tarde, en el camarote, el novio pudiera a su vez cenar su plato favorito. Intenté averiguar si el chico rechazaba las especialidades con ajo que ofrecía el menú, pero no lo logré.

Todas las noches del viaje en el megacrucero cené con la misma compañía. Y siempre, cuando la jornada recomendaba atuendo «formal», me sentí ridículo por no vestir esmoquin. Hablábamos en inglés. Bueno, los que hablaban, porque había tres, como ya he dicho, que parecían mudos y el oficial irlandés terminaba balbuceando a causa de la melopea. Imagino que nunca le destinarían para hacer las guardias nocturnas en el puente de mando. ¿Quién podría ver un iceberg en un estado semejante?

Margot era una fuente inagotable de información. La mesa del comodoro R.W., comandante del barco, no estaba muy lejos de la nuestra y los comensales variaban cada noche, según las invitaciones que distribuía el jefe de relaciones públicas de la compañía naviera entre los pasajeros más ilustres. A mí nunca me invitaron, a pesar de que el primer día fui presentado a R.W. como periodista. Quizás mi vestimenta no hacía aconsejable sentarme a su mesa.

Antes de gobernar nuestro crucero, el comodoro había sido comandante de otro más pequeño y, durante uno de los últimos viajes, se enamoró de una pasajera hawaiana y plantó a su mujer. Con sus setenta años de edad y una espléndida barba blanca, R.W. tenía la apariencia de ser un clónico del capitán de la película *Titanic*, el filme de James Cameron. Su nueva mujer no parecía pasar de los treinta y cuatro o treinta y cinco años y era morena y muy hermosa. Cuando alguna noche acudían a la discoteca para abrir un baile de gala, se los veía como a un venerable abuelo y a su nieta danzando en una fiesta de cumpleaños feliz. A los ancianos millonarios norteamericanos y japoneses les castañeteaban los dientes de pura envidia.

Margot me contó también que, dada la avanzada edad de la mayor parte del pasaje, había en las bodegas del barco una cámara frigorífica para conservar los cadáveres de gente que moría súbitamente a bordo.

—Tengo entendido que en el viaje inaugural cayeron doce. Cuando el barco tocaba puerto, bajaban los fiambres con discreción, en ataúdes de aluminio, y los enviaban volando a su tierra: a cobro revertido, me imagino. Procuraban que nadie se diera cuenta, pues en estos barcos un buen número de pasajeros andan en las penúltimas y exhibir un muerto a bordo seguro que les pondría los pelos de las cejas como estalactitas.

Durante las cenas, Margot me hacía sus confidencias en español. Cuando el oficial de nuestra mesa alzaba su copa de vino para brindar, cosa que solía hacer cuatro o cinco veces, Margot sonreía, levantaba la suya y contestaba al *cheers* del irlandés siempre con la misma frase: «Salud, bolinguilla».

—Los oficiales del barco son unos caraduras —me comentó otro día—. Muchos se traen a la familia entera a los cruceros. Y no pagan un duro.

—¿Y cómo sabes tanto de la vida en la trastienda del barco, Margot? —le pregunté en una ocasión.

—Porque, aparte de comprar cuanto se me antoja, no tengo nada mejor que hacer que fisgar en las vidas ajenas. Y no sabes la cantidad de cosas que se averiguan preguntando, amigo escritor. La gente siempre está deseando hablar: sobre todo, hablar mal de los otros.

Los menús del restaurante resultaban interminables. Nos cebaban sin tregua, como a los pavos antes de Navidad. La carta se componía de cuatro series de alimentos: aperitivos o sopas, ensaladas o sándwiches, platos principales de carne, pasta o pescado, y postres. Podía elegirse, en cada uno de los apartados, entre varias alternativas, siempre distintas de un día para a otro. Pero si un comensal tenía más apetito, los camareros no ponían la más mínima objeción y le llenaban una y otra vez el plato. Creo que el perfecto eslogan publicitario para los megacruceros sería: «Come como un cerdo quieto en la mesa, para reventar más tarde como un caballo al galope». Lo del galope lo explicaré más tarde.

Reproduzco íntegro el menú de una de las cenas:

–Primer apartado: dolmades del Oriente Medio, o cóctel de cangrejo de Alaska, o crema de zanahoria, o vichyssoise.

–Segundo: ensalada de espinacas y naranja, o sándwich de chorizo caliente, o ensalada tibia de marisco mediterráneo.

–Plato principal: ñoquis con beicon, o rodaballo al vapor con crema, o confit de muslo de pato, o filete strogonoff, o gambas con salsa de coco, o lasaña.

–Postres: iceberg de helados, o pastel Selva Negra, o pudin de chocolate caliente, o plato de frutas frescas, o banana flambeada, o selección de quesos.

O todo junto para los bulímicos como la hijastra del oficial irlandés.

Aparte del Britannia, era posible reservar mesa para la cena o el almuerzo en el Todd, un pequeño restaurante de la cubierta número 8 especializado, al parecer, en comida mediterránea y en el que jamás logré tomar un plato que se pareciese a ninguno que haya tomado en mi vida en las orillas del Mediterráneo.

Por otro lado, una buena parte de la cubierta número 7 la ocupaban una sucesión de restaurantes de autoservicio, especializados en comidas asiática, inglesa, italiana y, de nuevo, mediterránea. Los comedores permanecían abiertos la mayor parte del día y, casi a cualquier hora, repletos de clientela, y era tanta la cantidad de comida que se consumía en el buque como la que se arrojaba al mar; se decía que la nave era seguida por miríadas de tiburones que salían flacos como boquerones de la bahía de Río y llegaban gordos como ballenas a los muelles de Miami.

Hasta finales de la década de los años cincuenta del pasado siglo, los barcos transatlánticos servían exactamente para lo que su nombre indica: para llevar pasajeros de un lado a otro del Atlántico, en su parte norte. Después, se botaron barcos para viajar a Australia, Suráfrica y Argentina, surcando las aguas del Índico, el Atlántico sur y el Pacífico. La función de todos ellos era la misma: el transporte de viajeros. Las cubiertas acogían pasajeros de primera, segunda y tercera clase, y la primera era lujosa en grado extremo, con un toque romántico y, sin duda, llena de glamour. Pero era literaria también. Afamados escritores como el americano Mark Twain, el alemán Thomas Mann, el inglés Evelyn Waugh y los españoles Vicente Blasco Ibáñez y Josep Pla viajaron en estos buques imponentes y escribieron sobre su navegación. Durante décadas, el océano, como escribió Mann, que cruzó veinte veces el Atlántico, diez de ida y otras tantas de vuelta, fue «un mar narrativo».

La aviación comercial acabó con los grandes barcos y la mayoría fueron desguazados. No obstante, desde hace algo más de una década, los megacruceros han regresado. Pero su función no consiste en transportar pasajeros de un contienente a otro, sino en pasearlos por el océano, divertirlos a bordo y llevarlos a visitar puertos donde pueden realizarse muchas compras, en buena parte libres de impuestos. Hay numerosos puertos de pequeñas ciudades o islas que viven de este turismo del siglo XXI. Frente a sus muelles, decenas de comercios esperan en hilera la llegada de los barcos para abrir sus puertas y ofrecer joyas, alfombras, artesanías, bebidas, ropas e, incluso, muebles, a la tropa voraz de los turistas ansiosos de comprar.

Por mi edad, me perdí aquel tiempo único de la navegación entre los continentes. Y tengo nostalgia de esa era irrepetible que no llegué a conocer. Mi amigo el editor Mario Muchnik sí que tuvo la suerte de navegar tres veces en estos barcos que cruzaban los océanos para llevar a la gente de una esquina a otra del mundo. Lo cuenta en uno de sus libros de memorias, el que se titula *A propósito*. Reproduzco aquí su texto con un sentimiento de irritación y congoja parecido al suyo. Dice así:

> No conozco medio de locomoción más cómodo ni más adulto que el transatlántico, y me parece un insulto a la historia de los inventos y a la aristrocrática nobleza de la especie destinar estos tremendos aparatos para cruceros de ocio, como se hace hoy. Navegar en estos barcos monumentales —tanto por el ritmo pausado de toda navegación como por las infinitas posibilidades de entablar relaciones o de no entablarlas y sumergir-

> se en la lectura o en el simple ensimismamiento— era signo de alta civilización [...]. Pero ya no se hace. Primero vino la degeneración del turismo, que convirtió el cruce del Ecuador en motivo de fantochada y el tiempo libre en ineludible cita con la más abyecta vida social; y luego vinieron los aviones de largo alcance en los que ni se lee, ni se duerme, ni se hace vida social, ni puede uno ensimismarse [...]. Los transatlánticos desaparecieron de la faz del mar.

Así pues, la vida en aquel barco, como en todos los megacruceros de lujo, se organizaba para que los pasajeros no se aburriesen nunca. Y los pasajeros respondían a tal gentileza tomándose muy en serio el ocio y cumpliendo el programa con el rigor y la exactitud que se supone a los esclavos. No obstante, cualquiera que tratase de llevar a cabo al completo el programa que, a diario, ofrecía el boletín de actividades, corría el riesgo de acabar exhausto y enfermo antes de haber participado en la mitad de ellas.

Sin contar las horas de desayuno, comida y cena, he aquí una lista de propuestas a los pasajeros para una jornada a bordo entre las nueve de la mañana y las once menos cuarto de la noche: bingo, clases de yoga, clases de gimnasia, juegos al aire libre, celebración del cruce de la línea del Ecuador en la piscina de popa, clase de cha-cha-chá, torneo de paddle, campeonato de dardos en el pub inglés, tarde de teatro, actuación de un cantautor clónico de Elvis Presley, cine, jazz en el Club de Elite, cuarteto de cuerda en el Jardín de Invierno, función de noche de teatro, arias de un tenor italiano en el Planetarium y baile de Carnaval con máscaras y etiqueta.

Además de eso, la biblioteca de proa (con más de ocho mil volúmenes) permanecía abierta doce horas diarias, lo mismo que el gran gimnasio de más de mil metros cuadrados. Durante la mañana, se realizaban subastas de arte en la cubierta 7 y el casino de la 2 ofrecía ruleta, black jack y máquinas tragaperras.

Los borrachos no tenían problemas para encontrar rincones a su gusto en las cubiertas 2 y 3, mientras que los amigos del footing podían dar vueltas por la larga terraza que rodeaba el barco junto a las bordas de la cubierta 7, informados de que tres vueltas alrededor del buque equivalían a un recorrido de una milla, esto es, aproximadamente un kilómetro y medio. Había un centro de talasoterapia con oferta de masajes y baños, peluquería de señoras y caballeros y, destinadas a los derrochadores y caprichosos, quedaban las ocho tiendas libres de impuestos de la cubierta número 3.

Para cubrir los anhelos espirituales de los virtuosos, todas las mañanas se celebraba una misa destinada a los católicos y, una vez por semana, ceremonia de signo anglicano o evangélico. Los domingos, el propio capitán oficiaba una «misa ecuménica», esto es: un rito que en teoría servía para todo tipo de creencias. Ése era un asunto que a mí me despertaba dudas, pues no creo que ningún musulmán, por ejemplo, acepte una ceremonia oficiada por un oficial cristiano. Pero como no había ningún musulmán a bordo, no pude comprobar si mi sospecha era o no cierta.

Durante los días que duró el crucero, apenas hubo oleaje y el barco se deslizó sin sobresaltos sobre las aguas apacibles del Atlántico. En las clases de cha-cha-chá, a las que asistían con inmensa fe numerosos septuagenarios japoneses, no vi a ninguno darse de narices sobre la pista ni estamparse contra una pared por causa de un súbito golpe de mar. «*One, two, three*..., ¡cha-cha-chá!», ordenaba la instructora siguiendo el ritmo de la música. Y los danzantes daban un pasito con un pie, un segundo con el otro y un tercero con el primero, para de inmediato propinar al aire una sacudida de trasero con un movimiento parecido al de un pavo cuando menea las plumas del culo.

Los primeros transatlánticos del siglo XIX no ofrecían esas seguridades a los pasajeros amigos de la danza. Mark Twain, que realizó su primera travesía por el océano en 1867, a bordo del *Quaker City* y que contó la experiencia en su libro *Inocentes en el extranjero*, narraba así una sesión de baile en la cubierta superior de la nave:

> Nuestra música consistía en entremezclados chorros de un acordeón algo asmático y capaz de contener el resuello cuando debía de lanzarlo con fuerza; de un clarinete en cuyas notas altas no se podía confiar mucho y algo melancólico en las bajas; de otro acordeón que tenía una rotura en algún sitio y respiraba con mayor fuerza que aullaba. Sin embargo, el baile era infinitamente peor que la música. Cuando el buque se balanceaba a estribor, el pelotón entero de parejas de baile cargaba en dirección a estribor y se precipitaba en masa contra la barandilla. Y cuando se balanceaba a babor, se lanzaban hacia babor con la misma unanimidad de sentimientos. Los que bailaban daban vueltas por espacio de unos quince segundos y luego se escurrían hacia los lados, como si se propusieran saltar por la borda. Finalmente, dejamos de bailar.

Las noches de vestimenta «formal», en una rotonda de la anchurosa cubierta 2, una joven fotógrafa montaba una suerte de estudio. Como fondo, la chica colocaba una patalla blanca y, ante la cámara digital y un foco de luz, situaba a las parejas con sus trajes de gala en dos posiciones posibles: o tomados del brazo el uno junto al otro, o el hombre un paso atrás de la mujer, sujetando su cintura y ella con las manos recogidas sobre el regazo. Siempre debían sonreír a la cámara, o como alternativa, mirarse amorosamente. La fotógrafa ofrecía después varios posibles paisajes de fondo, para que cada pareja retratada escogiese el que más le gustase, que se encajaría en el posterior tratamiento digital. Un fondo presentaba la propia estructura del transatlántico entrando en un puerto de noche, con las luces de los muelles y del propio barco exhibiéndose esplendorosas. Otro fondo mostraba un atardecer tropical de furiosos naranjas y rosas. Pero el que, por encima de todos los demás, hacía furor entre los pasajeros era el decorado de la escalera principal de la película *Titanic*, la de Cameron. Imagino que no hay glamour que supere al de las grandes tragedias.

Eran numerosos los pasajeros que se pasaban la mayor parte del día en las piscinas de las cubiertas superiores, a proa o a popa, con riesgo de arruinarse la piel bajo el sol poderoso del Ecuador. Recuerdo un grupo de matrimonios mexicanos, ocho o diez parejas que viajaban juntas. En realidad, no alcanzo a estar seguro de si eran o no matrimonios. Los hombres rondaban los cincuenta y tantos o sesenta años, mientras que las mujeres aparentaban ser, en su mayoría, treintañeras o cuarentonas recientes. Parecían más amantes que esposas, o en todo caso juveniles consortes de segundas nupcias. A toda hora tomaban el sol, ellas luciendo espléndidos cuerpos bajo los mínimos biquinis y ellos panzas bovinas sobre la cinta de los anchos bermudas. Como todos debían de pensar que en el barco no había casi nadie de habla hispana, los hombres no se contenían en proclamar a gritos el dinero que habían ganado ese año, siempre en millones de dólares, en tanto que las mujeres alardeaban sobre las compras acumuladas en las escalas del viaje. Cuando acudía a la piscina, me sentaba en sus proximidades y abría un ejemplar de una novela en inglés, con la portada y el título a la vista de cualquier curioso. Y los escuchaba fascinado, observándolos de cuando en cuando con aire distraído. El grupo había hecho el crucero de bajada, desde Miami a Río, y ahora realizaban el de subida, de Río a Miami: achicharrándose bajo el sol, libando copas sin tregua y comprando todo lo que podía comprarse en las islas del Mar de las Antillas. Uno de los tipos, alto, barrigón, con una mata de espeso pelo blanco que le cubría el pecho y le confería la apariencia de un oso polar, llevaba siempre con él una bolsa llena de juguetes e instrumentos de uso pornográfico: preservativos de colores, vibradores vaginales de varios tamaños, un cerdo que sodomizaba a otro cerdo al ritmo del himno nacional estadounidense, un muñeco indio de plástico cuyo taparrabos se alzaba dando salida a un falo imponente cuando se le apretaba un botón de la cabeza, una muñeca hinchable tamaño natural, de labios succionadores y sexo abierto a los ojos de quien pasara por allí y a la que el mexicano sentaba en una tumbona junto a la suya..., un equipaje, en suma, que desplegaba un amplio catálogo de arte sexual del mejor gusto. Su instrumento favorito era una especie de peonza en forma de pene erecto que el hombretón echaba a rodar entre las señoras y que, mientras giraba, provocaba que un mecanismo interior hiciese sonar acordes de «La cucaracha». Cuando el ingenio se detenía y quedaba apuntando hacia una de las mujeres, el tipo hacia intención de bajarse los calzones y de ir a por ella como un macho en celo, entre las risas de todo el grupo. Era estupendo sentarse cerca de ellos, escucharlos y verlos en acción: formaban la pandilla de viajeros más refinada que he encontrado en toda mi vida. Cuando me aburría, me subía a la piscina y tenía entretenimiento asegurado para un buen rato.

Mediado el viaje, la piscina más grande, la de popa, fue escenario de una singular ceremonia: con motivo del cruce de la línea del Ecuador, los pasajeros fuimos invitados a celebrar un evento que en el programa de actividades se denominaba «Bautismo de Neptuno».

Siguiendo las instrucciones, dos centenares de viajeros nos concentramos en la cubierta número 9, bajo el sol justiciero, con la indumentaria aconsejada por el boletín: en traje de baño. El capitán y dos de sus oficiales, vestidos con sus uniformes blancos de gala, presidían con aire de felicidad la farsa. Tres tipos estrafalarios, uno disfrazado de dios Neptuno —con tridente y corona dorada—, otro de náufrago —con taparrabos de harapos y largas barbas blancas— y un tercero de juez británico —con toga negra y peluca albina— obsequiaron a los asistentes con un *sketch* al parecer divertido, pues la gente se reía mucho. A mí, sin embargo, quizás porque carezco de humor «cruceril», no me provocó la más mínima sonrisa. Recuerdo que el náufrago le decía a Neptuno, mientras se mesaba los cabellos y las barbas: «Redímeme, señor, de mis pecados y dame una lata de sardinas». Y el juez intervino: «Tiradle al agua, que es un farsante». Y Neptuno concluyó: «Le perdono los pecados, pero no le doy las sardinas». Tronchante.

Luego, puestos en fila, los pasajeros pasaron ante un cocinero del barco que sostenía en las manos un salmón de un par de kilos recién sacado del congelador. Los viejecitos y viejecitas besaban los morritos del pez y luego eran acompañados a la escalera de la piscina, por Neptuno o el náufrago o el juez, para que entraran en el agua. Finalmente, salían del agua por la escalera del lado contrario, chorreantes y bautizados.

Vi a Margot formar parte de la cola de bautizables. Pero rehusó besar los morros del pescado. Cuando me crucé con ella, le dije:

—Tu bautismo no vale, no has besado al bicho.

—Estás tú bueno si pensabas que me iba a tragar las babas de tanto vejestorio gringo...

Aquella noche, sobre la cama, la camarera había dejado una especie de diploma en el que se leía: «En lo sucesivo se sabrá que mister Javier Reverte ha cruzado la línea que divide el Sur del Norte el 28 de febrero de 2004 mientras viajaba a bordo de este barco de enseña británica». Debajo del certificado aparecía la firma: «Comodoro R. W., comandante del Royal Majesty Ship». Todavía no he tenido tiempo para enmarcarlo.

Uno de los juegos más populares y necios de los que se practicaban a bordo eran las carreras de caballos. En una de las cubiertas, se trazaba un recorrido de unos treinta metros dividido en casillas. En la línea de salida se colocaban los «caballos»: figuras de equinos al galope, cortadas en madera plana, con un jockey sobre los lomos, pintadas de colores vivos y con un número en la silla del jinete. Los «caballos» se sujetaban a una peana de madera gruesa con un palo de un metro y medio de altura. Cada uno de ellos pertenecía a un pasajero que lo había alquilado para la ocasión, pagando unas cuantas decenas de dólares y bautizándolo a su gusto: Black Storm, Texas Ranger, Rob

Roy, Indian Summer… Los «dueños» de los equinos tiraban los dados y varios empleados del barco movían las piezas sobre las casillas de la pista, entre el griterío de ánimo de los partidarios de cada corredor y los cruces de apuestas. En ocasiones, las mujeres enroscaban un pañuelo alrededor del cuello del caballo y besaban al jockey de madera antes de la salida. Los gritos de júbilo y de decepción, cuando la competición concluía, resonaban bajo los aires altos del Atlántico.

Siempre que paseaba por la cubierta y cruzaba junto a uno de aquellos concursos, me decía que la épica de los mares de antaño sale muy malparada en los lujosos cruceros de hogaño.

El barco hizo escala, rumbo a Miami, en tres islas antillanas: Barbados, Martinica y Sint Marteen. Pensé que supondría un respiro de tanta gazmoñería apelotonada en mis sentidos durante los días anteriores. Pero me equivoqué. En las pocas horas que duraron las escalas, apenas tuvimos tiempo para otra cosa que ver playas repletas de occidentales millonarios practicando vela, o surfing, o simplemente tomando el sol. El ejército de pasajeros descendíamos como una plaga de langostas sedientas sobre las zonas de tiendas libres de impuestos. Y allí competíamos por comprar y comprar sin tregua con los ejércitos de pasajeros de los otros tres o cuatro megacruceros que atracaban en ese momento en la isla. Los dólares volaban por cientos de miles y quién sabe si por millones.

Margot asomaba y desaparecía en los centros comerciales de Barbados, Martinica y Sint Marteen. La acompañaba el taxista cuyos servicios había contratado en el puerto para transportarla de un comercio a otro y para que fuera llenando el maletero del coche de artesanías, ropa, cuadros naïf, algún que otro mueblecito ocasional y cajas con joyas. Al encontrármela, me daba oportunos consejos de experta crucerista:

—Aprovecha: aquí en Barbados están muy baratas las esmeraldas.

—¿Como cuánto?

—La que te cuesta doce mil euros en España sale aquí por seis mil.

—Hum, tal vez me lleve tres o cuatro.

O bien:

—Aquí en Sint Marteen salen muy bien de precio los diamantes.

—¿A cómo más o menos?

—Por uno que costaría treinta mil euros en España, aquí pagas quince mil. Compra uno y luego lo vendes en España.

—Estupendo negocio. Lo malo es que no tengo ningún conocido interesado en diamantes de quince mil euros.

—Porque sólo conoces comunistas.

Yo imaginaba que, más allá de las zonas comerciales para turistas, la vida antillana bullía sencilla. Me hubiera gustado recorrer Barbados y Martinica durante unos días. En cambio, Sint Marteen no despertó en mi ánimo ninguna curiosidad, pues parecía ser un *resort* para extranjeros, sin apenas población local. En cualquier caso, los horarios no nos daban tiempo para mucho. Desembarcábamos a las diez o las once de la mañana y, antes de las seis, debíamos estar de regreso a bordo. El que no llegaba a tiempo, se quedaba en tierra; y allá se las arreglara tirando de talonario para volver a su patria en avión o para alcanzar de nuevo el barco en la siguiente escala, alquilando una avioneta privada a precios desorbitados.

Lo mejor de aquellas escalas era el ron, que por cierto fue inventado en Barbados. Había decenas de marcas locales, las más sabrosas de las cuales, en mi opinión, eran las de la isla Martinica, donde se elabora un ron supuestamente casero que llaman «agrícola». A la hora de embarcarnos, numerosos pasajeros subían casi trepando las pasarelas del barco, algunos entonando a voz en grito las respectivas canciones regionales de sus patrias, con riesgo de perder pie y caer de cabeza al agua o de dejarse los sesos contra el cemento del muelle. En nuestras cenas del Britannia, durante aquellos días antillanos, el oficial irlandés nos cantaba tres o cuatro veces seguidas el «Wild Rover», una canción de borrachos en pubs dublineses, mientras el americano del Parkinson intentaba seguir el ritmo dando golpes en la mesa. La noche siguiente de la estancia en Sint Marteen, ni él ni su mujer acudieron a la cena. Y no volvimos a verlos.

—Lo mismo está ya en el congelador de los fiambres —me comentó Margot mientras el oficial irlandés berreaba:

Oh no no, no, never,
no no never no more,

(aquí venían tres golpes en la mesa dados a mano abierta que hacían temblar las copas)

I won't be a wild Rover,
no never, no more.

La noche de la última cena a bordo, antes de alcanzar el puerto de Miami, mi amiga Margot hizo un repaso con la mujer del oficial de las compras realizadas a lo largo del viaje. Los nipones nos entregaron a todos tarjetas personales escritas en japonés y en caracteres latinos. El servicio repartió botellas de champán en las mesas y, desde la suya, el capitán propuso un brindis general. El oficial irlandés, al levantarse, tropezó y fue a chocar con un camarero que se retiraba hacia las cocinas con la bandeja repleta de vasos. Imagínense el estrépito. Su hija parecía haber engordado diez o doce kilos durante la travesía. Y el novio nos estrechó las manos mostrando los colmillos: su piel carecía de calor, como si acabase de salir de la cámara de los fiambres. En la mesa del capitán, con voz temblorosa y emocionada, alguien entonó el «God save the Queen». Y lanzados por los camareros, volaron serpentinas y miles de confetis por el enorme comedor.

Mientras cantábamos, o hacíamos como que cantábamos,

nos repartieron banderitas estadounidenses y británicas de papel y, todos unidos y agitando los emblemas del Imperio, seguimos con el «We shall over come» y «By the rivers of Babylon». Los que más disfrutaban con las banderitas eran los japoneses de mi mesa, que parecían haber retrocedido cincuenta años en el tiempo y cantaban con jolgorio infantil una letra que desconocían por completo. No llegué a saber por qué estaban los dos japoneses entre los invitados de la mesa del oficial irlandés y mi avispada amiga Margot no logró explicármelo con claridad.

De aquella peculiar navegación, recuerdo muchos atardeceres en que me quedaba en la terraza del compartimiento que ocupaba con Juan Echeverría. El camarote se situaba en la banda de estribor y no había posibilidad de divisar desde allí la tierra, que corría por el lado de babor. De todas formas, no era fácil llegar a verla casi nunca, ya que solíamos navegar entre doscientas y trescientas millas mar adentro. El aire refrescaba al atardecer. A veces, en la distancia, se recortaba el perfil vaporoso de un gran buque. En ocasiones, bandadas de grandes pájaros marinos pasaban sobre nosotros, permanecían curiosos un rato sobre la nave y luego se alejaban raudos, siguiendo su largo viaje oceánico hacia los extremos de la Tierra y de la vida. Nunca vi una ballena ni un gran pez. Sólo los atardeceres rubicundos y malvas de un Atlántico que no embraveció ningún día y nos dejó seguir tranquilos nuestro rumbo a Miami.

Pero el mar calmo no borraba la sensación de hostilidad que siempre trasciende de sus aguas. Incluso sin oleaje y bajo el sol radiante, el océano mantiene incólume su fortaleza, comunica la impresión cierta de que en cualquier momento puede desatar su furia contra el hombre y que no existe embarcación capaz de resistir su violencia. Que te puede matar, en suma. A veces, si el barco se movía levemente por el impulso de una ola imprevista, sentías el mundo vacilar bajo tus pies y tu seguridad se desvanecía durante unos pocos segundos. La naturaleza es tan hermosa como enemiga del hombre. Y a menudo nos lo indica con pequeños guiños cruelmente desdeñosos.

La última noche a bordo, los camareros retiraron de nuestros camarotes las bonitas toallas verdes de piscina con el sello de la compañía naviera, que probablemente la mayoría de los pasajeros, yo entre ellos, teníamos pensado birlar. Entrando el día, pagamos nuestras facturas en la oficina de la cubierta número 2, una especie de mostrador semejante al de la recepción de los hoteles. Y el barco, en lugar de hacer su arribo a un muelle amplio donde nos recibirían vapores y lanchas haciendo sonar sus bocinas y sirenas, se coló de rondón en los desiertos y fríos muelles de Fort Lauderdale. Cruzamos la aduana ante la mirada acusadora de los policías norteamericanos, a la vista de cuyos ojos yo siempre siento que soy un criminal aunque no recuerde mis crímenes. Y recorriendo una sucesión de largos pasillos asomamos a una explanada donde esperaban taxis y autobuses para llevarnos al corazón de Miami. Nuestro taxista, cubano de origen, durante la hora larga que duró el viaje hasta el hotel del centro de la ciudad, no cesó de hablarnos de cuán «hijueputa» era Fidel Castro. Uno está en desacuerdo total con Castro; pero oyendo a los cubanos del exilio hablar sobre él, puedes terminar amándole.

Durante el desayuno, me había encontrado con Margot. Iba a permanecer unos días en Miami, en casa de unos amigos norteamericanos, naturalmente millonarios.

—La semana que viene decidiré qué hago, tal vez me suba en otro crucero. Quizás me embarque en uno que da la vuelta al mundo durante varios meses. He descubierto que no hay nada más excitante que irse lejos de casa, encontrarte con gente que no conoces de nada y dedicar horas y horas a las compras. Es el mejor remedio contra la depresión y la tristeza.

—Un buen remedio para millonarios —dije.

—Yo no suelo hablar de pobres —respondió—. Eso es cosa de vosotros, los comunistas.

Finalmente agregó:

—¿No te importaría regalarme tu corbata? Es que mis amigas de Barcelona no van a creerse cómo eras cuando se lo cuente.

Se la regalé, por supuesto. Pero no me atreví a pedirle una de sus prendas de ropa para dar fe a mis amigos de que todo cuanto acabo de contar aquí no es un invento mío.

3

Exclusivas y patinazos

> Este oficio nuestro es como comprar un billete de lotería con premio.
>
> MARIAN BRANDYS, reportero polaco

Durante varias décadas del pasado siglo, el periodismo fue en España una profesión maravillosa. Y yo tuve la suerte de vivir un período de ese tiempo. Un colega y amigo ya desaparecido, Félix Ortega, decía que se trataba de un oficio en el que habría que pagar dinero a cambio de ejercerlo, en lugar de cobrarlo. Yo aprendí como periodista a ver el mundo, a gozarlo, a sufrirlo, a reflexionar sobre la existencia humana, sobre la violencia, el dolor y la alegría, sobre la risa, la perplejidad y la lágrima. Una mañana asistías a la coronación de un rey y pocos días más tarde caminabas junto a una larga fila de refugiados que huían de la guerra. Podías entrevistar a un sabio o a un asesino, a un premio Nobel y a un condenado a muerte, a un torero suicida, a una actriz hipocondríaca, a un arzobispo carvernícola o a un cura marxista. Bailabas junto a las gentes de un pueblo que acababa de recuperar la democracia en unas elecciones libres y, unas semanas después, percibías el olor dulzón de la muerte en tu entorno cuando te asomabas a las trincheras de un conflicto armado. Acudías para escribir sobre cumbres de políticos cuyos rostros aparecían a diario en las portadas de todos los periódicos del mundo y unos días más tarde escribías sobre un partido de tenis en Wimbledon. Ser reportero o cronista en esos tiempos no tan lejanos suponía disfrutar a diario, para lo bueno y para lo malo, de la intensidad palpitante y ardorosa de la historia y de la vida.

Imagine el lector: sucede algo extraordinario en algún lugar de la Tierra, en tu patria o lejos de ella, y el jefe te dice que debes irte de inmediato a ese sitio y enviar tus impresiones y las noticias que averigües. Y tú eres joven, inexperto, obediente y audaz; de modo que, en lugar de abandonar la profesión de inmediato, como sería lo juicioso, lo que haces es subirte a un avión, o a un tren, o a un automóvil y llegar sin más compañía que la tuya y tu equipaje al lugar de destino. Una vez allí, te organizas como buenamente puedes sin saber muy bien cómo hacerlo, buscas dónde dormir, recorres las calles, lees los periódicos locales, comes donde te pilla sin interés por lo que comes, miras cuanto sucede alrededor, preguntas, escuchas, olfateas y, al final del día, escribes mal que bien sobre todo ello, acertando en tus informaciones o equivocándote con tus juicios, por lo general sin saber casi nada del asunto y medio intuyendo lo que sucede en ese lugar nuevo para ti. Y después de eso, tienes que tratar de encontrar la forma de enviar la crónica a tu medio informativo, pues en muchas ocasiones, por aquellos días, transmitir la crónica era casi más difícil que encontrar las noticias sobre las que escribir. A esa manera de trabajar, y muchas veces de ser, le llamaban años atrás reporterismo. Era la forma más emocionante de vivir que puedo imaginar. Hoy es un género de escritura y vida prácticamente extinto.

Aquel período del periodismo fue posible por una serie de circunstancias muy particulares de la época. La fundamental de ellas era la decadencia del régimen franquista, un declive que comenzó a notarse mediados los años setenta del pasado siglo. Además de eso, una nueva generación de periodistas irrumpía en los medios informativos, los hijos de la sociedad española que comenzaba a demandar una información veraz. Había que sumar a ello el hecho de que los dueños de los periódicos, revistas y radios privados intuían la llegada de la democracia y pensaban que más les valía situarse en la corriente que exigía la marcha de la Historia. Y en fin, los medios de información controlados por el Estado franquista eran un hervidero de periodistas que militaban, clandestinamente, en los partidos políticos de la izquierda y que presionaban para implantar un periodismo que hablase de la verdad. Así que todas aquellas circunstancias formaban una ola incontenible a la que era imposible ponerle diques. Los reporteros y cronistas podíamos escribir casi de todo lo que queríamos a condición de no poner en cuestión, de una manera directa, el sistema franquista. Y los directivos pagaban con gusto los viajes a cualquier rincón del planeta o de la propia España para lograr reportajes en exclusiva. Durante los años que siguieron a la caída del franquismo, en lo que se ha llamado el período de transición a la democracia plena, siguió sucediendo lo mismo. Era Jauja, ya digo: un período irrepetible.

Las razones fundamentales por las que se extinguió aquel periodismo son diversas. La primera, económica, ya que resultaba muy costoso enviar gente por ahí fuera para ver lo que sucedía, y salía mucho más barato contar las cosas según las transmitían las grandes agencias de noticias o cadenas de televisión, por lo general norteamericanas. ¿Que con ello se corría el riesgo de dañar la variedad y la objetividad de la información? No importaba, pues se ahorraban dinero y esfuerzos. E incluso, se aliviaba el riesgo del patinazo, ya que, si todos iban a contar lo mismo, todos se equivocarían juntos.

La segunda razón es de corte político. Durante los años de lucha por la democracia, los jóvenes periodistas y la nueva clase política que emergía en la clandestinidad, en la cárcel y en el exilio, habían compartido hombro con hombro la lucha por la libertad. Pero pocos años después del triunfo democrático, y sobre todo a raíz de la llegada al poder del Partido Socialista Obrero Español dirigido por Felipe González y Alfonso Guerra, los políticos pensaron que muchos ojos contemplando un acontecimiento eran demasiados ojos. Y si eran varios los periodistas independientes que iban a contarlo luego, eran demasiados periodistas. Convenía, pues, mantener alejados a los testigos, salvo que fueran incondicionales del bando propio. Y la clase política se aplicó a la tarea con premura.

La tercera razón es casi un asunto de supervivencia. A los reporteros se les ha pagado siempre muy poco en nuestro país, fuesen buenos o malos profesionales. En consecuencia, cuando querían construir una familia y lograr una estabilidad económica personal, debían dejar el reporterismo y hacerse jefes, lo que les garantizaba un sueldo más alto. De ese modo, las redacciones de los medios de comunicación acabaron llenándose de jefes mediocres —muy pocos reporteros valen para redactor jefe o jefe de sección— y las calles se vaciaron de reporteros de mérito.

Hay otras razones. Una de ellas es que muchos de los empresarios y gerentes de prensa se creen especialmente dotados para el ejercicio del periodismo, sin sospechar que una cosa son las finanzas y otra la escritura. Y no es un asunto en absoluto infrecuente.

Al periodismo, en cierta medida, le sucede lo mismo que a la literatura: mucha gente se cree capacitada para escribir un libro y piensa que sólo es cuestión de encontrar tiempo suficiente para ponerse a ello. Cuando uno desempeña el oficio de periodista o de escritor sabe bien lo que significan los aficionados al periodismo y la literatura. Y también los padecimientos y dolores de cabeza que ocasionalmente nos producen.

Lo que quiero decir, lo explicaba mejor que yo Mark Twain en su *Autobiografía*. De modo que reproduzco unos párrafos:

> Sé que las producciones de los aficionados, presentadas para que uno les dé su opinión fría y honesta seguida de un ve-

redicto inexorable y sincero, en realidad no se le ofrecen a uno con ese espíritu en absoluto. Lo que realmente se desea y se espera es la lisonja y la palabra de ánimo. Mi experiencia me ha enseñado también que, en casi todos los casos de aficionados, el halago y el aliento resultan imposibles si se quiere que vayan respaldados por la sinceridad [...]. El aficionado literario, con su pluma sin instrucción, pone todas sus tosquedades juntas y se las ofrece a las revistas, una tras otra; es decir, las propone para páginas restringidas a escritores que han ganado su rango y su destino tras años, e incluso décadas, de preparación dura y honesta en los puestos más bajos del oficio literario [...]. Estoy seguro de que esta afrenta no se produce en ningún otro oficio más que en el nuestro. Una persona no preparada para hacer zapatos no ofrece sus servicios como zapatero al encargado del taller; ni siquiera el más crudo de los aspirantes literarios sería tan poco inteligente como para hacer eso. Vería el humor que hay ahí; vería la impertinencia de su acción; reconocería como el más lógico de los hechos que es necesario un período de aprendizaje para cualificar a una persona como albañil, constructor, impresor, veterinario, carnicero, panadero, conductor de coches, comadrona y todas y cada una de las ocupaciones en las que el ser humano consigue su pan y su fama. Pero cuando de hacer literatura se trata, su sabiduría se desvanece de repente y piensa que se encuentra ante la presencia de una profesión que no requiere aprendizaje alguno, ni experiencia, ni entrenamiento; únicamente, un talento seguro de sí mismo y el valor de un león.

Palabra por palabra, el juicio de Twain sobre los aficionados de la literatura podría aplicarse a los *amateurs* del periodismo. Muchos empresarios y gerentes de prensa creen que han nacido con cualidades naturales para ejercerlo. Tal vez se dicen a sí mismos: ya que son capaces de hacerlo los torpes periodistas, ¿cómo no vamos a poder hacerlo nosotros?

El resultado de todo este proceso es que, en los periódicos de hoy, no encontramos historias. Y cuando damos con alguna en la que prevalece el punto de vista del autor, su reflexión, su minuciosidad para contar y su capacidad para investigar la verdad, nos parece que hemos hallado un tesoro.

Los periódicos de hoy —y sigo hablando de España— nos cuentan lo que sucede en el mundo, incluso en grandes titulares, pero uno no puede explicarse casi nada de cuanto sucede en el mundo a través de la mayor parte de ellos. Porque no nos relatan nada esencial sobre nosotros mismos salvo en muy raras ocasiones. No es casual que un tanto por ciento muy alto de los lectores españoles de prensa empiecen a leer los diarios por las últimas páginas. Entre otras cosas, porque los grandes titulares de las primeras ya los conocen desde la noche anterior si han escuchado las últimas noticias de la televisión y de la radio.

El reportaje, aunque languidezca en las páginas amarillentas de las hemerotecas, siempre será el género rey del periodismo, y cuando ocasionalmente resucita, se impone majestuoso a todos los demás. Pero precisa de mucho esfuerzo, vocación, suerte, dinero y una cierta formación literaria e intelectual. A veces bromeo con mis amigos diciendo que los últimos grandes reporteros, o son ricos de nacimiento y cuentan con dinero suficiente para pagarse por capricho el reportaje, o poseen un alma religiosa y mística dispuesta a convivir con la pobreza. Dicho de otra manera: o bien nacen en la casa de un banquero o se crían en un seminario de Teresa de Calcuta.

Pero érase una vez, hace no mucho tiempo, que las cosas sucedían de manera diferente. Antes de ser destinado a Londres como corresponsal por un periódico de Madrid desaparecido (el diario *Pueblo*), apenas había salido a tierras extranjeras. El trabajo de corresponsal suele ser más libre que la mayoría de los trabajos de prensa, y la libertad siempre es un privilegio. Estás lejos de tus jefes, y el malhumor de un jefe se diluye con los kilómetros o se atempera a través del hilo del teléfono. Además, en teoría, tú eres en el periódico quien más sabe del asunto y pocos se atreverían a contradecir tus opiniones. Pero, al mismo tiempo, el trabajo del corresponsal en el extranjero, salvo que se sea un corresponsal móvil o de área, es por lo general repetitivo y sedentario. En sus inicios, resulta trabajoso, pues hay que buscar fuentes, conocer a fondo el sistema político y las leyes del país en el que te asientas, manejar su lengua con soltura, hacer amistad con algunos periodistas locales y aprender todo lo que puedas sobre el carácter de sus habitantes y la forma de ser y actuar de sus políticos. Además de eso, un corresponsal debe estar con la radio encendida a todas horas y escuchar los noticiarios. Porque cuando menos se piensa, salta la noticia.

Una de las primeras cosas que hay que aprender es que, al menos en los países democráticos de Occidente, los políticos forman una especie de casta, poseen un hondo sentido corporativista y exhiben orígenes y modos de comportamiento muy peculiares según cada país. Y el sentido de casta pasa por encima de sus ideologías. En el Reino Unido deben contar con una formación universitaria sólida, labrada en la abrumadora mayoría de los casos en las universidades de Oxford y Cambridge, lo que los convierte en miembros de esa casta exclusiva conocida como los «oxbridges». Es imprescindible que hagan gala a menudo de sentido del humor y, además, se les exige un comportamiento sexual sin mácula, radicalmente puritano. Los franceses, por su parte, deben poseer virtudes intelectuales y, a ser posible, haber escrito algún ensayo sobre literatura, arte o historia. Les conviene haberse educado en la ENA (Escuela Nacional de Administración), una institución creada en 1945 por el general De Gaulle con la intención de formar las élites del aparato del Estado de la V República, fundada por él, y que en el curso de su existencia ha dado al país dos presidentes, siete jefes de Gobierno y decenas de ministros. La mentalidad del político francés, además, ha de ser cartesiana en extremo y su lenguaje preciosista. Los deslices amorosos no le están prohibidos a un francés, e incluso dan prestigio a su figura. Sin embargo, un inglés suele perder la carrera política en cuanto se le descubre un lío de faldas. O de pantalones, porque en Oxford y Cambridge muchos estudiantes hacen a pelo y pluma, según es tradición.

Pero volvamos al asunto que nos ocupa. Si ser corresponsal en un país extranjero es un privilegio desde el punto de vista de la libertad personal, un exceso de años en el puesto vuelve el trabajo monótono y, por lo tanto, aburrido. En cambio, el reportero realiza cada día un trabajo distinto y cada año de su vida está repleto de variadas y múltiples emociones. También, por lo general, de algunos contados éxitos y de incontables fracasos.

Llevaba destinado en Londres cerca de seis meses cuando una mañana a hora muy temprana recibí desde Madrid la airada llamada del redactor jefe de turno del periódico. Era exactamente el lunes 31 de enero de 1972. El día anterior, domingo, lo había pasado en el campo con unos amigos, mi mujer y el único hijo que teníamos entonces. No regresamos a Londres hasta bien entrada la noche y, a causa del cansancio, decidí no escuchar el último boletín de noticias de la BBC, cosa que siempre hacía, y me fui a dormir.

Me viene ahora a la memoria una de las frases más famosas y más ridículas de la mítica película *Casablanca*, aquella en la que, mientras se acodaban en la ventana de su hotel y los alemanes estaban a punto de entrar en París, le decía Humphrey Bogart a Ingrid Bergman: «El mundo se derrumba y tú y yo nos enamoramos». Pues bien: Irlanda del Norte explotaba y yo huía del mundanal ruido y me largaba de Londres a disfrutar del lirismo de la campiña inglesa.

Pero la lírica de la vida campestre les ha interesado siempre muy poco a los redactores jefe. Lo suyo es, más bien, la épica. Cuando sonó el teléfono esa mañana y tomé el auricular, una voz tronó al otro lado de la línea:

—¿Dónde narices está tu crónica?

Yendo al grano: el día anterior, en el curso de una marcha pro derechos civiles celebrada en Londonderry (Irlanda del Norte), los paracaidistas británicos habían disparado contra la multitud y trece católicos habían muerto. La fecha quedaría marcada para la historia irlandesa como el «Domingo Sangriento». Y yo no estaba en mi puesto de trabajo mientras eso sucedía; y mi periódico no tenía crónica de su corresponsal.

De inmediato conseguí los datos a través de la radio y la prensa de la mañana. Envié la información a vuelapluma para la última edición del periódico y esa misma tarde, con otro periodista español, Pepe Meléndez, de la agencia EFE, me embarqué en un vuelo hacia Belfast. Era mi primer viaje importante en calidad de reportero. Mientras volaba, pensaba en mi fracaso como corresponsal. En los días que siguieron, no cesé de enviar largas crónicas repletas de datos y entrevistas, trabajé como una fiera para remediar el primer entuerto y, de hecho, tras pasar una semana en el Ulster, fui felicitado por el director de mi periódico.

Pepe y yo formamos un equipo estupendo, sin competir entre nosotros y ayudándonos en todo momento. Además, era y, supongo que continuará siendo, un hombre muy divertido. Tartamudeaba levemente y era el periodista a quien he visto escribir más rápido durante los años en que ejercí el oficio a tiempo completo. Siempre muy bien vestido, cortés y coqueto con las mujeres en grado extremo, Pepe presumía de haber hecho el amor todos los días de su vida desde que entró en la adolescencia. Yo le decía:

—Pero eso no puede ser, hombre, aunque sólo sea por razones logísticas: que tienes que ir a trabajar, que estás enfermo, que has perdido el autobús..., mil cosas.

Y él respondía:

—Sí, pero cuando pierdo un día, lo recupero el siguiente haciendo el amor dos veces.

Creo que no pude tener mejor compañero que Pepe Meléndez para mi estreno en el reporterismo de altura. Alquilamos un coche pagando a medias los gastos y recorrimos todos los lugares de Irlanda del Norte donde señoreaba la violencia. Entrevistamos a militantes del IRA católico, a voluntarios de los grupos paramilitares protestantes, a políticos de los dos bandos, a policías irlandeses y a soldados británicos. Asistimos a mítines y manifestaciones, e incluso estuvimos a punto de ser alcanzados por un bombazo terrorista en el centro de Belfast, en Donegal Street.

Recuerdo el estallido de aquella bomba como si hubiera sucedido ahora mismo. Era mi primer contacto con la violencia. Mi padre, que había participado como soldado de a pie en dos guerras, me había hablado algunas veces de los bombardeos y de cómo los combatientes aprendían a determinar, más o menos, la distancia donde iban a caer los obuses según su silbido. «Cuando no lo oyes llegar —decía—, es que está encima de ti.» Eso no sucedía en las luchas callejeras del Ulster, donde no hubo lanzamientos de bombas desde posiciones lejanas —salvo en algunos casos excepcionales de uso de morteros— y donde casi nunca se combatió a campo abierto, y menos aún con misiles o con lanzagranadas. La bomba se arrojaba desde un vehículo, por sorpresa, o había sido colocada desde horas antes en un lugar concreto y funcionaba mediante un mecanismo de relojería.

Era poco después del mediodía y Pepe y yo caminábamos por Donegal Street, una de las arterias principales de Belfast. Las calles de casas altas crean una suerte de hueco que hace reverberar el ruido, como en la barriga de los tambores; el bombazo sonó igual que una tremenda campanada. Vimos, unos quinientos metros delante de nosotros, una columna de humo que se erguía lánguida hacia el cielo nublado. Cayó el silencio y la vida pareció detenerse alrededor durante unos segundos. Después, se oyó una sirena en la lejanía. Al poco, unas cuantas más. Y de pronto, un grupo de niñas de diez o doce años cruzaron cantando a nuestro lado: «¡Ha estallado una bomba, ha estallado una bomba!»: ése era el estribillo de la canción. Los niños del Ulster aprendían entonces a divertirse en medio del horror. Minutos después, las calles se habían llenado de policías y soldados. Y los hombres y las mujeres ancianos lloraban, quizás recordando las viejas guerras.

Desde aquel día me he preguntado muchas veces si es posible, para los seres humanos, incorporar a los hábitos, como algo en cierta forma natural, la enloquecida realidad de la guerra. Dicen que los hombres y las mujeres somos capaces de soportar mucho más de lo que imaginamos, pero yo no estoy muy seguro. No he visto una mirada más llena de pavor que la que mostraban los ojos de las gentes en una ciudad cercada como Sarajevo. Y cuando en la primera línea del frente he hablado con soldados que esperaban la batalla, nunca hablaban de heroísmo, sino de miedo. Imagino que aquellas alegres niñas de Donegal Street cantarían más veces como esa tarde, porque en el Belfast de 1972 todos los días estallaban cuatro o cinco bombas y, a veces, muchas más. Cantarían, supongo, hasta que vieran los primeros cadáveres de familiares alcanzados por la metralla.

También he pensado en muchas ocasiones si los efectos devastadores que causan las guerras en el alma humana llegan alguna vez a cicatrizar por completo. Las generaciones de españoles anteriores a la mía vivieron guerras civiles. Mis padres, mis tíos y mis abuelas me hablaron de ellas como de los momentos más tristes de sus vidas.

En el famoso Hotel Europa, que acogió a la prensa internacional durante los días más críticos de los *Troubles* —como la historia conoce ya a ese período de enfrentamientos entre católicos y protestantes en el Ulster—, no había plazas cuando Pepe y yo llegamos, así que tuvimos que dar unas cuantas vueltas de un lado a otro de la ciudad en busca de alojamiento, hasta que logramos encontrar un pequeño *bed and breakfast* no muy lejos del centro. Recuerdo que, frente a la casa de dos plantas donde conseguimos habitación, se extendía un descampado en el que había varios coches despanzurrados por efecto de las bombas. En Belfast olía a madera y a goma quemada.

Los principales barrios obreros de los protestantes y de los católicos se extendían por el noroeste de la ciudad, alrededor de dos largas y anchas avenidas, la protestante Shankill Road y la católica Falls Road. Las dos rutas corrían casi en paralelo, separadas entre sí no mucho más de un kilómetro. Eran dos barriadas pobres, un poco más humilde la católica, de casas feotas de ladrillo rojo, tiznado por el carbón de las chimeneas, y calles estrechas y oscuras. Entre Shankill y Falls había muchas casas abandonadas, algunas reducidas a escombros por los incendios, y restos de las barricadas de los desórdenes recientes: ladrillos, neumáticos quemados, pavimento arrancado, somieres utilizados como vallas defensivas... Los pubs de las dos comunidades, objetivos frecuentes de las bombas, estaban protegidos con rejas en puertas y ventanas. Yo me preguntaba cómo aquellas dos comunidades, a las que unían la escasez y la pobreza, podían odiarse a causa de la religión y de la Historia, en lugar de combatir hombro con hombro contra quienes les explotaban.

También eran numerosos los controles policiales y del ejército. Las patrullas de agentes y de soldados armados ocupaban las calles guareciéndose detrás de los sacos terreros y las alambradas de púas, confiriendo a la ciudad la apariencia de un campo de batalla. Cuando cruzábamos de un lado a otro del Belfast dividido, los policías y militares nos sometían a Pepe y a mí a un cacheo impúdico; solíamos bromear a propósito de ello.

—Si le cogemos gusto al magreo —decía Pepe—, nos podemos pasar el día cruzando de un lado a otro para que nos soben los muchachos.

Durante los años siguientes a aquel 1972, los británicos levantaron un alto muro de cemento entre la zona católica y la protestante. Para pasar de un lado a otro, se construyeron algunas enormes puertas de metal, siempre protegidas por contigentes de hombres armados, que eran cerradas al atardecer. En septiembre de 2004, la última vez que estuve en el Ulster, el muro continuaba dividiendo a las dos comunidades de Belfast y las puertas volvían a cerrarse a la caída del sol.

Al día siguiente de nuestra llegada al Ulster fuimos en un coche alquilado hasta Londonderry. Así llaman a esta ciudad del norte de Belfast, la segunda del territorio, los protestantes y los ingleses, en tanto que los católicos la conocen simplemente como Derry. Era el lugar en el que habían muerto los trece católicos del *Bloody Sunday*, el «Domingo Sangriento», y ese martes enterraban a las víctimas en el cementerio del barrio de Bogside.

Yo llevaba una máquina de fotos, uno de aquellos aparatos mecánicos, fabricados en metal, pesados y complicados de manejar, que sólo fotografiaban en blanco y negro. En la entrada del Bogside había un enorme despliegue de tropas británicas y policías del Ulster, cientos de hombres armados cubiertos con cascos y enfundados en chalecos antibalas. Recuerdo que Pepe conducía despacio hacia la entrada del barrio y yo abrí la ventanilla y enfoqué mi cámara hacia un joven soldado. El chico levantó su fusil y me apuntó. Pepe detuvo el coche, yo retiré la cámara de mi rostro y un oficial le dijo algo al chico, que bajó su arma. Era rubio, de piel muy pálida, barbilampiño y un aspecto tan infantil que parecía no haber cumplido aún los quince años. Estaba aterrorizado, mucho más que yo. Pero su miedo desató en mi ánimo un inmenso pavor. Siempre, desde entonces, siento un gran temor hacia los soldados más jóvenes. El rostro de aquel chico soldado de Derry sigue fijo en mi memoria y ahora mismo puedo verlo si cierro los ojos: sus cabellos dorados, el rostro imberbe, el gesto invadido por un terror animal.

Era un día de niebla baja y, en ocasiones, lloviznaba. Bajo la gabardina, Pepe y yo vestíamos traje y corbata. Creo que Pepe tenía la idea de que, bien arreglados, podíamos despertar cierto respeto en la tropa armada. Seguramente tenía razón.

Cuando cruzamos el último control militar, un oficial inglés nos pidió nuestra documentación y los dos le mostramos las acreditaciones de corresponsales en Londres, expedidas por el Foreign Office.

—Pueden pasar. Pero a partir de ahí —nos dijo señalando calle adelante— ya no hay soldados ni policías; sólo está el IRA.

Abajo, en una explanada, había barricadas. Un cartel pintado en la fachada ciega de un edificio proclamaba: WELCOME TO FREE DERRY. Era el Bogside, el corazón católico del Derry oprimido. Cientos de personas caminaban en silencio hacia las calles altas, bajo el cielo encapotado y el sirimiri. Había algo de solemne y lóbrego en el ambiente. Llegamos a la iglesia de Santa María, aparcamos el coche y descendimos delante de la verja del jardín. Al cruzar la puerta, se me ocurrió subirme a un banco y comenzar a hacer fotografías. Entonces dos hombres que se cubrían el rostro con pañuelos anudados a la nuca me apuntaron con sus pistolas.

Bajé del banco. Pepe y yo les mostramos nuestras acreditaciones londinenses. Y a Pepe se le ocurrió decir: «*We are Spanish, we are catholics*». Fue mano de santo, y nunca mejor empleada la expresión. «*O.K., Spanish, catholics* —dijo uno de ellos—. *You can make photos; but don't take faces.*» Esa extraña regla según la cual, para todo irlandés, español es lo mismo que católico, sería nuestro mejor salvoconducto en las zonas del Ulster controladas por el IRA. Pepe era un genio de la improvisación.

Aquella mañana hice cuantas fotos quise durante los funerales en la iglesia y, después, en el cementerio del Bogside. Salieron muy oscuras, pero mi periódico publicó algunas de ellas. Pepe y yo fuimos los dos únicos periodistas no irlandeses que aquella mañana entraron en el Bogside. Fue un *scoop* que nadie apreció nunca demasiado, ni siquiera nosotros dos.

Recuerdo el barrio católico del Bogside: cielo turbio sobre casas tiznadas y humildes, calles de asfalto roto, pocos coches y todos muy viejos, basuras, gentes flacas y vestidas con ropa desgastada, pandas de niños desnutridos y abrigados con gabanes de paño barato, comercios mal abastecidos, colegios sin calefacción, el humo negro de las cocinas de carbón brotando de las chimeneas, banderas deshilachadas de la república de Irlanda... Y oscuros pubs de mostradores repletos de pintas de cerveza negra y borrachos dormidos, en un ambiente donde flotaba el humo de los cigarrillos y escocían los ojos. ¿Ese mundo era en verdad un territorio del próspero Reino Unido o un arrabal, por ejemplo, de la mísera Varsovia de aquellos años? Las gentes católicas de Derry habían salido a la calle el Domingo Sangriento para pedir los derechos civiles que los protestantes del Ulster les negaban y habían sido recibidos a balazos por los paracaidistas ingleses.

Volví un año después al Ulster, en esta ocasión con otros dos buenos amigos periodistas, Paco Basterra y Julián Martínez. El escenario era el mismo que meses antes: el caos, la destrucción, los bombazos, desórdenes constantes, miedo en el rostro de los soldados británicos, rabia en los católicos sin derechos civiles y muertos casi todos los días. La ecuación de español igual a católico ideada por Pepe Meléndez nos funcionó de nuevo de forma estupenda con el IRA. Y aunque con los protestantes teníamos más problemas, hicimos buenos reportajes.

En 1998 regresé por tercera vez al Ulster, esta vez desde Madrid, para informar sobre el referéndum para la paz convocado por el *premier* británico Tony Blair. Me acompañaba un fotógrafo estupendo, Álvaro Fresnedoso, y encontré un país tenso pero menos violento que veinticinco años antes. Me llamó la atención, sobre todo, la existencia de dos compañías de taxis, una católica y la otra protestante, que monopolizaban el transporte colectivo en automóvil en cada una de las dos zonas enfrentadas. Sin duda se trataba de un sistema seguro y curioso de desplazarse. Y además barato.

Los católicos seguían recibiéndonos a los españoles como a sus primos. Pero con los protestantes se había operado un cambio: ahora nos acogían con mayor hospitalidad. No tardé en darme cuenta de que la simpatía de estos hombres provenía de que buena parte de ellos, por lo general gentes con mejor poder adquisitivo que sus vecinos católicos, habían visitado España durante las vacaciones de verano, a precios muy baratos, con sol, paella, siesta y vino tinto incluidos. Les encantaba España, sobre todo Torremolinos, Marbella y Benidorm: playas donde las señoras se entretenían hasta ponerse rojas como crustáceos después de la cocción, y mar tranquilo y cálido donde agotar a los niños para que les dejaran tranquilos por la noche y todos los adultos pudieran emborracharse a su gusto. Los católicos veían reflejada en nosotros su inquebrantable fe romana y los protestantes el bien vivir ibero. Creo que Álvaro y yo hicimos un buen reportaje.

La última vez que visité el Ulster fue en septiembre de 2004, en el curso de un largo viaje por Irlanda. La paz había calado hondo en la sociedad norirlandesa, aunque seguían las patrullas militares, el muro, las comunidades separadas y las precauciones policiales. A las zonas del noroeste de Belfast, a Shankill Road y Falls Road, seguían viajando los taxis de las dos compañías de las diferentes comunidades. Y observé un hecho curioso: una empresa turística proponía recorridos con guía por las zonas de los antiguos *Troubles*. El terror del pasado se había convertido, de pronto, en una especie de parque temático.

Yo creo que, en muy buena medida, los reportajes salen bien o mal según tu buena o mala suerte ante cada circunstancia. Es cierto que uno debe estar en el sitio, que hay que tener un ánimo a veces muy templado y tragarse el miedo a menudo. Pero cuando un asunto se tuerce, no hay quien lo remedie. Si mis esfuerzos en el Ulster tuvieron por lo general un resultado satisfactorio, otras veces no me sucedió ni mucho menos así.

Tiempo después de mi primera experiencia irlandesa, yo vivía en París como corresponsal del mismo periódico. Una mañana, el redactor jefe me llamó desde Madrid y me ordenó que tomase el primer avión que saliese para Argel. La noche anterior, dos supuestos miembros de ETA habían secuestrado un avión español de pasajeros y ordenado al piloto que se dirigiese a la capital argelina. Una vez allí, los dos activistas se habían esfumado, mientras que el avión había regresado a España con todos los pasajeros y la tripulación sanos y salvos. Yo tenía que intentar averiguar si los secuestradores eran ciertamente etarras y dónde narices se habían metido después de su acción. Por aquellos días, con Franco aún en el poder, a muchos nos parecía que ETA era un movimiento liberador y no considerábamos sus acciones como terrorismo, sino como parte de la lucha contra la dictadura. Por otra parte, mi periódico pertenecía al régimen, era el órgano teórico de los sindicatos oficiales del franquismo. De modo que no me apetecía mucho escribir sobre el asunto. Pero, al mismo tiempo, la perspectiva de darme un garbeo por Argel me parecía estupenda. Siempre he sido una persona de corazón contradictorio.

Ya conté la historia de este gran fracaso periodístico, uno de los más catastróficos de mi vida de informador, en un libro de viajes colectivo publicado hace unos años que se titulaba *Los peores viajes de nuestras vidas*. Pero como lo que sucedió es verdadero, como el protagonista fui yo, como el libro no se vendió demasiado y como, además, viene al pelo, no está de más volver a narrar lo que aconteció.

Llegué de anochecida a Argel. Mientras el autobús me conducía del avión al edificio de la terminal, vi en la pista un pequeño reactor blanco con la bandera española pintada en la cola. Se trataba sin duda de un avión oficial y me pareció que allí tenía un primer dato. Imaginé que el Gobierno español había enviado una misión diplomática y policial para intentar que las autoridades argelinas entregaran a Madrid a los secuestradores. No respeté esa norma periodística según la cual, cuando se trata de informar, no hay que imaginar nada, sino atenerse a los hechos, buscar los datos y comprobarlos al menos dos veces.

Era la primera vez que viajaba a Argelia. En años posteriores, he estado allí tres o cuatro veces más. Nunca me ha gustado, la verdad. Ahora es un país trágico; entonces, era un país antipático. Argel, la capital, es una bella ciudad, populosa y de cielo claro, muy mediterránea. Pero la mayoría de sus habitantes son una mezcla de parisino cabreado y musulmán adusto. Por lo general, no parece que les gusten mucho los extranjeros. En aquellos días, era un país de la órbita socialista, una dictadura dirigida por un gobierno laico y con el poder en manos del ejército, que había liderado la guerra de independencia contra Francia. Por eso me produjo una honda extrañeza ver tanta cantidad de mujeres con velo en las calles de la ciudad, sobre todo en la zona de la *casbah*. También reparé en que las mezquitas, tanto las de los hombres como las de las mujeres, se llenaban a rebosar durante las horas de oración.

Salí del aeropuerto, tomé un taxi y le dije al chófer que me llevara al mejor hotel de la ciudad. Me llevó a El-Aurassi, un horroroso mazacote de cemento clavado en los barrios altos, sin duda un edificio concebido por algún artista educado en los criterios arquitectónicos soviéticos. Además, era propiedad del Estado, lo que en el universo socialista significaba una cosa: un absoluto desastre en el servicio. Lo comprobé enseguida. El recepcionista me dijo que tenía habitación para una sola noche y que a la siguiente mañana debía largarme. Me asignó un cuarto del quinto piso y, mientras me tendía la llave, me advirtió:

—Tendrá que subir andando, monsieur, el ascensor no funciona.

—¿Puede llamar al mozo para que me ayude con el equipaje?

—El mozo terminó su horario de trabajo. En Argelia los trabajadores tienen derechos; no como en Europa o en Estados Unidos.

—Me parece que el precio del hotel es algo elevado para los servicios que ofrece.

—Es lo que hay, monsieur—dijo encogiéndose de hombros—. Lo toma o lo deja. En todo caso, es usted joven y subir escaleras le vendrá bien para bajar la barriga.

Le mandé mentalmente al infierno y eché escaleras arriba.

Era una habitación desangelada y de luz entristecida. Pero tenía una amplia terraza desde donde se dominaba el centro de la ciudad, el puerto y un buen pedazo de mar, en esa hora una masa oscurecida donde titilaban las luces de algunos pequeños barcos. Olía a albahaca. El rumor del tráfico creaba una monótona salmodia en los rincones de la noche. El aire era meloso.

Bajé a cenar; en el restaurante sólo ofrecían bocadillos fríos de pan correoso. No había cocinero que friera una tortilla, pero por lo menos tenían vino tinto. Sin embargo, los caldos argelinos son pesados y empalagosos, y después de beberme media botella comenzó a dolerme la cabeza. Empezaba a sospechar que no me iba a ir nada bien en los próximos días. No soy supersticioso, pero he podido comprobar que, con frecuencia, lo que empieza fatal suele terminar muchísimo peor.

Apenas dormí. Madrugué, desayuné en el comedor una taza de té con unas galletas duras como piedras y, cuando bajé a la recepción, mientras me preparaban la factura, pregunté al empleado del turno por otros hoteles de la ciudad en los que pudiera alojarme.

—No sé, monsieur, nunca voy a hoteles.

—¿Puede llamarme un taxi?

—No, monsieur. Mi puesto de trabajo está aquí, no en la calle.

—Habrá un teléfono para llamar un taxi.

—Los taxistas vienen cuando quieren: tienen sus derechos. Aquí no sucede como en Europa o Estados Unidos.

Hube de aguardar un cuarto de hora largo en la puerta hasta que apareció un taxi. Recorrimos cuatro o cinco hoteles antes de dar con un cochambroso hospedaje del centro de la ciudad, cerca del edificio principal de Correos, que tenía una habitación libre para varios días. Hay un misterio que no he resuelto durante toda mi vida de viajero: ¿por qué están siempre llenos casi todos los hoteles de las ciudades que apenas reciben visitantes foráneos?

Por suerte, en el cuarto había teléfono. Ordené mis cosas, dejé pasar unos minutos después de que mi reloj marcara las nueve de la mañana y llamé a la embajada española.

El embajador se encontraba fuera del país, me informó la telefonista. La embajada no contaba con oficina de prensa y el primer secretario no solía llegar hasta pasadas las diez. «Llame usted después», dijo.

Decidí plantarme en la embajada. Salí a la calle, que hervía ya de gente. Algunos carritos ofrecían té y refrescos. No había taxis por las cercanías, así que eché a andar con mi plano en la mano por una empinada cuesta que trepaba hacia el lado occidental. Era una zona de casas blancas y balcones pintados de azul, de un aire marsellés, con enormes plantas de buganvillas que dejaban un brochazo morado en las fachadas y esbeltas palmeras que asomaban sus penachos desde los patios traseros. La mañana pintaba neblinosa, y soplaba un fuerte viento de levante. Abajo, el mar se rizaba en olas blanquecinas y en la lejanía aparecía teñido de un hosco color verde.

Mi reloj marcaba las diez y diez cuando atravesé la puerta de la embajada. El primer secretario ya había llegado, pero me hizo esperar diez minutos en el vestíbulo. Cuando entré en su despacho, me recibió con frialdad y gesto desdeñoso. Era alto, delgado, de cutis pálido y casi transparente que contrastaba con una imponente nariz de encendido color rojo. Su aspecto me hizo pensar que aquel tipo era un escrupuloso funcionario durante el día y un impenitente borrachín durante la noche.

Se interesó con gesto de absoluto desinterés por mi poco interesante persona, tratando de que yo lo notara; cuando le pregunté sobre los supuestos etarras y el secuestro del avión me dijo que no sabía nada sobre el asunto.

—Pues usted perdone, pero no le creo —respondí.

—Que me crea o no me crea es lo de menos. Lo que le he dicho es lo que hay.

—¿Y quién puede saber algo en Argel?

—Tendrá que ir al Ministerio del Interior. Creo que hay allí gente que se ocupa de la prensa extranjera. Pero no ponen mucho empeño en agradar, según tengo entendido.

—Ayer, cuando llegué, vi un avión español en la pista del aeropuerto. Parecía un avión oficial y podría haber traído gente importante para cumplir una misión política.

—No sé nada de misiones políticas.

—¿Sería tan amable de pedirle a su secretaria que llame a un taxi?

—En Argel no hay servicio telefónico de taxis.

—No me diga que es por causa de los derechos de los trabajadores…

—Es sencillamente porque este país es un desastre en el que nada funciona correctamente. El socialismo, ya sabe.

Volví a la calle maldiciendo y sin saber qué hacer. Me dirigí hacia el puerto, esperando encontrar un taxi en el camino. El cielo se había encapotado, vestido de un hosco color negro, y el aire era más frío. Unos minutos después, empezó a llover a mares. Eché a correr bajo el bíblico aguacero. Aquel barrio residencial lo ocupaban, en su mayoría, chalets rodeados de altas verjas, de modo que no había voladizos bajo los que cubrirse ni portales donde guarecerse. Así que, trotando bajo el chaparrón y antes de encontrar refugio en un edificio porticado, me empapé hasta los tuétanos.

Amainó la lluvia y conseguí finalmente un taxi. Hube de pasar por mi hotel para ponerme ropa seca. Ordené al taxista que me esperase en la puerta y, cuando de nuevo bajé a la calle, tenía ya el moquillo colgando y estornudaba sin tregua.

En efecto: todo cuanto comienza muy mal continúa muchísimo peor.

En ese sentido siguió el rumbo de mi peripecia reporteril de Argelia. Llegué al Ministerio del Interior a eso de las once y media, donde traté de ser recibido e informado por un servicio de prensa, y no salí del edificio hasta las cinco de la tarde. Nada más oír mi pregunta, un agente me llevó a un despacho de cutre aspecto donde dos policías se sentaron frente a mí, con una mesa en medio, decididos a averiguar qué era lo que yo en verdad pretendía y si ciertamente era un periodista y no un espía. Revisaron una decena de veces mi pasaporte, el sello del visado que había obtenido la mañana anterior en la embajada argelina en París, mi acreditación como periodista en Francia, y hube de dar infinidad de detalles sobre mi periódico. Los dos agentes eran tan fríos como el viento de aquel día, bigotudos, tenaces y muy en su papel de humillar todo lo posible al europeo neocolonialista. A mediodía, decidieron largarse a almorzar. Yo me levanté dispuesto a hacer lo mismo.

—Usted debe quedarse —dijo uno de ellos.

—¿Quiere decir que estoy detenido?

—No, monsieur. Pero necesita un permiso especial para trabajar como periodista en Argel, el visado no basta. Sin ese permiso, no es posible ejercer su profesión y cualquier policía podría detenerle y llevarle a una comisaría, lo que le causaría grandes inconvenientes. Es preferible que espere aquí.

—¿Y quién puede darme ese permiso?

—Nosotros, monsieur. Pero para ello tenemos que estar por completo seguros de quién es usted.

—Y se van tranquilamente a comer…

—Los trabajadores tenemos nuestros derechos en Argel.

—¿Y los extranjeros ninguno?

—Hay leyes, monsieur.

—Esto es un abuso.

—Está usted en nuestro país, no en el suyo.

—Quisiera llamar a mi embajada.

—Llame todo lo que quiera —dijo el agente señalando un teléfono que había sobre una mesilla en un rincón del cuarto.

El primer secretario no estaba, me informó la telefonista, y lo más probable es que ya no volviera hasta el día siguiente. No, no podía facilitarme el número de teléfono privado porque no le estaba permitido. No, tampoco había nadie en ese momento en la embajada que pudiera ocuparse de mi problema. No, no, no y no…, era la palabra que más veces había oído pronunciar en Argel. Colgué. Seguía estornudando y soltando moquillo.

El interrogatorio continuó todavía un par de horas después de que regresaran los policías. Al fin me hicieron rellenar un formulario y me entregaron una especie de salvoconducto en el que plantaron varios sellos. Me lo guardé en un bolsillo.

—¿Puedo ir ahora al servicio de prensa? —pregunté.

—Desde luego, monsieur. Está en la cuarta planta…, pero a esta hora ya no queda nadie en el despacho. Tienen sus horarios.

—Claro, todos los trabajadores tienen sus derechos en Argelia.

—No como en Europa y Estados Unidos —remacharon casi a coro los agentes.

—¿Saben ustedes qué ha sucedido con los secuestradores del avión español que hace dos días aterrizó en Argel? —pregunté desesperado.

—No pertenecemos al departamento de investigación internacional.

—¿Y quién puede decirme algo sobre ello?

—Venga mañana a hablar con los del servicio de prensa.

—¿Todo es siempre igual de difícil en Argelia?

—No se queje, ya tiene su salvoconducto. ¿Es que no le basta?

Volví a la calle. Comí una especie de bocadillo de cordero rancio en un tenducho y me fui a mi hotel. Me asaltaban de cuando en cuando escalofríos y mi cabeza mantenía una sensación febril. Pero, más que mis problemas de salud, me preocupaba mi crónica. En Madrid la esperaban esa noche y yo no tenía absolutamente nada que contar.

Envuelto en una manta, tendido sobre la cama, bocabajo y a la luz de la lamparilla de la mesita de noche, escribí en mi cuaderno un poco más de folio y medio de banalidades. La esencia de mi crónica residía en el hecho de que los dos supuestos etarras se habían esfumado y que nadie sabía nada sobre ellos, ni en la embajada de España ni en los departamentos oficiales del Gobierno argelino. Le di varias veces la vuelta a esa idea, buscando palabras diferentes para decir la misma estupidez en cada párrafo. Y luego, para crear cierto suspense, añadí que un misterioso reactor del Gobierno español se encontraba en el aeropuerto de Argel. «¿Estamos en vísperas de la entrega de los etarras por parte de las autoridades argelinas?», me preguntaba al final del artículo.

La centralita del hotel me conectó con mi periódico y dicté la crónica al teletipista. Era una de las informaciones más necias que había escrito en mi vida periodística. Ni había en ella noticia, ni estilo, ni sustancia y, además de eso, empezaba y terminaba con sendas interrogaciones, lo peor que puede hacerse en periodismo. Me metí en la cama y me dormí al momento.

Amanecí muy caliente, empapado de sudor, con la cabeza rellena de un material parecido al corcho. Me eché a la calle, encontré una farmacia y compré aspirinas. En un cafetín cercano, tomé un empalagoso pastel relleno de miel, un té de hierbabuena y dos aspirinas. Un rato después me sentía algo mejor.

Tardé cerca de media hora en encontrar un taxi, pero por fortuna hacía menos frío que la jornada anterior y las nubes no amenazaban con soltar lluvia.

En el servicio de prensa del ministerio me recibió un cursi funcionario vestido de petimetre que hablaba un francés mucho mejor que el mío y disfrutaba haciéndomelo notar. No era antipático; creo que, en el fondo, sólo quería indicarme que él merecía haber nacido en Europa y yo en Argel. Como era previsible, no sabía nada de nada sobre los militantes de ETA y el secuestro del avión. Y por supuesto, no podía conseguir que yo hablase con ningún alto responsable político sobre tan extraña historia.

—¿Dónde puedo averiguar algo? —pregunté mirándole con ojos de víctima de un terremoto.

—Créame que siento de veras no poder ayudarle, monsieur.

—¿Qué haría usted en mi lugar? —insistí buscando un rasgo de piedad.

—Tomar el primer avión que salga hacia París. Es una ciudad maravillosa, ¿no cree?

Volví al taxi y ordené que me llevara a la sede del periódico más importante de la ciudad. Un viejo conserje tocado con un fez turco me atendió en la recepción. Le mostré mi salvoconducto.

—Quisiera ver a un periodista —dije.

—Aquí hay muchísimos, monsieur: esto es un periódico.

—Al jefe de redacción. Dígale que soy periodista español.

Habló por teléfono unos instantes.

—Suba a la quinta planta —señaló después de colgar—. Ahí tiene el ascensor. El redactor jefe le espera.

Mi colega imitaba el aspecto de un redactor jefe norteamericano de película de serie: camisa de rayas azules con las mangas remangadas sobre el antebrazo, tirantes oscuros, una horrible corbata amarilla de tonos brillantes floja bajo el cuello desabotonado y un cigarrillo entre los labios. Me dio un golpe en el hombro, miró su reloj, me indicó que me sentara en la silla que había frente a su mesa y se acomodó en su sillón, colocando los pies sobre un extremo del tablero.

—Dime con rapidez lo que quieres. Dentro de un rato tengo la reunión de primera página, tú ya sabes lo que esto...

Le expliqué el asunto. Bajó los pies de la mesa, inclinó el cuerpo hacia delante, apagó el cigarrillo y me miró con fijeza:

—Estás en Argelia y ése es un asunto delicado. Deberías olvidarlo.

Me parecía estar viviendo una secuencia de un filme de cine negro del viejo Hollywood.

—Pero ¿qué es lo que sabes?

—Poco más que tú. La policía se ocupó de los dos tipos cuando el avión aterrizó y nadie de la prensa volvió a verlos. Sé que el avión secuestrado volvió a España. Eso es todo.

Encendió otro cigarrillo mientras se recostaba en el respaldo de su sillón.

—¿Sabes si eran miembros de ETA los secuestradores?

—No sé siquiera lo que es ETA.

—Una organización política clandestina del País Vasco que preconiza la lucha armada contra el franquismo.

—En ese caso, no sólo no sé lo que es ETA, sino que además no quiero saberlo.

—Los de ETA dicen que son un movimiento independentista, como vuestro FLN cuando luchaba contra el colonialismo francés.

—El FLN es hoy el poder. Y no se toca.

—¿Crees que hay posibilidad de que extraditen a España a los secuestradores?

Se levantó y miró su reloj. Rodeó la mesa y me tomó del brazo para que me levantara. Luego, me dio un golpe afectuoso en el hombro mientras me acompañaba a la puerta.

—Ni en tu país ni en el mío se puede ejercer el periodismo libre. ¿Qué haces aquí? Vuélvete a París, allí se está bien. Y por cierto, no pongas en mis labios ni una palabra: yo no he hablado contigo ni te he dicho nada.

Abrió la puerta del despacho y me empujó levemente el brazo para que saliera. Y añadió:

—¿Crees que, en España, un redactor jefe de un periódico importante me habría recibido si yo hubiese ido allí como reportero argelino?

—Yo sí.

—Te he preguntado qué hubiera hecho un redactor jefe español.

—Lo más probable es que no te hubiera recibido.

—Que Dios te proteja —concluyó sonriente.

Y me cerró la puerta en las narices.

Comí algo por allí cerca y me zampé otro par de aspirinas. Regresé al hotel y dormí una siesta de casi tres horas. Me levanté con fiebre. Mi gran preocupación, sin embargo, era de nuevo la crónica. ¿Qué iba a contar? Sólo se me ocurrió llamar a la embajada.

El primer secretario sí que estaba, me dijo la telefonista. Respiré hondo mientras esperaba colgado del teléfono, invocando a todos los dioses de todas las religiones para que aquel presuntuoso tuviese piedad de mí. No la tuvo, sin embargo. Y no sólo porque, como siempre, no supiera nada, sino porque concluyó de este modo la conversación:

—Por cierto, he recibido un teletipo de Madrid que reproduce su crónica de hoy. Y lo siento mucho, pero el misterioso avión al que usted hace referencia no tenía la misión de llevarse a España terroristas extraditados. Ese avión traía a un grupo de delegados de la Cruz Roja española para una reunión internacional con la Media Luna Roja que se celebra estos días en Argel.

—¿Y por qué no me lo dijo cuando le pregunté por ese avión?

—Usted me habló de un avión que podía estar en Argel para cumplir una misión política. Y ése no era el caso.

Colgó antes de que lo enviase al diablo.

Me quedaba la crónica. De nuevo me tumbé en la cama enrollado en la manta. Escribí, con frases grandilocuentes y tópicas, sobre el «muro de silencio» que rodeaba el asunto de los etarras, sobre la «cortina de hierro» que las autoridades argelinas oponían al derecho de información, sobre el «hermetismo insolidario» de la embajada española, sobre el «miedo cerval» de la «prensa amordazada» de Argel ante un asunto que afectaba a las relaciones internacionales y sobre unas cuantas expre-

muselas

siones tan ingeniosas y turbadoras como las que he entrecomillado. Sin duda, es la peor crónica que he escrito en mi vida o quizás lo fue la del día anterior. Por ahí se andaban. Debería haberlas conservado enmarcadas. Llamé al periódico y se la dicté al teletipista.

Iba a dormirme cuando sonó el teléfono y la empleada del hotel me comunicó que me llamaban desde Madrid. Era el redactor jefe de noche, Paco Cercadillo, un extraordinario periodista y, por fortuna, buen amigo mío.

—A veces no lo haces mal —dijo—, pero a menudo eres de lo peor que he visto en mi vida como reportero. Anda, toma un avión mañana y vuélvete a París. ¿Qué te ha pasado? Un cable de prensa de France-Press acaba de anunciar que Argel concede asilo político a los secuestradores. ¿Dónde andabas metido?

—Te juro que he hecho lo que he podido. Tengo una fiebre muy alta.

—Ah... Los del misterioso avión eran gente de la Cruz Roja, nos lo han comunicado desde el Ministerio de Asuntos Exteriores.

—Justamente me lo acaban de decir.

—Supongo que no te molestará que mañana no se publique tu crónica.

—Me gustaría que la quemaras antes de que la vean en la redacción.

—Llegas a tiempo: iba a ponerla en el tablón de anuncios como ejemplo de periodismo de altura. ¿Quieres escribir una nueva con los datos que tenemos aquí?

—De acuerdo.

—Te paso a un redactor y luego al telefonista. Dicta la crónica sobre la marcha, vamos apurados de tiempo para el cierre. Y luego te tomas una caja de aspirinas y mañana te vuelves a casa en el primer avión que encuentres. Menos mal que como corresponsal fijo te defiendes.

—¿Ha dicho algo el director?

—Por ahora no te ha despedido. Y la verdad es que no sé por qué.

Volví a París en el avión de la tarde siguiente, envuelto en una manta, con casi cuarenta grados de fiebre.

Así era el periodismo en aquellos días: no te echaban a la calle por ser un inútil y, si un día lograbas un *scoop*, nadie pensaba en ti para el Premio Nacional de Periodismo. Pero en cualquier caso, viajabas.

4

Cumbres, conferencias, elecciones, hoteles, reyes y presidentes

> La gran aventura de un hotel reside en que es un refugio frente a la casa familiar.
>
> GEORGE BERNARD SHAW

En total, viví cinco años en el extranjero, entre París y Londres, y luego unos meses más en Lisboa. Mis viajes como reportero internacional se volvieron más aburridos, pues me enviaban a cubrir eventos de carácter político en ciudades europeas. Por ejemplo, una cumbre del G7 en Venecia, varias del Mercado Común (UE) en Copenhague y La Haya; reuniones del Parlamento Europeo en Estrasburgo; cumbre en Bruselas de los países europeos con la cúpula de la OPEP tras la guerra del Yom Kippur o del Ramadán; conferencias internacionales en Helsinki sobre Paz y Seguridad en Europa, y unas cuantas más de parecido jaez.

Este tipo de acontecimientos, en los que no pones en juego ni tu vida ni tu prestigio, suelen ser ciertamente peligrosos para el hígado. En cumbres y conferencias hay siempre una oficina de prensa que te informa de cuanto tienes que saber casi al minuto. Además de la oficina de prensa, las delegaciones nacionales llevan un portavoz para relacionarse con los periodistas, bien de tú a tú, bien a través de pequeños encuentros en grupo que llaman *briefings*. También, de cuando en cuando, se producen ruedas informativas con algunos de los más destacados políticos asistentes a la reunión. Quiere decirse que el periodista pasa largas y tediosas horas esperando a que se produzcan los comunicados de la oficina de prensa, a que la delegación de su país haga públicas las cuestiones que son de su interés y a que se convoquen ruedas informativas o *briefings*. Como estas reuniones de alto nivel, salvo en situaciones de crisis, cumplen horarios más o menos fijos, el periodista tiene todo el tiempo que quiera para elaborar su crónica, con muchos datos encima de la mesa. Además, las cumbres, las conferencias, las sesiones parlamentarias y las negociaciones se celebran en grandes edificios públicos muy bien dotados de sistemas de comunicación. Así que el periodista puede enviar tranquilamente su crónica desde el mismo lugar donde la información se produce. Tu vida no peligra salvo que se rompan los cables de sujeción del ascensor en que te has subido y se precipite al vacío desde diez pisos de altura. Y tu prestigio de informador corre muy poco riesgo —salvo que llenes la crónica de espantosas faltas de ortografía—, porque ninguna noticia se te puede escapar y también porque casi toda la información de estos eventos suele tener un contenido tan enrevesado que casi nadie la lee. Escribir sobre tales acontecimientos es casi tan aburrido como vivir en Suiza.

El peligro de las tareas de informador de cumbres y conferencias es que son muchas las horas de tedio que pasas con tus compañeros entre comunciado y comunicado o rueda de prensa y rueda de prensa. Entonces te vas al bar. Y bebes y bebes. Cuando por la noche has enviado tu crónica, otra vez te vas con tus compañeros a beber. O a un cuarto de hotel para jugar al póquer hasta el amanecer sin dejar de soplar. El periodismo especializado en cumbres políticas ha ayudado tanto al crecimiento del alcoholismo como el antiguo servicio militar obligatorio español.

Más divertida resulta la tarea de enviado especial a unas elecciones. No sólo debes acudir a las oficinas electorales de los candidatos o de los partidos, así como a sus mítines o sus ruedas de prensa. También puedes patear las calles (más bien debes hacerlo), buscar opiniones entre la gente común, entrevistar a artistas e intelectuales, a periodistas, o viajar a una aldea pequeña cercana a la capital para hacerte una idea del pulso político en el mundo rural. Mil cosas... Además, queda la jornada del voto, la noche del triunfo y la derrota. Ese día, en la calle, eres testigo del júbilo que expresan los partidarios del vencedor. Con ello puedes hacer lo que llamaban años atrás en las redacciones una «crónica de color». Aprendes también cómo el entusiasmo multitudinario por los políticos no es más que una ceguera colectiva, porque la mayor parte de ellos, una vez en el poder, acaban por hacer algo muy distinto a lo que prometieron y terminan por ser derrotados en otras elecciones entre los abucheos de quienes antes los aplaudían. La política es tan necesaria como banal y la democracia es tan ruin como imprescindible.

Cinco años después de iniciar mi vida de corresponsal, no tuve más remedio que aceptar ser jefe para lograr un sueldo mejor y una estabilidad mayor para mi familia. Regresé a Madrid, a la prisión de la redacción. No obstante, alcancé pronto el grado de subdirector y pude negociar cierta libertad con el jefe supremo, el director del periódico. Creo que, desde mi regreso a Madrid, fui ascendiendo en forma vertiginosa mediante el sistema de la patada para arriba, esto es: ya que era un inútil como jefe de sección, me ascendieron pronto a redactor jefe; y como era un desastre en el puesto de redactor jefe, me hicieron casi de inmediato subdirector. La esencia de mi fracaso como jefe residía en que yo solía pensar que mis inferiores tenían a menudo mucha más razón que yo. De modo que era un estupendo jefe para mis peones y un desastre para mis amos, todo lo contrario de lo que se supone que debe ser un buen capataz. Detestaba la disciplina. Pero en el periodismo, como en toda empresa, la disciplina es el elemento esencial para la marcha del negocio.

Por suerte para mi periódico, nadie se atrevió a darme la patada definitiva y subirme al trono de la dirección. Creo que hubiera hecho el diario más caótico de la historia del periodismo. Un director, con independencia de sus ideas políticas, es una especie de capitán de barco, un dictador incontestable. Tiene que estar al timón casi a toda hora y no permitir la más mínima discusión sobre sus órdenes. En el periodismo, además, no se han inventado todavía los pilotos automáticos. Dirigir un periódico es como navegar entre las sombras a fuerza de pericia, de constancia, de instinto, de talento natural, de capacidad de improvisación, de rapidez, de alma de pistolero, de escepticismo, de falta de corazón, de ausencia de escrúpulos, de audacia, de mala leche y de jeta. Tengo muy claro que yo nunca reuní todas esas cualidades.

Mi puesto en la subdirección, ya lo he dicho, me dio ocasión de negociar una forma especial de trabajo con mi director de entonces, que era José Ramón Alonso, buen amigo mío, estupendo escritor y un hombre de corazón enorme, o sea, un director regular, aunque no tan malo como el que yo hubiera sido. Durante mi último año en París, había acompañado al presidente Valéry Giscard d'Estaing en dos viajes oficiales: a Polonia y a Marruecos. Descubrí que, en esos viajes presidenciales, los grandes periódicos y medios de información enviaban casi siempre a los mismos reporteros. Y que esos periodistas se llamaban a sí mismos, pomposamente, «corresponsales diplomáticos». De modo que, a petición propia, Alonso me nombró «corresponsal diplomático» con rango de subdirector, una fórmula para ganar más dinero y seguir al mismo tiempo dando tumbos por el mundo. Como no todos los meses había viajes de presidentes o de reyes, me ocupaba también de otros trabajos en el diario: suplementos, artículos de opinión y ocasionales viajes a cumbres aburridas que proponían centenares de copas nocturnas y partidas de póquer en los hoteles hasta la madrugada. A veces, me largaba como enviado especial a una zona en guerra. Era un chollo ser jefe fracasado en un periódico en el que, por razones muy largas de explicar y que hoy serían casi incomprensibles, nadie se atrevía a echarme a la calle, que es lo que me merecía. Un año después de regresar de París, más o menos, ya estaba viajando de nuevo.

Creo que de esa época me viene la afición a los hoteles. Al principio, me cansaban, por aquello de hacer y deshacer el equipaje. Pero poco a poco fui encontrándoles su punto. Hay dos razones esenciales por las que ahora me gustan tanto: la primera, porque al entrar en una habitación que habré de ocupar como un hogar provisional, durante uno o varios días, tengo la sensación de encontrarme ante el inicio de una nueva existencia. Estás solo y el espacio vital en el que vas a moverte no lo conoces. Es como una aventura, en suma. Y la segunda, porque nada de cuanto me rodea es de mi propiedad, empezando por la habitación. Ese hecho me produce una íntima emoción de libertad, ya que la condición de propietario me crea una especie de vértigo existencial, pues pienso que deberíamos llegar a la última hora de la misma manera que llegó Antonio Machado: desnudos, como los hijos de la mar. Hay una tercera razón, claro, y es de pura comodidad, pues en un hotel no estás obligado a realizar ningún trabajo doméstico, ni siquiera tienes que hacerte la cama.

A finales de los años setenta del pasado siglo y de los primeros ochenta, nuestra recién estrenada democracia comenzaba a abrirse al mundo, después de largas décadas de dictadura en las que España había permanecido encerrada en sí misma, ignorada e ignorante por y del exterior. Con la democracia, nuestros Reyes comenzaron a pasearse por el mundo, y con ellos paseaban la imagen de una España joven y anhelante de libertad. Después, se pasearon los presidentes de los sucesivos Gobiernos. Y con ellos, nos paseábamos los «corresponsales diplomáticos». Fue un jolgorio.

En general, aquellos viajes no tenían grandes contenidos políticos. Eran eso: viajes diplomáticos, sobre todo los que emprendían los Reyes. Casi nunca había grandes sorpresas, porque los presidentes, todo lo más, tenían de cuando en cuando entrevistas no programadas que alteraban algo el calendario, o firmaban acuerdos de cooperación y cosas por el estilo. En realidad, el corresponsal diplomático era una especie de cronista de sociedad. Nos alojábamos en hoteles estupendos, visitábamos países interesantísimos y entrábamos en lugares que un turista normal no podría conocer nunca. Entre los numerosos países adonde me desplacé recuerdo ahora Marruecos, Túnez, Senegal, Costa de Marfil, Guinea Conakry, Camerún, Ghana, los dos Congos, Egipto, Kuwait, Arabia Saudí, Siria, Irak, Irán, India, China, Japón, Indonesia, Colombia, México y un buen número de capitales europeas.

Entre los viajes con los Reyes y los viajes con presidentes había, no obstante, ciertas diferencias. En los primeros, los monarcas, su escolta y su séquito ocupaban el avión oficial y los periodistas los seguíamos en un vuelo contratado como chárter. Sin embargo, cuando viajábamos con el presidente, los informadores ocupábamos la cabina trasera del aeroplano junto con los guardaespaldas, mientras que el presidente y su séquito viajaban en la primera cabina. Cuando los viajes resultaban muy largos, eran frecuentes las partidas de mus en la cabina trasera. En algunas ocasiones, un presidente se animó a jugar con los informadores: Adolfo Suárez. Los otros dos con los que viajé antes de dejar el periodismo, Leopoldo Calvo Sotelo y Felipe González, ponían más distancia entre ellos y la chusma periodística.

Los viajes reales eran más lúdicos que los de los presidentes. La información que teníamos que enviar a nuestros periódicos se limitaba, en esencia, a relatar con más o menos garbo los actos oficiales previstos para cada jornada: recepción a los Reyes de los soberanos del país anfitrión o, en su lugar, del presidente y presidenta; reunión de los ministros de Exteriores y firmas de acuerdos de cooperación; comidas y cenas de gala; visitas culturales a monumentos o centros arqueológicos, y uno o dos desfiles de tropas. La Reina, en particular, a menudo tenía que visitar un centro de niños discapacitados, o de gente infectada por una enfermedad incurable, o de tullidos irreversibles, o de huérfanos de algún desastre natural, o de viudas de una guerra reciente. Las soberanas de nuestros días tienen un gran entrenamiento en el luto y la lágrima y han desarrollado una vasta cultura sobre el dolor. El último acto de los viajes reales consistía siempre en una recepción a la que asistía la colonia española que vivía en el país en cuestión.

En este tipo de viajes los periodistas terminábamos por ser casi una parte del séquito. Teníamos que echar muy poco ingenio al asunto, pero convenía siempre dar un garbeo por nuestra cuenta en el país adonde viajábamos para intentar adornar nuestra crónica con algunas «pinceladas de color». Lo mejor de estos viajes es que, casi en calidad de séquito, entrábamos en palacios que un turista jamás podría pisar y nos hartábamos de comer y cenar gratis y, además, por todo lo alto. ¡Qué bien viven los soberanos del mundo! Recuerdo un palacio en Riad, donde se alojaban los Reyes, en el que los grifos de los baños y los picaportes de las puertas eran de oro macizo. Y también el magnífico palacio que poseía Hasan II en Rabat. Por fuera, se trataba de un alto muro de piedra recia, sin gracia ninguna, de adusto aire militar. Pero en el interior, delicados jardines rodeaban estanques de aguas claras y había templetes abiertos junto a los estanques, alzados sobre columnas de mármol muy blanco, que servían de comedores para los invitados. Los periodistas y los policías tomamos allí, servidos por camareras ataviadas con mantos de color malva, una de las más delicadas cenas que recuerdo. Naturalmente, como se trataba de una invitación del despótico Hasan II, ni unos ni otros pudimos siquiera asomarnos al comedor de los monarcas.

A veces, en los viajes reales, se producían situaciones cómicas. Con ocasión, por ejemplo, de nuestra llegada a Guinea Conakry, cuyo presidente era el socialista Sekou Touré, se organizó una parada en honor de los Reyes españoles y, en un estadio de fútbol, durante varias horas, desfilaron marcando el paso autoridades, deportistas, poetas, actores, cantantes, regimientos enteros de obreros de organizaciones sindicales e, incluso, hechiceros y brujos llegados de las aldeas más remotas. El rey Juan Carlos, a quien le han gustado siempre las guasas, creo recordar que comentó que aquello era como si en España se organizase un desfile en el que salieran juntos el arzobispo de Madrid-Alcalá, Marcelino Camacho, Alfredo Di Stéfano y Sara Montiel.

Los viajes reales resultaron en alguna ocasión algo misteriosos. Por ejemplo, el que nos llevó a la India, creo que más o menos en el año 1983. En Nueva Delhi los Reyes celebraron una entrevista protocolaria con Indira Gandhi y hubo una cena de gala en la que a los periodistas españoles se nos permitió hacernos una foto con la entonces legendaria dirigente. Pero tras la breve estancia en Delhi, nos trasladamos a Madrás, sin que nadie nos explicara la razón. Y allí permanecimos durante casi cuatro días. ¿Qué demonios hacíamos en la ciudad?, nos preguntábamos los informadores. Había rumores, desde luego: se decía que la Reina se había reunido allí con su madre, la ex soberana Federica de Grecia, y que asistían a un «tratamiento espiritual» con un famoso gurú de la región. Los periodistas nos alojábamos en un estupendo hotel de aire colonial, en el que había una fantástica piscina y donde servían unas excelentes langostas a la americana. Del rey Juan Carlos no se sabía nada. Y naturalmente, no teníamos ningún tema sobre el que escribir. Al cabo de los cuatro días, nos avisaron con urgencia de que regresábamos a Madrid. Y los encargados del protocolo de la Casa Real nos dieron las gracias por nuestra «comprensión». Hubiera escrito una crónica sobre aquel enigma. Pero ¿quién la habría publicado entonces? Me harté de bañarme en la piscina, de recorrer Madrás en busca de fumaderos de opio con mis amigos Fernando Puig de la Bellacasa y Manuel Cacho, sin dar con ninguno, y de disfrutar de las langostas: jamás he comido tantas en tan poco tiempo. Creo que, al regreso de la India, mi cerebro permaneció alangostado varias semanas.

Durante el viaje a China, en 1978, al llegar a Shangai desde Beijing (antes Pekín), se produjo una situación hilarante. Allí nos esperaba un batallón militar para rendir honores a nuestros monarcas y una orquesta que había de tocar los himnos nacionales de los dos países. Pero, por lo visto, las partituras enviadas desde alguna embajada china en Europa no eran las correctas y el himno español que sonó fue el «Cara al sol», el canto de la Falange. Ni al Rey, ni al séquito, ni a los escoltas, ni a los periodistas nos importó demasiado, porque el incidente nos pareció más que disculpable. Si en aquel tiempo hubiera venido el presidente chino a España, tal vez no habría resultado extraño que una orquesta tocara en su honor el tema central de las películas del malévolo Fumanchú.

El de China fue un viaje inolvidable. En condiciones normales, a los Reyes solíamos acompañarlos entre treinta y cuarenta periodistas, a veces incluso no llegábamos a la veintena. Pero el viaje a China no quería perdérselo nadie. El país acababa de abrirse a Occidente después de permanecer cerrado al exterior tras el triunfo de la revolución maoísta, casi treinta años antes. Y después de que el presidente norteamericano Richard Nixon fuese recibido en visita oficial por las autoridades de Beijing, los viajes de líderes occidentales hacia el país se convirtieron en un chorreo continuo. Los Reyes españoles fueron de los primeros dirigentes de Occidente en ser invitados. En el universo periodístico español entró una especie de fiebre, un cierto «furor chino». La pasión que provocó el viaje no creo yo que la hubiera causado hoy ni siquiera una visita de nuestros monarcas a la Luna.

Hubo directores de periódicos que rebajaron su rango al de reportero para poder acudir y otros que, simplemente, se apuntaron y se llevaron consigo al cronista. Se dieron casos aún más llamativos, como el de algunos directores de prensa que, además de llevar cronista, colaron a su esposa camuflada como fotógrafa. En total, creo que los periodistas, llegados de casi todas las comunidades autónomas españolas, nos acercamos a los doscientos y llenamos al completo un vuelo chárter. Alguien dijo al salir de España que, si aquel avión se caía —el aparato se llamaba *Sorolla* y era de la compañía Aviaco—, el escalafón periodístico nacional iba a correr un par de generaciones. Solamente de Madrid, se incorporaron al viaje cuatro directores de los cinco periódicos más importantes y todos los directores de semanarios de información general. Durante el viaje de regreso a España, uno de ellos, el del periódico *Arriba*, entonces Alejandro Armesto, me limpió al póquer todo el dinero que me quedaba de las dietas.

China era un régimen comunista y, tal vez por esa razón, a los periodistas se nos trató en condiciones de absoluta igualdad con el séquito real. Quiere decir que compartimos una pastosa intimidad con las autoridades chinas y españolas, asistiendo a todos los banquetes, visitas de protocolo, actuaciones artísticas, desfiles y baños de multitudes. Entre autoridades chinas y españolas, escoltas, séquito real, protocolo, funcionarios, periodistas locales y españoles, tripulaciones de nuestros aviones, traductores y chóferes formábamos una imponente caravana cada vez que nos desplazábamos en coche.

En cuanto a los banquetes, tenían un protocolo parecido al de las cenas de bodas o los entierros. Los Reyes, el presidente Deng Xiaoping y los ministros se colocaban alineados en la puerta del comedor y los invitados íbamos entrando a la sala del banquete en fila, saludando una por una a las autoridades, con un apretón de manos a los hombres, un besamanos a las señoras y una reverencia añadida a los monarcas. Uno no sabía bien si darles a los protagonistas del evento la enhorabuena o el pésame.

China había realizado una revolución socialista, pero dejó incólume los modos tradicionales de los mandarines. Creo que nunca he hecho tantas veces el gesto de besar la mano a una señora como en los banquetes a los que asistía en China, a diario, la reina Sofía. Y digo «gesto» porque los Reyes son magníficos maestros en la esgrima del saludo: la soberana, retirando la mano justo un instante antes de que la rocen los labios de los caballeros, y el monarca dejándola blanda y ofreciendo solamente los dedos a quienes se la intentan estrechar con vigor. Estarían mancos si no lo hicieran así.

En los banquetes, a los invitados nos sentaban en grandes mesas redondas que podían acoger a diez o doce comensales. Los menús nunca se repetían y eran ciertamente exquisitos. Lo que sí se repetían eran los brindis. En cada cena, a los postres, había que hacer varios en honor de los huéspedes, los anfitriones y las respectivas patrias. Brindábamos con *mao-tai*, un licor de arroz, que al cuarto brindis ya hacía patinar la lengua de Deng Xiaoping o del Rey. Algunos de los periodistas salían de los banquetes haciendo eses.

Los chinos, debido a que el país llevaba treinta años cerrado al mundo, nos miraban con asombro, sobre todo los más jóvenes, muchos de los cuales no habían visto un europeo en su vida. Un día en Shangai, decidí irme solo a dar un paseo por la ciudad. Llevaba un par de horas deambulando por calles y mercadillos y sentí necesidad de ir al servicio. De modo que entré en unos grandes almacenes. Fue difícil hacer entender por señas lo que quería; entre otras cosas, porque habrían resultado algo obscenas. Pero al fin un hombre me llevó amablemente hasta una puerta al fondo de la gran sala. El urinario colectivo consistía en una pared de azulejos bajo la cual había un canalón que conducía las aguas hacia un agujero de salida. En el momento de entrar, media docena de hombres procedían a aliviarse. Me coloqué en un extremo y me dispuse a hacer lo mismo. Y en ese instante justo, los seis hombres giraron la cabeza y dirigieron la mirada hacia mi entrepierna. Mi necesidad de orinar se cortó de pronto. Y allí me quedé, en pie, mirando hacia lo alto como un lelo, mientras los chinos seguían contemplando mi sexo, supongo que interesados por su color.

Otro día, en Beijing, decidí recorrer en autobús la avenida que cruza el centro de la ciudad de este a oeste y que atraviesa el lado sur de la gran plaza de Tiananmen. Es una larguísima y recta calle a la que antes llamaban Avenida de la Paz y que hoy recibe varios nombres en su largo recorrido antes de salirse del mapa: Jianguo, Dongchang'an, Xichang'an y Fuxing. Mi sistema para no perderme fue tomar un autobús en un extremo, bajarme en el otro, dar algunos paseos por los mercadillos y viviendas de las callejuelas laterales y volver a tomar un autobús en dirección contraria.

El vehículo iba atestado, pero la gente me abrió hueco, sonriéndome y haciéndome reverencias, hasta que llegué a la cabina que ocupaba el cobrador, hacia la mitad del coche. Le tendí la mano abierta con las monedas que llevaba, para que tomara la cantidad del precio del billete. Pero el hombre movió la cabeza hacia los lados y, sonriente, amagando una reverencia, me hizo señas para que pasara sin pagar nada. Los pasajeros continuaron abriéndome sitio en el pasillo y, al detenerme cerca de una de las puertas de salida, una mujer joven se levantó y me cedió el asiento. Intenté negarme, pero no hubo manera. Los viajeros me indicaban que me sentara. Y acabé por obedecer. Continué el resto del recorrido rodeado de sonrisas y reverencias. Y al regreso me sucedió exactamente lo mismo.

Conté en el banquete de esa noche lo que me había sucedido. Parece que dos días después salió la historia en unos cuantos periódicos, relatada por algunos compañeros como si les hubiera pasado a ellos. El periodismo, a veces, consiste en callarte delante de tus colegas.

Ese mismo día de mi paseo pequinés, recorriendo las calles adyacentes a la Avenida de la Paz, pude ver la pobreza extrema en que vivían las gentes de Beijing: casuchas de no más de una habitación, muchas de ellas de madera; ausencia de asfalto, barrizales, basura en las calles; fuentes de agua para uso colectivo; olor a orines y desechos de comida; gente vestida con harapos, niños flacos y mujeres envejecidas prematuramente; mercadillos en los que apenas había alimentos y tenderuchos cuyos productos parecían en su mayoría sucios y usados. En aquellos barrios de la capital de China saltaba a la vista una de las más dramáticas desilusiones de nuestra era: que el comunismo, nacido como un grito de dignidad contra la miseria, se transformaba a la postre, para las gentes comunes, en una pobreza igual que la generada por los capitalismos opresores del siglo XIX europeo.

En el primer viaje de 1978 con los Reyes, dos años después de la muerte de Mao Zedong, hacía nueve años que el país había salido de la llamada Revolución Cultural, un período de intransigencia política que dirigieron un grupo de fanáticos conocidos como «La Banda de los Cuatro». Deng Xiaoping llevaba algo más de un año en el poder y había comenzado un período de reformas entre las que se incluía la apertura a Occidente. Pero las huellas de los años del fanatismo eran aún visibles y los hombres y mujeres que caminaban por las ciudades chinas vestían indefectiblemente lo que se llamaba «traje Mao»: una especie de uniforme con pantalón recto de tela barata y una chaqueta de corte militar que se cerraba con gruesos botones desde los bajos al cuello. Podía ser de color verde claro o azul y siempre se complementaba con una gorra del mismo color. Muchos de los periodistas nos compramos nuestro uniforme estilo Mao. En el vuelo de regreso, nos vestimos casi todos de tal guisa y aterrizamos en Madrid como una tropa de chinos de piel blanca. En cierta forma, guardo memoria de aquel viaje como si se tratara de una mamarrachada. Y al recordarlo, sigo sin explicarme muy bien cómo me he ganado la vida, durante muchos años, en el oficio de periodista.

Los coches en que nos desplazábamos por las ciudades eran vetustos modelos soviéticos pintados de negro o gris, con un asiento trasero para tres personas y dos traspontines. En cada uno de los coches íbamos un grupo de cinco periodistas acompañados de un traductor o traductora que se sentaba junto al chófer. Todos los intérpretes hablaban con acento gallego, por la sencilla razón de que el único profesor de español que había en Beijing en aquel tiempo era un gallego. Había ido a parar al país no supimos muy bien cómo ni desde dónde. Le conocimos un día en una recepción; era un hombre ya entrado en años, encorvado, discreto, de pelo blanco y vestido de oscuro, un hombre que, por lo que recuerdo de la breve conversación que mantuvimos, no simpatizaba en absoluto con el comunismo. Hoy hubiera escrito un reportaje contando su vida, pero en aquel tiempo yo era un joven periodista lastrado por un exceso de ganas de divertirme.

En el viaje vi la primera de las tres momias comunistas: la de Mao Zedong, en su mausoleo cerca de la plaza de Tiananmen. Había bastante gente visitando el lugar, pero no tanta como la que, unos años después, aguardaba en la Plaza Roja para ver el cadáver embalsamado de Lenin. Hoy, la tercera momia ha sido olvidada por casi todo el mundo. Me refiero a la de Georgi Dimitrov, el gran dictador del régimen comunista búlgaro de la posguerra. Cuando fui a visitarla en Sofía en 1989, acababa de caer el régimen, y en el mausoleo no había nadie más que yo y los dos guardias del servicio de vigilancia, que ni siquiera me miraron cuando entré en la sala donde se exhibía el fiambre. Creo que me lo podría haber llevado para adornar mi salón, sencillamente colgándomelo del hombro, y estoy casi seguro de que ninguno de los dos guardias me habría hecho el menor caso.

Alrededor de los viajes de los Reyes, de cuando en cuando, aparecían personajes extraños. Entre el séquito periodístico, a veces se colaba algún empresario truhán con un carnet de prensa probablemente falso, tal vez con la intención de hablar un día con el Rey y proponerle un negocio. Y a menudo, a las recepciones oficiales celebradas en los países que visitábamos, asistían tipos raros, quién sabe si algo locos o sencillamente perillanes y buscavidas.

Uno de aquellos viajes nos llevó a varios países africanos. Si mal no recuerdo, la ruta la componían Guinea Conakry, Senegal y Costa de Marfil. Ya en el primer encuentro en la embajada española de Conakry, capital guineana, un hombre alto, en extremo delgado, de fino bigote canoso y que doblaba de largo la curva de los sesenta años, se presentó en el acto como corresponsal español de prensa. Vestía un traje gris claro algo raído, camisa color marfil de cuello desgastado y una vetusta corbata granate de lana. Se llamaba Torroba y nos contó a los periodistas que enviaba a varios diarios españoles crónicas ocasionales desde África Occidental, una región que decía dominar como especialista. Insistimos en nuestras preguntas sobre su trabajo y él se escabulló diciendo que firmaba sus informaciones con seudónimos diversos, para no tener problemas con los gobiernos. Naturalmente, ninguno le creímos; pero resultaba gracioso, un punto pícaro, simpático en extremo y, además, no molestaba nada. Y con su milonga, e ingeniándoselas no sé bien cómo, logró colarse en todas las comidas y cenas, las recepciones y las ruedas de prensa.

Era un enigma vivo aquel hombre, surgido de pronto como un fantasma en un país donde todo estaba en ruinas y la miseria de las gentes llegaba hasta las puertas mismas del palacio presidencial. Guinea Conakry, de la mano de su líder Sekou Touré, fue el primer estado africano del área francófona que proclamó su independencia, enfrentándose al orgulloso presidente Charles de Gaulle. La respuesta gala consistió en dejar el país vacío de infraestructura y de todo tipo de medios. A tal punto llegó la venganza francesa que, en su retirada de Conakry, los soldados arrancaron los teléfonos, las tazas de los váteres y los lavabos de todos los edificios públicos. Recuerdo que el hotel donde nos alojábamos los periodistas era una especie de galpón vecino de la selva, con literas y duchas colectivas y alimentado de luz eléctrica por un ruidoso generador en las horas de oscuridad, mientras que la corriente era cortada en las horas de sol. Sobre el tejado, se posaban cada día una docena de enormes buitres negros, como si esperaran la muerte de alguno de nosotros para dar inmediata cuenta de los despojos. ¿Qué hacía allí Torroba, qué pintaba un periodista viviendo en aquel lugar del que apenas se tenía noticia en España? ¿Cómo se ganaba la vida en un país como aquél? También cabía preguntarse qué demonios hacía un rey de España de visita oficial en Guinea Conakry.

En aquel viaje íbamos medio centenar de periodistas a bordo del chárter que seguía al avión de los Reyes. Y para acompañarnos, o mejor dicho, para pastorearnos, venía con nosotros un antiguo periodista, Josep Melià, en calidad de secretario de Información de la Presidencia en el Gobierno de Adolfo Suárez. Melià, que murió hace unos años, era un hombre gordo, de carácter huidizo y reservón, y un cierto aire de conspirador del XIX. No poseía un gran sentido del humor y, al dejar la política, se dedicó a los negocios y se dice que amasó una fortuna moviendo las influencias que había conseguido establecer durante sus días cercanos al presidente. Después, se retiró a su tierra, Palma de Mallorca, y allí compró una revista cuyo nombre era *Perlas y cuevas*, supongo que para entretenerse haciendo algo que podía parecerse al periodismo. El nombre de la publicación es inolvidable, lo mismo que el de una revista alcarreña de aquella misma época: *Flores y abejas*.

Melià no se sentía a gusto con el simpático Torroba. Intentó averigar quién era y expulsarle de algunas de las cenas o recepciones celebradas en Conakry. Los ágapes, por cierto, se organizaban sin excepción con jamón de York en lata traído a toda prisa de Holanda por encargo del ministro de Alimentos de Conakry.

Melià no lograba deshacerse de Torroba, entre otras cosas, porque nuestro hombre conseguía ser invitado a todos los actos oficiales y celebraciones por los guineanos, no se sabe mediante qué tejemanejes, y también porque la mayoría de los periodistas, que simpatizábamos enormemente con el pícaro y muy poco con el secretario de Información, intentábamos arroparle.

Cuando nos fuimos del país en nuestro avión chárter, rumbo a Senegal, Melià respiró aliviado.

Pero en la primera recepción celebrada en Dakar a la que los periodistas asistimos junto a los Reyes, apareció de nuevo Torroba: infatigable, con el mismo traje y la misma corbata, parecida camisa e igual milonga a la que hizo sus presentaciones en Conakry. Recuerdo el rostro rojo y enfurecido de Melià cuando distinguió al intruso. De inmediato, se dirigó hacia uno de los policías de la escolta que acompañaba a los monarcas españoles con intención de descubrir al falsario. Pero Torroba, rápido como el rayo, se dirigió derecho al Rey y entabló conversación con él; éste soltó una carcajada con alguna broma que dijo Torroba y le dio un golpe afectuoso en el hombro. De inmediato, el embajador le saludó con cortesía. Torroba besó a renglón seguido la mano de la Reina. El escolta se olvidó de Torroba, Melià se mordió el hígado y varios periodistas rodeamos al pícaro para darle una cordial bienvenida.

Era un genio. Asistió a todos los actos oficiales celebrados en Senegal y se movía como Pedro por su casa en los salones de ministerios y palacios. No daba tregua a los canapés y mediasnoches en las francachelas de las tardes ni dejaba una miga de pan en los platos durante los almuerzos o las cenas oficiales. Tomaba nota con aplicación de cuanto decían los portavoces en las ruedas de prensa y en los *briefings* informativos. Y a Melià se le llevaban todos los demonios. Torroba, con prudencia y tino, nunca se arrimaba al secretario de Información, por si las moscas. Y los periodistas disfrutábamos con sus fantasías, sus mentiras y su cordialidad. Era uno de los nuestros. Y sospecho que, incluso, más sobrado de talento que la mayoría de nosotros.

Volamos a Costa de Marfil y Melià recobró la calma. No obstante, en la primera recepción oficial celebrada en Abiyán, asomó de nuevo Torroba. Y volvió a unirse al séquito informativo. Durante los días que siguieron, continuó comiendo con enorme apetito de modo que, cada día que pasaba de aquel viaje africano, estaba más gordo. No olvidó sus deberes, sin embargo, y en consecuencia asistió con puntualidad a todas las ruedas de prensa, sin cesar de tomar notas como un joven aplicado. El Rey le saludaba como a un viejo conocido, la Reina le sonreía y los embajadores le trataban con gentileza. Los periodistas estábamos encantados con él y Torroba, consciente de su papel, disfrutaba de lo lindo con la farsa. Melià andaba hecho un basilisco por los rincones de los salones de los palacios y ministerios, mirando con furor a Torroba, dispuesto a acuchillarle y, ya que no encontraba ocasión para ello, comiéndose casi a bocados los cortinones de embajadas, residencias de altos cargos y departamentos ministeriales. Pero a la postre se cobró cumplida venganza por tanta burla.

El viaje concluyó una mañana de intensa luz. Ya en el aeropuerto, tras pasar los trámites de facturación y aduana, los periodistas nos dirigimos a pie atravesando las pistas de aterrizaje para alcanzar el avión, cargando con nuestras bolsas de mano. Llegamos sudorosos a la escalerilla de la parte trasera del aparato después de una larga caminata y aún hubimos de quedarnos allí un rato, esperando bajo el sol de fuego. Había surgido un problema, supimos al llegar a las cercanías del avión: un joven periodista había facturado unos tambores comprados en un bazar de artesanía de Abiyán y, cuando los operarios procedían a embarcarlos en la bodega del aeroplano, comenzaron a salir de sus barrigas cientos de cucarachas, grandes como nécoras gallegas. Y allí estaban los tambores, esperando a que su dueño decidiera qué hacer con ellos, rodeados de cucarachas asesinadas a pisotones y otras que corrían como alma que lleva el diablo por la pista en busca de su salvación, perseguidas por los furibundos operarios.

Mientras esperábamos junto a la escalerilla a que la matanza concluyera, apareció de pronto Torroba. Venía el hombre trajeado, con un gorro de paja y una bolsa de viaje en la mano. Creo que Melià fue el primero en verlo. Y le cerró el paso justo cuando iba a empezar a subir la escalera.

—¿Dónde cree que va? —casi gritó el secretario de prensa.

—Bueno, si no hay inconveniente y tienen sitio, me gustaría viajar con ustedes a Madrid —respondió Torroba.

Chillando, Melià se negó en redondo a admitirlo en el avión. Algunos periodistas intercedimos por Torroba. Pero no había nada que hacer: Melià disfrutaba con la inesperada ocasión de venganza que el destino le regalaba de pronto.

La última imagen que guardo de aquel momento es la de Torroba puesto de rodillas ante Melià, pidiendo por favor que le dejase subir al avión. Y Melià con los brazos en jarras y en mangas de camisa, negándose una y otra vez a admitirle.

Los periodistas subimos al avión con pesadumbre. Melià entró el último. Sonreía ufano. La puerta se cerró a sus espaldas y, unos minutos después, despegamos de Abiyán rumbo a España.

Pero el final de la historia no es tan infeliz.

Media hora después del despegue, mi amigo el periodista Justino Sinova y yo escribimos un mensaje que fue pasando de mano en mano entre nuestros compañeros de los asientos delanteros hasta que llegó a Melià, que se sentaba en la primera fila de la cabina. El viaje del mensaje iba produciendo una carrera de risotadas en su avance hacia el secretario de Información. Decía así: «Señor Melià: que dice Torroba que si puede salir ya del váter y comer algo».

Melià se puso en pie como si alguien le hubiese dado una patada en el culo desde debajo del asiento. Miró con furor hacia el fondo del pasillo, donde estaba la cabina de los lavabos. Su piel parecía devorada por el rojo feroz del fuego. Y las carcajadas de los periodistas duraron casi un cuarto de hora. El propio Melià acabó por entender la broma y se contagió con las risas. Torroba había sido vengado.

Unos años después, el periodista Jaime Peñafiel, que estuvo también en aquel viaje a África, me dijo que había visto a Torroba durante una corrida de toros de la Feria de San Isidro, en la barrera reservada para los representantes del Gobierno Civil y junto a varias autoridades.

Y hace no mucho tiempo, leí una información en prensa que contaba la historia de un pícaro holandés que se había colado en varias cumbres de la UE y aparecía en algunas fotos junto a los jefes de Estado y de Gobierno de la organización.

Miré con detenimiento la imagen que acompañaba al texto de la noticia, una fotografía del grupo de autoridades europeas presentes en una cumbre. El pie de foto señalaba el lugar donde se encontraba el pícaro, casi en el centro del grupo y sonriendo con tranquilidad a la cámara. Era algo grueso y vestía con elegancia. No me pareció que fuese Torroba; pero sus rasgos se asemejaban un poco a los de nuestro hombre en África. Quién sabe si tenía un primo en Holanda.

Aquellos días en Conakry, Senegal y Costa de Marfil supusieron mi primer contacto con el África subsahariana. Desde luego que la manera de viajar no era la mejor forma de conocer el continente negro, pues apenas rozabas la superficie de su realidad. Pero el aire húmedo y ardoroso, el furor del sol y los cantos de la noche en los hoteles próximos a la selva encendían emociones en mi carne y en mi espíritu. Eran nuevas sensaciones que, paradójicamente, creía reconocer. Quizás revivían los sueños que habían despertado en mi ánimo los primeros libros de aventuras que leí en la niñez. Y, al regresar a España, empecé a alentar un hondo deseo de volver a África, pero no como integrante de un séquito periodístico, sino solo. Lo hice al fin unos años después.

Recuerdo algunas otras impresiones de aquel viaje con los Reyes que quedaron cinceladas con vigor en mi memoria: una tarde en Yamoussoukro, por ejemplo, la ciudad que hizo construir en medio de la selva, en el lugar exacto donde vino al mundo, el presidente Félix Houphouët-Boigny, que se bautizó a sí mismo «Padre de la Nación».

Houphouët contrató una tropa de expertos matarifes que limpiaron de animales salvajes, durante casi dos años de implacable cacería, varias decenas de kilómetros a la redonda de lo que hasta entonces había sido nada más que una aldehuela de la jungla. Luego, el fuego libró de vegetación aquellas tierras. Y tras los incendiarios, vinieron los arquitectos y las ingentes cuadrillas de peones para levantar palacios, grandes mansiones, barrios de funcionarios e, incluso, una catedral, Nuestra Señora de la Paz, que costó trescientos millones de dólares (la mitad del déficit presupuestario de la época) y que fue construida como una réplica exacta de la basílica de San Pedro del Vaticano. La inauguró el papa Juan Pablo II en 1990.

Aquella ciudad artificial, situada a doscientos kilómetros al noroeste de Abiyán, iba a convertirse a su conclusión, alrededor del año 1988, en la capital del país. Para comunicarla con el exterior, se tendió una autopista de ocho carriles. La ciudad fue iluminada con diez mil farolas. La mayoría de sus grandes avenidas terminaban donde comenzaba la selva.

Cuando los Reyes y la tropa de periodistas visitamos el lugar, creo que en 1980, las obras estaban todavía a mitad de camino y apenas funcionaba otra cosa que el palacio del presidente. En medio de la nada, deshabitada, silenciosa y sin luces, Yamoussoukro parecía una urbe espectral, el trasplante a la realidad de las viñetas de un cómic.

Frente al palacio de Houphouët había un gran estanque. Y en el estanque nadaban más de una decena de enormes cocodrilos nilóticos, un género de animal que puede alcanzar los seis metros de longitud y que es extremadamente agresivo. Cuando acudimos, una tarde, a visitar el palacio del mandatario africano, era la hora de la merienda de los reptiles. Y asistimos a la ceremonia: varios servidores de palacio arrojaban al estanque gallinas vivas atadas por las patas. Y los cocodrilos asomaban la cabeza, abrían sus pavorosas mandíbulas, apresaban a las aterradas aves con actitud fatigada, se zambullían en el agua y se llevaban sus cacareantes presas a la profundidad de la laguna para devorarlas.

Houphouët era un hombre pequeño, rechoncho, de mirada vivaracha y muy altanero en sus gestos. Los franceses le adoraban porque hacía negocios con ellos y se sometía a su política africana, al contrario de lo que sucedía con otros líderes de la independencia en países francófonos del continente. Y le ayudaron enviando tropas al país cuando se produjeron las primeras intentonas de rebelión contra su dictadura. En cierta ocasión, en un programa de la televisión nacional y durante la campaña previa a unas elecciones, un periodista le acusó de corrupción. Y Houphouët respondió: «Claro que me llevo dinero, hijo mío. ¿Pero no es mejor que me lo lleve yo, que tanto he hecho por el país y a quien todos conocéis bien, a que lo haga una persona desconocida?». Desde el día siguiente, el periodista no volvió a aparecer en la televisión del país ni a firmar una sola línea en un diario costamarfileño. Y Houphouët ganó por mayoría absoluta las elecciones.

La verdad es siempre la mejor de las armas políticas. Al menos lo era entonces en Costa de Marfil.

También en Costa de Marfil, el grupo de periodistas acudimos una mañana a visitar, en la ciudad de Abiyán, por entonces todavía capital del país, el famoso mercado de Treichville, uno de los más grandes de África. Hace unos pocos años este mercado sufrió un incendio pavoroso en el que murieron decenas de personas. Pero antes de eso, Treichville ocupaba una imponente extensión a las afueras de Abiyán, con sus estrechas callejuelas formadas por centenares de tenderuchos de madera, techados con mantas y trozos de sacos, y habitado a toda hora por miles de personas, entre clientes, curiosos y vendedores. Cuesta trabajo creer que los muertos de aquel siniestro se contaran tan sólo por decenas, ya que el incendio debió de convertir el mercado, por fuerza, en una trampa letal. En los últimos años, el gran zoco ha revivido.

Recuerdo que, en una de las zonas del mercado, vendían medicamentos que se comercializaban píldora a píldora. Y la gente no compraba en función de los atributos de los fármacos, sino por colores. «Deme dos amarillas, tres rojas, seis azules...», venían a decir los compradores. Años después, en recientes viajes por África, a menudo los africanos se han acercado a pedirme medicamentos sin especificarme para qué los precisaban. Imagino que son muchos los que se sienten a diario carne de cañón en la perra vida que llevan y piensan, en consecuencia, que una medicina, sea la que sea, puede remediar algún mal de su organismo que ellos ni siquiera conocen.

En la zona de pescados de Treichville olía a putrefacción y las moscas formaban bandos espesos sobre los tenderetes. Se vendían caracoles de tierra con caparazones del tamaño de un balón, repulsivos gasterópodos que se deslizaban entre los pescados muertos dejando detrás un rastro espeso de baba oscura. Cuando un comprador adquiría uno, el pescadero le arrancaba el caparazón y cortaba la carne en filetes.

Las moscas también señoreaban en la zona de las carnicerías y olía a carroña. En un extremo, algunos tenderetes mostraban varias decenas de monos muertos, tendidos sobre los mostradores. Eran simios grandes, quizás de un tamaño algo superior al del chimpancé y un poco menor que el de los gorilas. Tenían un pelaje muy negro que les cubría el cuerpo por entero, a excepción de los pechos y la cara, que eran muy blancos. Miraban hacia ninguna parte con los ojos vidriosos y los brazos y las piernas colgaban desfallecidos de los bordes de los mostradores. Parecían cadáveres de niños y comenzaban a oler a morgue humana.

Los periodistas hacíamos fotos a los monos y a los vendedores. Pero al cabo de unos minutos, súbitamente, una mujer casi anciana, que fumaba en pipa y nos observaba en silencio desde nuestra llegada, gritó en su lengua algo que sonaba a insulto y los vendedores se unieron a ella y se alzó un clamoroso griterío alrededor de nosotros. Un periodista dijo que quizás pensaban que les estábamos robando el alma, ese tópico atroz que siempre suelta alguien en África cuando fotografía la miseria y la gente se rebela contra ello. Yo creía entender bien, sin embargo, lo que aquellos hombres y mujeres trataban de expresar: no querían ofrecer el retrato de su indignidad a unos extranjeros que, con toda probabilidad, días después, exhibirían en sus cenas a los amigos las escenas de su mundo desesperanzado, pobre y feo.

Todos saben que el rey Juan Carlos es un hombre simpático, dicharachero, campechano e incluso, en ocasiones, algo chusco. En los viajes, se unía con frecuencia a los periodistas para gastar bromas. Una mañana en Shangai, mientras dábamos un paseo en barco por el río Huangpu, afluente del gran Yangzi, se apartó de la Reina y se acercó a un grupo de informadores que charlábamos en popa. «Yo creo que nos dan bromuro en las comidas —comentó—, porque llevo unos días que nada de nada. ¿Vosotros funcionáis?» Alguien le contestó que nosotros no íbamos acompañados.

En cada viaje era costumbre que, un día o dos antes del regreso a España, los Reyes ofreciesen una copa a los periodistas y a la colonia de españoles residentes en el país, que a veces eran simplemente ninguno. Era un cóctel informal que se celebraba en la embajada, si es que había embajada, o en el palacio que el país anfitrión había cedido como residencia a los monarcas españoles. Durante esos encuentros informales, todos los periodistas rodeábamos a los soberanos. Me fijé que, casi siempre, al poco rato de comenzar el encuentro, el Rey se iba alejando de la compañía de la Reina y buscaba situarse al lado de las mujeres del grupo de informadores. Sin perder ojo a doña Sofía, Juan Carlos se colocaba junto a una chica durante un rato y luego buscaba a otra compañera. En ocasiones, me pareció que se colocaba incluso demasiado cerca de las periodistas.

Si eso sucedía y si alguna de las informadoras era amiga mía, yo le preguntaba más tarde en el hotel: «¿Os ha tocado el trasero Su Majestad?». Todas me lo negaron siempre, sin excepción, encarnadas como Cenicienta al subir la alfombra roja del palacio del príncipe.

De cuando en cuando, al menos era así por aquellos días, don Juan Carlos no podía retener un cierto carácter de príncipe malhumorado, criado entre reverencias del servicio. Es natural: ¿quién puede pretender que un rey sea una persona como las otras si no lo ha sido ni siquiera de niño? Durante un viaje a Indonesia, la recepción de despedida se ofrecía en la embajada de España y había una veintena de residentes españoles invitados al evento. El ministro de Exteriores era por entonces un político centrista llamado Pérez Llorca, a quien se conocía con el apodo de «el Zorro Plateado», no por su astucia, que no era mucha, sino por su pelo prematuramente blanco.

Pérez Llorca no debía de ser muy ducho en cuestiones protocolarias, porque nos convocó a los periodistas aparte y, en un extremo de la sala donde se celebraba la recepción real, procedió a ofrecernos un *briefing* informativo. Cuando el Rey reparó en ello, montó en cólera. E, indignado, abandonó a grandes pasos el encuentro, mientras calificaba como inadmisible la actitud del ministro. La Reina le seguía nerviosa. «Espera, Juanito, espera...», pedía. Y el rostro de Pérez Llorca, cuya piel era ya muy pálida por naturaleza, tomó el color del yeso, mientras dos enormes rosetones se dibujaban en sus mejillas. Aquella noche, los encargados del servicio de prensa del Rey nos pidieron que no enviásemos la información del incidente a Madrid. Por supuesto que todos la enviamos advirtiendo que la Casa Real nos pedía que la silenciáramos. Y los directores, en Madrid, decidieron en su mayoría no publicar nada.

Pero un monarca no olvida fácilmente una afrenta. Varios meses después, durante un viaje oficial a Moscú al que no pude ir, el Rey ofrecía la clásica recepción de despedida a la prensa. Todavía Pérez Llorca era el titular de la cartera de Exteriores. Y quiso la casualidad, según me contaron algunos compañeros, que, en la recepción, hubiese una informadora que llevaba un abrigo de piel de zorro plateado. Don Juan Carlos tomó el abrigo de la mujer y se lo colocó en la cabeza al ministro. «Mira, mira —decía a los periodistas—, el zorrito plateado.» Y otra vez la piel del rostro de Pérez Llorca parecía la de un cadáver, adornado por dos llamativas manchas en las mejillas del color de los melocotones maduros.

Los viajes con los presidentes de Gobierno tenían un carácter menos protocolario y, en ocasiones, un cierto contenido político. El perfil de los informadores también cambiaba un poco: la mayoría eran periodistas más bregados, casi todos antiguos corresponsales en Europa y poco dados a disfrutar del protocolo. Había cierta competencia, además, entre nosotros. Sobre todo, cuando el objeto del viaje era algo delicado desde el punto de vista diplomático.

El presidente Adolfo Suárez solía ser deferente con los periodistas. Como he explicado, los informadores ocupábamos, junto con los policías de escolta, la cabina trasera del avión. Casi siempre, mientras volábamos a un país distante, Suárez se asomaba un rato y conversaba con los periodistas. Como el espacio de la cabina era muy reducido, entender lo que decía, si quedabas lejos de él, era a veces bastante complicado. Recuerdo un viaje, cuando faltaba poco tiempo para unas elecciones generales, en que la situación interna del partido de Suárez, la UCD, era muy crítica, con hondas divisiones entre las diversas facciones que integraban el grupo, en realidad una coalición de pequeñas formaciones políticas. En esos días, ocupaba una de las vicepresidencias del Gobierno el democristiano Landelino Lavilla, y se rumoreaba que sus relaciones con el presidente eran muy tensas.

Cuando Suárez se asomó en aquel vuelo, los periodistas nos arremolinamos como pudimos en sus cercanías. Y quiso la mala suerte que uno que era bastante sordo, corresponsal de un periódico importante, quedase alejado del presidente y no lograra enterarse de nada. Cuando la reunión se disolvió y Suárez volvió a su cabina, el informador sordo preguntó a un compañero de otro periódico importante qué es lo que había dicho el presidente. Y éste le respondió: «Que no irá en ninguna lista electoral en la que figure Landelino Lavilla». Suárez no había dicho tal cosa, desde luego.

La noticia ocupaba la primera página del periódico del sordo al día siguiente. Y antes de que el entuerto se deshiciese, Lavilla convocaba una rueda de prensa en Madrid en la que afirmaba que él tampoco figuraría al lado de Suárez en una candidatura. El lío no terminó ahí, puesto que al periodista burlón lo llamaron de su periódico urgiéndole a que confirmara la noticia que le habían pisado o a que el presidente la desmintiera. Supongo que Lavilla y Suárez arreglaron entre ellos el asunto, porque no hubo crisis de Gobierno. Pero el presidente se negó a confirmar o desmentir nada al periodista que había lanzado el bulo. No estoy muy seguro, pero me parece recordar que ninguno de los dos, ni el informador sordo ni el cronista rufián, volvieron a aparecer en los viajes presidenciales.

En otra ocasión, en un viaje a Amán del presidente Felipe González, creo que el último que me tocó cubrir como corresponsal diplomático, un buen amigo mío, Félix Bayón, que era un guasón de altura y que desdichadamente ha muerto hace muy poco, tuvo a un corresponsal de radio dando vueltas toda una tarde y parte de la noche por los alrededores de nuestro hotel, buscando la exclusiva de una posible entrevista del presidente español con Yasir Arafat. Bayón telefoneaba al cronista de radio y, usando un absurdo e irrisorio acento árabe, le indicaba que Arafat estaba a punto de llegar al hotel en un coche blanco para entrar por la puerta trasera. Espiábamos los movimientos del corresponsal y cuando, desesperado de aguardar, regresaba a su cuarto, Bayón volvía a llamarle para anunciarle «cambio de planes» y una nueva cita en otro lado. Así permaneció el pobre compañero, dando vueltas durante un par de horas, ora por la calle, ora en los salones del hotel. La broma finalizó cuando Bayón lo envió, pasada la media noche, a la habitación del portavoz del

Gobierno, que entonces era Eduardo Sotillos, supuesto lugar de la reunión secreta. Y Sotillos le quitó de la cabeza al corresponsal radiofónico la verosimilitud de un encuentro a hora tan tardía entre Arafat y González. Lo peor fue que, al día siguiente, la entrevista se produjo y el periodista en cuestión no quería acudir a la rueda de prensa posterior, pensando que era una tomadura de pelo. Sotillos le convenció al fin de que asistiera.

Creo que nunca haré en mi vida un viaje tan delirante como el que me llevó a Santa Marta, en el Caribe colombiano, para informar sobre una reunión de Adolfo Suárez con varios presidentes latinoamericanos. Transcurría el año 1980 y se conmemoraba el 150 aniversario de la muerte de Simón Bolívar, acontecida cerca de la localidad costera de Santa Marta. Los reunidos eran los altos dignatarios de los países firmantes de un llamado Pacto Andino, fantasmal organización que se desvaneció luego en el tiempo porque, como tantas otras, no servía para nada. Para tan solemne evento, se había trasladado a la ciudad caribeña la mismísima espada del Libertador, que iba a ser exhibida en el palacio del Gobierno local. En el avión de Suárez viajábamos alrededor de treinta periodistas y veinte policías de escolta, además de su ministro de Exteriores, el inefable Pérez Llorca, la portavoz del Gobierno, Rosa Posada, y otros miembros de su séquito.

Había amenazas contra la reunión por parte de un grupo guerrillero colombiano, el M-19. Y las autoridades policiales del país tomaron todo tipo de precauciones para evitar atentados. La primera de ellas no pudo ser más inconveniente para nuestra tarea informativa: decidieron que, mientras los presidentes y sus séquitos permanecerían alojados en los palacios del centro de la ciudad, a los periodistas españoles nos concentrarían en un hotel vacacional, a varios kilómetros de Santa Marta, junto a una larga playa y al lado de un pequeño poblado de pescadores. No podríamos asistir a ningún acto político y no habría ruedas de prensa masivas. Protestamos, naturalmente. Y para remediar el

Las excursiones de la infancia eran una experiencia de libertad única para los niños madrileños de la posguerra, como para el autor del libro, fotografiado en la sierra de Guadarrama en 1952. (Foto Enrique de Aguinaga.)

Funeral de cuerpo presente por las víctimas del *Bloody Sunday* en la ciudad de Derry, Irlanda del Norte, 1972. (Foto Javier Reverte.)

El periodista Pepe Meléndez en Derry, 1972. (Foto Javier Reverte.)

En el barrio de Bogside, Derry, en 1998. (Foto Álvaro Fresnedoso.)

Rueda de prensa con el presidente Adolfo Suárez en un viaje a Arabia Saudí en 1980.

Periodistas españoles con Indira Gandhi, en el viaje de los reyes de España a la India en 1983.

Mercado de carne en Abiyán (Costa de Marfil) en 1980. (Foto Javier Reverte.)

El chárter con los periodistas que siguieron el primer viaje a China de los reyes de España en 1978.

Cena de periodistas chinos y españoles en Beijing, en 1978.

Los reyes y los periodistas en Kirshasa, capital del antiguo Zaire, hoy República del Congo, en 1983.

Con Sergei Poliakov, en Samarcanda (Uzbekistán, antigua URSS) en 1981.

La niña Maidole, en Jalapa (Nicaragua), 1984. (Foto Javier Reverte.)

Corrida de toros en la Plaza Monumental de Managua (Nicaragua) en 1983.

El taxista Luis García, a caballo, en las sierras de Palacagüina, norte de Nicaragua, en 1984. (Foto Javier Reverte.)

Soldados sandinistas en el norte de Nicaragua en 1983. (Foto Javier Reverte.)

Sarajevo en 1992. (Foto Javier Reverte.)

Con Manu Leguineche, junto al antiguo puente de Mostar, Bosnia-Herzegovina, en 1992.

Casa saqueada de Knin durante la guerra de la Krajina (actual Croacia), 1995.
(Foto Javier Reverte.)

Geishas en Kioto, en 1991. (Foto Javier Reverte.)

Las Tres Gracias de Chipre. De izquierda a derecha Soso, Melpo y Lisi, 2004. (Foto Javier Reverte.)

En 2004 a bordo de un megacrucero en el Atlántico, con dos pasajeras. (Foto Juan Echeverría.)

Morsas en las islas Malvinas, 1990.

Mohammed Embarek Fakada, del Frente Polisario, en los campamentos de Tindouf, Argelia, 1981. (Foto Javier Reverte.)

En los campamentos de Tindouf, junto al periodista Paco Navarrete y los escritores Emilio Sola y Javier Villán, 1981.

Niñas de un poblado en los alrededores de Timimoun, sur de Argelia, 1992. (Foto Javier Reverte.)

Río del Petén (Guatemala), 1986. (Foto Javier Reverte.)

Suburbio de La Ceiba, norte de Honduras, en 1989. (Foto Javier Reverte.)

Con Tino Soriano en el Sahara argelino, 1992.

Centroamérica, en tiempo de guerras: salvoconductos militares para la prensa del año 1983.

COMITE DE PRENSA
DE LA
FUERZA ARMADA
DE EL SALVADOR

Señores
Comandantes y Jefes de Cuerpos Militares
Presente.

Para tal efecto se le extiende la presente, con ruegos de darle las facilidades convenientes.

Comité de Prensa de la
Fuerza Armada

TODO POR LA PATRIA
JUNTOS
PUEBLO Y FUERZA ARMADA

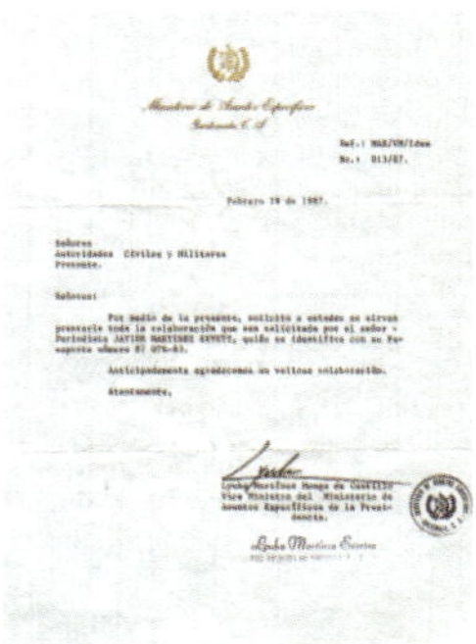

Señores
Autoridades Civiles y Militares
Presente.

Señores:

Atentamente,

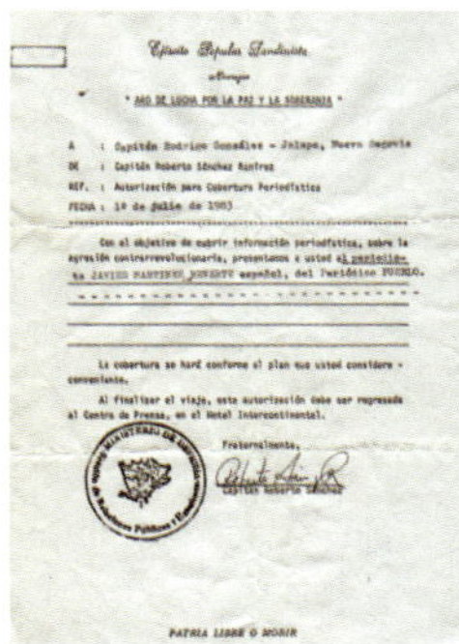

REF. : Autorización para Cobertura Periodística

Con el objetivo de cubrir información periodística, sobre la agresión contrarrevolucionaria, presentamos a usted al periodista JAVIER MARTÍNEZ REVERTE español, del Periódico PUEBLO.

La cobertura se hará conforme al plan que usted considere conveniente.

Al finalizar el viaje, esta autorización debe ser regresada al Centro de Prensa, en el Hotel Intercontinental.

Fraternalmente,

PATRIA LIBRE O MORIR

entuerto, Suárez decidió que el ministro de Exteriores y la portavoz de su Gobierno vendrían cada tarde a nuestro hotel para darnos en rueda de prensa cumplida información de cuanto había sucedido. Al final, todas aquellas medidas sólo sirvieron para que nuestro trabajo se convirtiese en una chapuza y para lo que contaré un poco más adelante.

En cuanto a los posibles atentados del grupo guerrillero, se redujeron a uno: a la hora de la llegada del presidente colombiano y su séquito, sembraron de tachuelas el recorrido desde el aeropuerto a Santa Marta y todos los coches oficiales pincharon. Por otro lado, alguien robó la espada del Libertador, puede que la misma guerrilla, y no he tenido noticia de si ha vuelto a aparecer o no.

Creo que llegamos al hotel a media mañana. Algunos nos fuimos a la piscina para relajarnos de tan largo vuelo y encargamos las primeras piñas coladas. Era una de esas piscinas grandes y llenas de vericuetos donde el agua nunca cubre por entero el cuerpo de los bañistas y en las que no es preciso nadar: avanzas casi flotando sobre tus rodillas, como un patito que está aprendiendo a defenderse en el que será su medio natural. Uno de los bares estaba dentro del agua, una especie de caseta techada de paja, con un mostrador circular rodeado de poyos cilíndricos de piedra bajo la superficie. Cuando te sentabas en ellos, el agua te cubría hasta la mitad del pecho.

Un rato después, vi que llegaba desde la playa un mestizo de aspecto cansino. Cargaba una bolsa y se cubría la cabeza con un ancho sombrero de paja. Nos hizo señas a mí y a un compañero que estábamos en el agua y, mientras nos asomábamos al borde de la piscina para saber qué quería, extendió una manta en el suelo y colocó allí algunas artesanías, casi todas piezas de madera, feotas y muy mal talladas.

—No me gustan —dijo mi compañero Juan Luis Díaz Prats, que viajaba enviado por Radio Nacional de España.

—Pero son baratas, don —respondió el hombre—, cómpreme una o dos, para que yo coma.

—¿Y no tiene marihuana? —se me ocurrió preguntarle.

El hombre sonrió.

—La de Santa Marta es la mejor del mundo, don. Aquí la llamamos «golden» o «punto de oro». Ya verá, en un momentito se la traigo.

Recogió su cargamento y se largó hacia el pueblo a toda prisa.

Corrimos la voz entre los colegas. Media hora después, una veintena de nosotros nos repartíamos a precio irrisorio, y ante la inmensa felicidad del hombre, enormes matas secas de marihuana, con las hojas todavía pegadas a sus ramas.

Aunque no en exceso, he sido aficionado a la marihuana en mis años jóvenes y creo que jamás he probado ni probaré otra como aquella «golden» colombiana: llevaba a la frontera misma de la alucinación y te hacía reír sin cesar. Una hora después de que el hombre se hubiera ido, la piscina estaba llena de periodistas españoles colgados, que no paraban de jugar en el agua como niños, muertos de risa, y de tomar piñas coladas arrimados a la barra del bar lacustre. Aquella tarde no vino ningún portavoz a vernos y yo envié a Madrid mi primera crónica sobre el viaje, imagino que llena de insensateces, aunque nadie me reprochó luego nada en mi periódico. Recuerdo que, mientras la escribía, me parecía que transcurrían largos minutos entre párrafo y párrafo y se me hacía interminable el trabajo. Y me daba risa teclear en mi ridícula máquina de escribir portátil, pues pensaba que los teclados deberían tener la forma de un balón. La idea me parecía en ese momento estupenda, digna de ser patentada, pues al agarrar el teclado como quien agarra un melón, se haría menos esfuerzo con los dedos. Éste es el tipo de tonterías que se te ocurren cuando andas fumado.

Por la noche, siguieron en el hotel las rondas de marihuana y piñas coladas. Mientras los líderes andinos y español discutían sobre el futuro de un trozo de América y los guerrilleros del M-19 planeaban el robo de la espada de Bolívar, los periodistas españoles chapoteábamos en el agua con la risa boba clavada en los labios.

A la mañana siguiente aparecieron nuevos hombres con más marihuana y el hotel se convirtió en el escenario de un desfile de «camellos», anhelantes de terminar con toda la cosecha de las sierras de Santa Marta. Los periodistas éramos como un maná que hubiera caído de pronto sobre aquellas pobres tierras colombianas habitadas en su mayoría por indios miserables. A mediodía, comenzaron a aparecer mujeres.

Las había de todas las edades, entre los quince y los treinta y tantos. Algunas, incluso, venían con sus mamás. Por la tarde, varios periodistas masculinos se habían emparejado con muchachas. Recuerdo a dos de ellos, ambos ilustres cronistas de la prensa de Madrid, que ataviados con trajes de baño de braguilla, azules y fosforescentes, corrían a saltitos por la playa con dos jovencitas de dieciséis o diecisiete años, vigilados de cerca por las «mamás». Por lo que supe después, las «mamás» pretendían casarlas con algún español acomodado para que tuvieran un buen futuro en España. Pero las «mamás» no consiguieron casarlas y sospecho que ellos no lograron otra cosa que dar saltitos por la playa.

Al atardecer, llegaron al hotel el ministro de Exteriores, Pérez Llorca, y la portavoz del Gobierno, Rosa Posada, con la intención de organizar una sesión informativa con la prensa española. Fue un desastre. Todos estábamos en bañador, fumados, y algunos deseosos de perderse con una chica en la playa. Recuerdo entre vapores aquella rueda de prensa: el ministro y la portavoz sentados en dos sillas al borde de la piscina y nosotros dentro del agua, formulándoles desde allí la primera pregunta estúpida que se nos venía a la cabeza, entre risas sonoras y constantes. La reunión con la prensa duró menos de un cuarto de hora, y Llorca y Posada no volvieron una sola vez más a vernos. En cuanto a mí, no tengo ni idea de lo que escribí ese día ni los siguientes.

Cuando cayó la noche, aparecieron dos orquestinas de salsa, cumbia y vallenato. Y se organizó un jaleo monumental entre rones, marihuana y romances varios que no terminó hasta bien entrada la madrugada. La fuerza de aquella hierba colombiana era tal que me recuerdo a mí mismo sentado en la playa, solo, mirando al mar, e imaginando que salían tiburones a cuatro patas desde el agua y se dirigían sigilosos hacia mí para devorarme. No llegué a sentir pavor, pero casi traspasé la frontera de la alucinación. Y me fui a mi cuarto a esconderme del peligro, cerrando todos los cerrojos y enterrándome bajo las mantas para protegerme de una súbita tiritona.

Cerca del hotel pasaba de cuando en cuando un viejo tren al que llamaban «la Ciega». La razón del apodo es que carecía de luces y, por ello, de cuando en cuando, atropellaba a algún borracho. A mí me recordaba una canción que oí en mi infancia:

Santa Marta, Santa Marta tiene tren,
Santa Marta tiene tren,
pero no tiene tranvía.
Si no fuera por las olas, caramba,
Santa Marta moriría, caramba.

Una noche, alguien invitó a varios de nosotros a un baile en el cercano pueblo de Barranquilla. Era un piso y estaríamos allí unas veinte personas. Sonaba la cumbia y bailábamos, alegremente fumados y algunos perfectamente borrachos, cuando oímos descargas de fusilería muy próximas a la casa. «¡Al suelo, al suelo!», nos gritaban los anfitriones colombianos. Y todos nos tiramos de bruces contra las baldosas. Yo pensé que se trataba de un ataque de la guerrilla y que, además de jugarme la vida, podía jugarme el trabajo si no me largaba cuanto antes al hotel para enterarme de lo que sucedía y enviar una crónica de urgencia a Madrid. Pero al poco de comenzar la balasera, asomó por la puerta de la casa el portero de la finca. «No se apuren ni teman nada sus señorías —dijo—. Es que el Fútbol Club Barranquilla acaba de ganar la copa regional y la gente lo celebra a tiros.» Seguimos bailando, pues. Y yo me acordaba de otra canción oída en mi niñez:

Se va el caimán, se va el caimán,
se va para Barranquilla,
se va el caimán, se va el caimán.

A los cuatro o cinco días de nuestra llegada, volamos de Santa Marta a Bogotá, donde el presidente Suárez iba a mantener una reunión bilateral con su homólogo colombiano y varios encuentros con empresarios españoles. En Bogotá había un veterano periodista español, ya muerto, que enseguida se hizo cargo de unos cuantos de nosotros y nos llevó de copas. No sólo de copas, sino de cocaína. Yo no la probé, la verdad, porque sabía bien lo que significaba. Pero algunos compañeros la degustaron y otros compraron una buena cantidad.

Y así regresamos a Madrid, en la cabina trasera del avión presidencial, unos cargando cocaína en los escondrijos de los pantalones y otros con paquetones de marihuana en las bolsas de mano, invocando a todos los dioses y los diablos para que no hubiese registro aduanero en Madrid. Un periodista muy conocido entonces, entraba de cuando en cuando en el lavabo y salía al poco con la barba manchada del polvo blanco de la cocaína. Gritaba que quería volver a Santa Marta para casarse con una chica. Casi había que atarle a su asiento para contenerle. A veces, el humo dulzón de la marihuana recorría el pasillo —entonces se fumaba en los aviones— y los policías de la escolta tosían sonoramente para hacer notar su presencia. Pero a la chusma periodística le importaba un bledo.

Creo que alguien debió de dar orden a Madrid de que el avión no fuese registrado. Supongo que encontrar lo que viajaba en aquel aeroplano hubiera sido un escándalo político de enorme magnitud para el inocente Adolfo Suárez, aunque tal vez, en esta ocasión, la prensa habría callado. Cuando descendió de la escalerilla del aparato, el presidente nos miró a los periodistas con ojos tristes, con la mirada que un bondadoso padre dirigiría a sus hijos después de una trastada de carácter casi irreparable.

En mi opinión, Suárez ha sido el presidente de la democracia española que más se ha abierto a los periodistas. Leopoldo Calvo Sotelo, que le sucedió en el cargo, puso una cierta distancia aristocrática entre él y los representantes de la prensa, aunque poseía un enorme sentido del humor. Felipe González alejó definitivamente a su Gobierno de los informadores. En cuanto a Aznar y Zapatero, nada puedo decir, pues no los conocí personalmente ni viajé con ellos como periodista, porque ya estaba retirado del oficio.

A Leopoldo Calvo Sotelo le acompañé en una visita oficial a México que resultó un tanto surrealista, como suele suceder casi siempre en ese país. Después de permanecer varios días en la capital, viajamos brevemente al Yucatán y, de regreso a España, hicimos una escala de apenas tres horas en Veracruz, donde el presidente español debía inaugurar, si mal no recuerdo, una refinería de petróleo que se había construido con capital español. Los técnicos explicaban a Calvo Sotelo en qué consistía la obra y éste les miraba con actitud y gesto de enorme interés. En un momento concreto, le mostraron uno de los depósitos del crudo y el presidente preguntó con gran seriedad: «¿Y posee la capacidad adecuada?». Tuve la impresión de que, en su interior, el hombre se aburría mortalmente y no podía contener sus deseos de ironizar un poco. Creo que le entendimos sólo unos cuantos, porque los técnicos se apresuraron a manifestar que, en efecto, tenía la capacidad adecuada.

La policía mexicana, en una ciudad de tráfico tan caótico como es Veracruz, había organizado un «operativo» cuya clave era C-34. Se trataba de que tanto el séquito presidencial como los periodistas llegásemos cuanto antes desde el avión hasta la refinería y regresáramos, a toda prisa también, desde la refinería hasta el avión.

A los periodistas nos distribuyeron, en grupos de cinco o seis, en pequeñas furgonetas monovolumen, de ese tipo que cierran uno de los lados con una puerta corredera. Cuando volvíamos camino del aeropuerto, el chófer paraba en los cruces y gritaba a la policía: «¡Operativo C-34!». Y el policía detenía el tráfico a golpe de silbato y ordenaba al chófer: «¡C-34, pase adelante!».

El conductor de mi furgoneta, que parecía el hermano gemelo de Cantinflas, iba tan rápido que, al doblar una esquina en una de las calles del centro, rozó el lateral del vehículo contra un árbol y la puerta corredera se desencajó y salió disparada a la acera. El hombre detuvo el coche y bajó.

—¡Madre mía, buena la hice! —exclamó.

Al punto, se volvió a nosotros y nos pidió que le ayudásemos a recoger la puerta.

—¿Y dónde la dejamos? —le preguntó uno.

Señaló una peluquería de señoras que había en la esquina de enfrente, la que en algunas ciudades mexicanas se conoce por la graciosa expresión de «contraesquina».

—Pues ahí mismo. Vamos, jálenla.

Entre todos la acercamos a la peluquería y el chófer dijo a la dueña:

—Mire, doña, se la dejo un ratito aquí para que me la guarde y me le va haciendo una permanente mientras tanto.

Los cinco periodistas que viajábamos en el vehículo —entre ellos recuerdo que iban mis buenos amigos Pepe Oneto y Pepe Colchero— seguimos hasta el avión coreando «¡Operativo C-34!» en todos los controles. Y muertos de risa, claro.

México es un país que no se parece a ningún otro. No lo digo yo, sino cualquiera que haya ido allá. Cuando André Breton, el fundador del movimiento surrealista, lo visitó llevado allí por un amigo que conocía bien sus teorías sobre el arte y también a los mexicanos, su conclusión fue terminante: «El surrealismo es México».

En 1992, algunos años después de aquel viaje con Calvo Sotelo, fui a San Diego (Estados Unidos) para escribir un reportaje sobre la Copa América de vela. Como no estaba lejos, me acerqué a conocer Tijuana, apenas a un par de horas de distancia. Recuerdo que, en cada esquina de la calle central de la ciudad, había un burro pintado como las cebras: rayas de mechones negros sobre fondo de pelaje gris. Los pintaban así unos cuantos fotógrafos ambulantes, que colocaban encima a los turistas, tocados con un enorme sombrero charro de bordados en plata, para fotografiarles de tal guisa. Hice una foto del escenario y el ambulante me dijo:

—No me haga la competencia, mano, que le friego.

No lejos de allí, había una hamburguesería que anunciaba su menú en inglés y español. «King Burguer» era el plato más importante: «Reina burguesa», decía en castellano.

Con Felipe González sólo viajé en dos ocasiones: una a Bruselas y otra a Washington. Pocos meses después de este último viaje, su Gobierno cerró el diario *Pueblo* y me convertí en *free lance*, al tiempo que intentaba hacerme un hueco como escritor en el universo literario español, asunto que me costó años de esfuerzo, de sangre, de sudor y alguna que otra lágrima. Era el mes de mayo de 1984.

Recuerdo, del viaje con González a Bruselas, una recepción ofrecida en la embajada española para los emigrantes residentes en Bélgica. Creo que se reunieron más de trescientos: algunos habían comenzado su vida en el país como exiliados políticos y la mayoría de los que se encontraban allí eran gentes de izquierdas. Estaban felices, esperanzados, anhelantes de escuchar al presidente más popular de la democracia española. González hizo un discurso de unos diez minutos en el que se dedicó a criticar a la España perezosa y a los perezosos españoles en general, incluidos los del exterior. González llevaba poco tiempo en el poder, pero ya estaba regañando a diestro y siniestro. Y más de una década después, otro presidente, esta vez de la derecha, José María Aznar, tomó a su vez el hábito de reprendernos. ¿Qué habremos hecho los españoles para que nos amonesten tanto algunos de nuestros presidentes?

En el viaje a Washington, tras su encuentro con Ronald Reagan, González nos reunió a los periodistas por la noche en la residencia del embajador español. Después de regañarnos un poco por no recuerdo qué razón —daba la impresión de que, si no reñía a alguien cada día, no era feliz—, abrió el turno de preguntas.

Pasaron veinticinco o treinta minutos de respuestas de González, llenas de vigor y seguridad en su política exterior, cuando el periodista Luis Cantero, un tipo muy singular, inquirió:

—Usted ha estrechado la mano de Reagan, señor presidente. ¿Cómo tiene la mano?

González le miró desconcertado:

—No le entiendo.

—Quiero decir que si está muy fría, si es caliente, si suda mucho...

Jamás se había visto a González tan descolocado ni a un informador tan insólito. El presidente no sabía qué responder mientras Cantero insistía:

—Entonces ¿se mojó al saludarle?

González, sin atinar con ninguna respuesta, acabó por taparse el rostro con las dos manos. Y un miembro de su séquito, ante el pasmo general, dio por cerrada la rueda de prensa.

Nunca antes de aquellos años había sido tan gamberro el periodismo español. Y nunca volverá a serlo. Tuvimos suerte quienes lo vivimos. Y encima nos pagaban por ello.

Yo aprendí en aquellos viajes, entre otras cosas, a reírme de mí mismo, práctica que posee una indudable ventaja: tienes la risa asegurada todos los días de tu vida.

Si no fuera por las olas, caramba,
Santa Marta moriría, caramba.

5

Con la escritura a cuestas

> Como todas las drogas, viajar requiere un aumento constante de las dosis.
>
> JOHN DOS PASSOS, *Orient Express*

En algún momento tuve la impresión de que, a pesar de tanto vuelo, tanto hotel, tanto palacio, tanto mundo recorrido y tantos desplazamientos con reyes y presidentes, yo no había viajado. Empecé a pensar que la aventura de viajar se parecía más a las cuestas del Guadarrama de mi infancia, a bordo de un carcamálico autobús, respirando un aire impregnado de olor a pinos de primavera, que al hecho de subirse en un avión repleto de periodistas y largarse a la otra punta del planeta. ¿Qué me aportaba entrar en las ciudades en caravanas de coches con cristales oscuros, a los que guiaban automóviles y motos de policía con sirenas que aullaban como gato al que le han pisado la cola, hasta alcanzar el hotel de lujo en el que me alojaría las noches siguientes? ¿Qué llegaba a conocer de las ciudades y las gentes de aquellos países mientras saltaba de palacio en palacio, de recepción en recepción, de rueda de prensa en rueda de prensa, con ocasionales visitas a algún monumento y asistencias a conciertos, obras teatrales, óperas, banquetes y desfiles? Nada.

No obstante, por aquellos días hice otros viajes algo más interesantes, como la cobertura de las primeras elecciones griegas que ganó el PASOK, el partido de los socialistas helenos, en noviembre de 1981. Fue una imponente fiesta popular: las gentes inundaban las principales vías públicas de Atenas, las plazas de Omonia y Sintagma reventaban de griegos entusiasmados, hombres y mujeres que lloraban de emoción y bailaban alegres; orquestinas en las calles, brindis con *ouzo* y vino de *retsina* en las tabernas, algún que otro cohete... Grecia había padecido en ese siglo XX varias guerras balcánicas y un larguísimo y sangriento conflicto contra Turquía por ganar territorios; además, una guerra mundial, una guerra civil en la que los comunistas habían sido casi aniquilados con la ayuda de los ingleses, una dictadura militar y un extenso período de corruptos Gobiernos conservadores. Ahora, la izquierda llegaba al poder y Atenas era un jolgorio esperanzado. Nos reunimos allí un buen grupo de amigos periodistas: recuerdo que estaban Pepe Colchero, Manu Leguineche, Pere Vilanova y Juan Yuste, el último muerto hace unos pocos años cuando aún era muy joven. Pere y yo habíamos sido militantes activos de la izquierda española en los años anteriores y la noche del triunfo del PASOK bailamos el *sirtaki* con los griegos en las calles del barrio de Plaka hasta bien entrada la madrugada. Quiero decir que intentamos bailarlo, porque a Pere le salían pasos parecidos a los de la sardana andorrana y, a mí, de la jota manchega.

Meses antes, en mayo de ese mismo año, había vivido en París la llegada de la izquierda al poder, la primera vez que lo lograba desde la victoria del Frente Popular en 1939, con el triunfo de Mitterrand en las elecciones presidenciales. Nunca he visto tanta gente concentrada en una plaza como la que aquella noche se reunió a expresar su gozo en la de la Bastilla. Nos movíamos como en un vagón de metro atestado de viajeros. «*On a gagné, on a gagné*», coreaba la multitud. E incluso, se escuchaban cantos de los días de la Revolución francesa, sobre todo «La Carmagnole», recordando las carretas que marchaban por las calles del París del XVIII, cargadas de aristócratas, camino de la guillotina o de la horca:

Ah, ça ira, ça ira, ça ira,
les aristocrates à la lanterne.
Oh, ça ira, ça ira, ça ira,
les aristocrates on les pendra.

Amis, restons toujours unis,
amis, restons toujours unis.
Ne craignons pas nos enemis,
ne craignons pas nos enemis.

S'ils viennent nous attaquer,
nous les ferons sauter.

Chantons la Carmagnole,
vive le son, vive le son.
Dansons la Carmagnole,
vive le son du canon.

Nadie quería aquella noche abandonar la Bastilla. Se congregaban pequeños grupos afines en las esquinas: los chilenos entonaban canciones de Víctor Jara y Violeta Parra, los argentinos recordaban la rabia de Atahualpa Yupanqui y los estadounidenses rememoraban con Pete Seeger a sus brigadistas del 36 en las ensangrentadas riberas del Jarama; los italianos vibraban con el «Bella Ciao», los portugueses con «Grandola vila morena» y los españoles con «Santa Bárbara bendita»; y en un portal oscuro, un tipo solitario tocaba con su armónica baladas de Jacques Brel y Georges Moustaki.

París era un clamor de alegría por la victoria del presente y de tristeza por tanta causa perdida en el pasado. Aquella noche renacían las nostalgias y la alegría de muchas victorias merecidas y casi siempre malogradas. Los viejos rebeldes creían volver a ser jóvenes, mientras los jóvenes rebeldes soñaban que granaba la cosecha sembrada con la lucha y los sueños de los viejos. Un año después, a finales de 1982, el socialismo español alcanzaba el poder de la mano de Felipe González y las calles del casco antiguo de Madrid se convertían en un escenario semejante a los de París y Atenas de 1981. Recuerdo que aquí la gente intentaba cantar «La Internacional», en las versiones socialista o comunista, y casi nadie se sabía la letra ni las variaciones musicales, salvo el chimpún con que acababa: aquello de «el género humano por la Internacional».

En los años siguientes, Mitterrand se ocuparía de situar la política socialista al margen de sus ideales originales, como hicieron Andreas Papandreu y Felipe González en parecida senda. No obstante, los socialistas europeos guardan las utopías con extremo cuidado y celo en los arcones familiares, muy bien envueltas y rodeadas de bolitas de naftalina: para que no se las coman las polillas y por si acaso hay que vestirse otra vez de utopía cuando los partidos conservadores los desplacen del poder. Vuelven entonces a disfrazarse de rebeldes y, poco después, toda la indumentaria regresa al armario.

Bien avanzada aquella noche en París, se organizó una manifestación multitudinaria, jubilosa y cantarina que, al son de «La Internacional», desfiló por el Boulevard Saint-Antoine y la Rue de Rivoli, en el Marais, camino de la Place de L'Hôtel de Ville. Entonces se desató una furibunda tormenta, con fuego en el cielo, agua a chorros desde lo alto y cañonería de truenos, que nos dejó a todos empapados hasta los tuétanos. Había muchos comunistas españoles en aquella *manif*. Uno de ellos, buen amigo mío desde años antes, el estupendo escritor y profesor Manolo Ballesteros, se colocó al frente de la multitud y marchó con el puño en alto: «Me lo he ganado a pulso, en el exilio», me decía con entusiasmo, bien cargado de copas y chorreando agua por las cornisas de sus espesas cejas.

Poco después de aquello, viajé a la Unión Soviética invitado por la agencia Novosti. Permanecí varios días en Moscú y luego me desplacé a la República de Uzbekistán, entonces integrada a la URSS y hoy estado independiente. Recorrí Samarcanda, Tashkent y Bujará para escribir un reportaje sobre los problemas de los ciudadanos musulmanes del país. Por aquellos días, la Unión Soviética ocupaba parte del territorio de Afganistán y mantenía un duro conflicto bélico, no reconocido oficialmente por Moscú, con las guerrillas de rebeldes islámicos afganos. Yo suponía que aquella guerra debería de tener consecuencias políticas en el interior de las repúblicas de la URSS donde existiese una mayoría de población musulmana, y Uzbekistán era una de ellas. Pero la mía era una visita guiada, y aunque Sergei Poliakov, el periodista de la agencia encargado de acompañarme, era un tipo agradable, tranquilo y liberal, lo cierto es que tan sólo me encontré con musulmanes que se sentían «encantados» de ser súbditos de la Unión Soviética y nadie me dijo que existiese problema ninguno por el asunto de Afganistán.

Por las noches, en los hoteles donde nos alojábamos, a menudo se celebraban fiestas que terminaban a altas horas de la madrugada. Sergei, bajo los efectos del vodka, me repetía la misma cantinela de cada noche: «El gran fracaso de la Unión Soviética —decía— es que no fabrica pantalones vaqueros y la gente tiene que comprarlos de contrabando en las tiendas para turistas». Estaba obsesionado con las prendas de ropa americana, pero no soltaba prenda sobre Afganistán.

En la URSS existía una cadena de tiendas, las Berioskas, donde tan sólo podían comprar los extranjeros, pagando en dólares estadounidenses o marcos alemanes. Era un forma de comercio que al Estado soviético le reportaba una buena cantidad de divisas anuales. Allí se vendían ropas occidentales, entre ellas los pantalones vaqueros, y también productos de calidad fabricados en la URSS que no se encontraban en las tiendas normales, como el caviar y el cangrejo chatka, por ejemplo. Los soviéticos nos paraban en la calle a los extranjeros y nos daban dólares y marcos logrados en el mercado negro para que les comprásemos en las Berioskas productos a los que ellos no tenían acceso. En el mercado negro de moneda, un dólar valía el doble que en los establecimientos bancarios de cambio de divisas. Merced a ello, los extranjeros podíamos comprar en las tiendas rusas cualquier cosa a mitad de precio.

En los hoteles, los camareros vendían bajo cuerda, a precios irrisorios, latas de caviar y de chatka, siempre cobrándolos en dólares o marcos. Las prostitutas y prostitutos pululaban en los vestíbulos de los hoteles de lujo, a pesar de la prohibición oficial de su actividad. En todas las plantas de cada hotel había una especie de guardesa que pasaba la noche sentada en el pasillo, vigilando para que los clientes que habían alquilado habitaciones en el hotel no subieran a su cuarto con mujeres u hombres rusos. Pero existía el soborno y, a menudo, cuando ya te habías retirado a tu habitación, recibías llamadas de hombres y mujeres que ofrecían servicios sexuales. «No hay problema con la vigilante —te decían mientras intentaban negociar—, es amiga mía.» Una noche me llamó un hombre y, cuando le dije que no practicaba la homosexualidad, me ofreció a su esposa.

Los problemas de distribución de productos eran muy graves y todo ciudadano soviético iba a su oficina con una bolsa vacía. La razón era sencilla: en el camino hacia el trabajo o durante el regreso a casa, podía encontrarse que, en una tienda, aparecían de pronto manzanas, o melones, o carne de cerdo, o tomates, o cualquier otro alimento que, en el curso de las semanas anteriores, había sido imposible de encontrar. A esa bolsa vacía la llamaban los moscovitas el «por si acaso».

Durante mi viaje por Uzbekistán no logré otra información que la que me dejaron ver, o sea, nada interesante. Pero percibí por todas partes que el sistema soviético padecía dos enfermedades incurables: la corrupción política y la falta de fe de los ciudadanos en su Gobierno. En cualquier caso, como nos sucedió a todos, no fui capaz de imaginar entonces que a aquel poderoso sistema que controlaba media Europa, y casi medio mundo, lo barrería un vendaval de la Historia en muy corto espacio de tiempo, de la misma manera que el viento del otoño arranca las hojas mustias de los árboles.

Estando en Samarcanda me sucedió un hecho curioso. Un día, el buen Sergei Poliakov se acercó con el diario *Pravda* en la mano y me tradujo una noticia, que apenas ocupaba un par de columnas y una quinta parte de la página, en la que se decía que una tropa de guardias civiles habían entrado en el Parlamento español y mantenían secuestrados a los diputados, con la intención de derrocar el sistema democrático para imponer un Gobierno militar de corte autoritario. No hice demasiado caso a Sergei y le dije que la democracia española era lo bastante sólida para que pudiésemos tomar esa noche unos cuantos vodkas a su salud, charlando de cosas más importantes, como la futura producción de pantalones vaqueros en la URSS.

Era el famoso golpe de Estado de Tejero. Mi ojo político se reveló digno de un lince.

Al margen de sus obsesiones con la producción de pantalones vaqueros, Sergei tenía un sentido del humor muy particular. El programa del viaje a Uzbekistán concluía con un almuerzo que ofrecían en mi honor las autoridades municipales de Tashkent, capital de la República. El gobernador no asistió, como era de esperar, pero le representaban algunos cargos de segundo rango. Se trataba, pues, de una cortesía protocolaria, poco más que un trámite.

Sin embargo, según íbamos dando cuenta de las viandas, percibí que las atenciones de mis anfitriones subían de tono. E incluso, para mi sorpresa, a mitad del ágape apareció en la mesa una fuente con abundante caviar fresco y un par de botellas de vodka enterradas en hielo. Los representantes del Gobierno se hacían llenar las copas y, uno tras otro, pronunciaban pequeños discursos en mi honor. A tenor del protocolo, según me explicó Sergei, yo debía responder a cada uno de los discursos con unas breves frases y otro brindis. Lo malo del asunto es que la costumbre local exigía que se apurase el vaso de vodka hasta la última gota. Los uzbekos eran cinco, de modo que entre sus discursos y los míos, más el que hubo de pronunciar Sergei, el resultado fueron trece tragos de alcohol casi puro.

Llegamos al aeropuerto con retraso. Pero el avión, extrañamente, nos estaba esperando. Ni siquiera hubimos de pasar por el mostrador de embarque y nuestros anfitriones nos dejaron al pie de la escalerilla. Sergei y yo subimos dando traspiés, sin cesar de saludarles. Uno de ellos, el que parecía de mayor rango y que estaba tan ebrio como nosotros, pronunció una última frase, a gritos, antes de que se cerrara la portezuela del avión.

—Dice que siente no haber podido preparar una despedida mejor —me tradujo Sergei—. Y que le hubiera gustado que por megafonía se escuchase el himno nacional de tu país.

Teníamos por delante tres horas de vuelo hasta Moscú y el avión iba lleno de gente. Entre el pasaje, había niños llorando y un par de gallinas en el regazo de una pasajera, a la altura de nuestros asientos, al otro lado del pasillo.

—Pocas veces he encontrado un grado de hospitalidad tan alto como el de los uzbekos —dije balbuceante a Sergei mientras el avión despegaba.

—Bueno, no te he contado... —respondió tartamudeando mi amigo ruso—. Les he dicho que eras primo hermano del rey de España. Y me han creído. Y también les dije que te gustaba el caviar.

La singularidad de aquel viaje no terminó con la recepción de la despedida. El avión iba completo y algunos campesinos uzbekos llevaban con ellos aves de corral en cestos que colocaban entre sus sillones o en el pasillo. Así que apenas podíamos movernos y, además, nuestro hilo musical lo constituía un estridente cacareo. Los olores no eran tampoco los más agradables para el olfato humano. En primer lugar, porque las gallinas y los gallos huelen de manera bastante repulsiva; y en segundo término, porque en la época en que realicé aquel viaje había una particular escasez de desodorantes corporales.

Por otra parte, unos meses antes, las autoridades soviéticas, en un gesto que hoy se nos antojaría pionero, habían prohibido fumar en todos los vuelos de sus líneas aéreas cuya duración fuese menor de tres horas. Y el vuelo Tashkent-Moscú se cubría en dos horas y cincuenta minutos. De modo que los fumadores, como era entonces mi caso, estábamos obligados a aguantar las ganas de echar un pitillo de cuando en cuando. Pero Sergei encontraba solución para cualquier problema:

—Si te apetece fumar, hazlo en el váter —me dijo.

Y así lo hice, con ánimo clandestino y transgresor.

No obstante, en el pequeño departamento del excusado, se respiraba una intensa peste a tabaco y el suelo estaba lleno de colillas. Mi sentido de culpabilidad se alivió de inmediato.

Pocos meses antes de que cerraran *Pueblo*, el periódico en el que había trabajado durante tantos años, logré que mi buen amigo José Antonio Gurriarán, «el Gurri», último director de aquel diario, me permitiese largarme a Centroamérica cuatro semanas para informar sobre los conflictos de la región. Era el año 1983. Al regreso, escribí una serie de reportajes situados en Nicaragua, Guatemala y El Salvador que titulé, rememorando a Joseph Conrad, *Viajé al corazón de las tinieblas*. ¡Qué literarios éramos los periodistas de aquellos días! No sé si los de Centroamérica fueron buenos o malos reportajes, pero creo que aquel viaje me ayudó a cambiar mi concepto de la escritura y tal vez mi visión de la vida.

Mi única experiencia como enviado especial a una zona de conflicto se remontaba a poco más de veinte años antes, como ya he contado en otro capítulo, cuando viajé al Ulster para escribir sobre los días que siguieron al *Bloody Sunday*. Ahora era diferente: iba a visitar tres países que vivían en duras guerras civiles y que, además, pertenecían a ese universo de pobreza que unos conocen como Tercer Mundo y al que otros preferimos llamar el Sur. No había apenas lucha urbana en las ciudades, al contrario que en el Ulster, y sí guerrillas que actuaban en los bosques y montañas alejados de la capital.

En aquel primer viaje a Centroamérica contaba con el respaldo económico del periódico para el que trabajaba, gracias a lo cual pude alojarme en buenos hoteles y disponer de dinero suficiente para alquilar coches cuando los necesité. En Guatemala estuve unos pocos días en la capital entrevistando gente. Pero había mucho miedo en el país: los militares, bajo el fanático Gobierno del general Efraín Ríos Montt, dirigían una calculada política de genocidio contra las poblaciones indígenas, en el intento nunca coronado por el éxito de acabar con las guerrillas rebeldes. Montt era un canalla de la peor especie. Pastor de la secta evangélica Verbo, predicaba una vez a la semana por televisión sobre la verdad, la vida, la fe y la justicia social. Y al siguiente día enviaba sus helicópteros a lanzar napalm sobre las poblaciones sospechosas de ayudar a la guerrilla, ordenando a los comandos de su ejército matar a los viejos y a los niños, torturar a los hombres jóvenes antes de fusilarlos y violar a las mujeres delante de sus maridos. Los soldados empleados en las matanzas planeadas por Ríos Montt y sus generales eran los «kaibiles», un cuerpo que formaba comandos especializados en la lucha antiguerrillera. A los kaibiles se los entrenaba en las condiciones más duras y se procuraba, sobre todo, arrebatarles cualquier escrúpulo. Entre otras cosas, cada kaibil debía criar un perro de presa como una especie de compañero inseparable. Y un día, cuando el perro estaba ya crecido, el kaibil debía internarse con él en la jungla, sin armas, y matarlo con sus propias manos. Los días en que desfilaban ante las autoridades, los integrantes de la primera fila de kaibiles portaban en sus brazos gallinas vivas, y en el momento de pasar frente al palco de dignatarios, les mordían el cuello hasta degollarlas, arrojando los chorros de sangre sobre sus botas y perneras mientras voceaban: «¡Kaibil, kaibil, kaibil!».

Pese a los impedimentos oficiales, pude lograr algunos buenos testimonios de gente de la universidad capitalina; pero en aquel primer viaje a Guatemala fracasé en mis intentos de visitar algunas de las zonas de guerra que quería ver, por falta de garantías y de permisos oficiales. Recuerdo a un periodista al que habían expulsado de su trabajo por desafecto al régimen. Me acompañó un par de días por la ciudad y yo le di algo de dinero para que saliera de sus apuros. Cuando la democracia regresó al país, unos años después, me escribió feliz diciéndome que había logrado un puesto de trabajo. Pero unos meses después lo mataron las bandas paramilitares de ultraderecha. No he olvidado nunca una frase que dijo cuando nos conocimos y que me produjo ya entonces una intensa conmoción: «Mi país está cansado de morir». Quienes lo mataron no estaban, sin embargo, cansados de matar.

En El Salvador, fui bien acogido por los sacerdotes españoles que vivían en la Universidad Centroamericana, la UCA. Eran jesuitas adscritos al movimiento de la Iglesia Popular o Teología de la Liberación. Varios de ellos, como Ignacio Ellacuría, fueron asesinados unos pocos años después por los «escuadrones de la muerte» del coronel D'Abuisson, el mismo que años antes mató a tiros al obispo progresista Arnulfo Romero mientras oficiaba misa en San Salvador. Ignacio Ellacuría y otro jesuita que se salvó de la matanza, Jon Sobrino, dirigían una revista teológica a la que me suscribí nada más llegar a la casa donde residían. Eso, unido al hecho de que les llevé desde Madrid dos botellas de vino de Rioja, me abrió las puertas de la UCA y eliminó sus sospechas sobre mí. Los sacerdotes de la Liberación de Centroamérica desconfiaban, tal vez a causa de su colaboración clandestina con los movimientos guerrilleros, de los periodistas venidos de España, a los que quizás tomaban como espías. Pero si les llevabas vino, pasabas de inmediato a ser un paisano.

Los curas de la Iglesia Popular mantenían estrechas relaciones con los guerrilleros que se enfrentaban a los militares. Gracias a su mediación, pude tomar contacto con «los muchachos», como se conocía en El Salvador a los combatientes, y elaborar algunas crónicas. Pero ese apelativo en cierta forma cariñoso de «los muchachos» no se correspondía con la realidad de un movimiento guerrillero implacable y cruel, en algunos aspectos semejante al peruano Sendero Luminoso. Fueron los propios mandos de la insurgencia salvadoreña quienes en una de sus «depuraciones» asesinaron al estupendo poeta Roque Dalton, partidario encendido de la revolución, y quienes ejecutaron también a la «Compañera María», una de las líderes principales de la lucha armada. El autor del asesinato de María fue un dirigente muy conocido que obtuvo el perdón de Dios al reconocer después su crimen en el confesionario del padre Ignacio Ellacuría.

En los dos bandos enfrentados en la guerra de El Salvador, el ejército regular y la guerrilla rebelde, cocían habas. Pero las cocían en sangre, no en agua.

La experiencia más interesante de aquel viaje fueron los días que pasé en Nicaragua. La revolución sandinista había derrocado al dictador Somoza unos años antes y, en Estados Unidos, cuyo presidente era en ese momento Ronald Reagan, se consideraba al régimen de Managua un enemigo enquistado en su «área de seguridad», una especie de tumor político parecido al del castrismo cubano. Desde el vecino territorio hondureño, Washington financiaba una guerrilla «liberadora», integrada en su mayor parte por mercenarios a los que entrenaban los instructores militares yanquis, que se conocía con el nombre de la «Contra», esto es: la contrarrevolución. La «contra» no alcanzó nunca a contar con un movimiento de base política y su acción armada quedó reducida al hostigamiento de las fronteras nicaragüenses del norte del país. No logró ninguna conquista militar importante, pero sí que consiguió tener en pie de guerra al régimen sandinista y detraer muchos fondos económicos para la lucha que hubieran sido muy necesarios para la reconstrucción del país. El gran éxito político de la «Contra» fue mantener viva la miseria de los sectores más pobres de la población nicaragüense, facilitar a medio plazo la corrupción interna del propio régimen sandinista y provocar, en definitiva, el triunfo y el regreso al poder por las urnas de las fuerzas conservadoras.

Cuando llegué a Managua, trabajaban junto a los sandinistas muchos europeos entusiastas de la causa de la revolución, incluso había algunos etarras que combatían entonces en el frente y unos pocos chicos y chicas de movimientos españoles de extrema izquierda: trotskistas, prochinos, revolucionarios de la autogestión y gentes de parecidos pelajes, rescoldos sesentayocheros en suma. Los «nicas» siempre han sido gente simpática y dicharachera y, en aquellos días, lo eran aún mucho más. En cuanto conocías a alguien, ya estabas invitado a una fiesta. Ron, marihuana, política, sexo y salsa se mezclaban con toda naturalidad en aquellas bacanales en plena guerra y ansiedad revolucionaria. Había locales de baile, como el Lobo Jack o el Continental, donde el cuerpo diplomático acreditado en Managua disfrutaba de juergas que no soñaría encontrar ni en París ni en Londres. Un embajador español se hizo famoso por danzar una noche, en el Lobo Jack, con las bragas de una chica en la cabeza. La guerra atronaba en el norte y arruinaba al país entero, pero Nicaragua bailaba, bebía y fornicaba sin descanso. Estaban de moda canciones que, meses después, se harían famosas en España. Como aquélla:

Mama, el negro está furioso,
quiere bailar conmigo,
decíselo a mi mama.
Mama, qué será lo que quiere el negro.

O esta otra:

Qué hiciste, abusadora, qué hiciste.
La mujer que quise me dejó y se fue
y ella ahora quisiera volver.
Qué hiciste, abusadora, qué hiciste...

Se decía que estas y otras canciones las cantaban los combatientes de la «Contra» y del sandinismo cuando se enfrentaban a tiro limpio en una refriega. Muchos de ellos bien «fumados» de marihuana.

En general, los periodistas teníamos abiertas las puertas de cualquier departamento, como siempre sucede al principio con las revoluciones. En la Managua de 1983, todos éramos «compas». Y aunque había cierta mística roja en el ambiente, importada por supuesto de Cuba, se respiraba un aire relajado y guasón.

Algunas de las «formalidades revolucionarias» del sandinismo me provocaban risa. Por ejemplo, siempre que llamabas a un departamento del Gobierno, la telefonista contestaba recitando el mismo eslogan:

—Patria o muerte.

La respuesta obligada era:

—Venceremos.

—¿Con quién le pongo, compa? —concluía la voz al otro lado del teléfono.

A mí, aquella fórmula me recordaba la que, en la España franquista, se empleaba en los ministerios hasta bien entrada la década de los años sesenta del siglo pasado. «Arriba España», decía el telefonista. Y quien llamaba debía contestar «Arriba siempre», antes de preguntar por la persona con quien querías comunicarte.

Pero tal formalidad, en Managua, no excluía la broma. Me inventé la mía:

—Patria o muerte —decían al otro lado del hilo.

—¡Patria, patria! —suplicaba yo.

Y me respondía siempre una carcajada. Nunca me colgaron el teléfono.

No he conocido otra ciudad tan caótica como Managua. En 1972, durante la dictadura de Somoza, siete años antes de que fuera derrocado por el movimiento sandinista, un terremoto arrasó la ciudad y el dinero de ayuda humanitaria que llegó desde el extranjero fue a parar casi íntegro a los bolsillos del dictador. Además, Somoza se apropió del plasma sanguíneo que llegaba al país y sus hombres lo vendían en el mercado negro.

La ciudad no se reconstruyó sobre el viejo trazado, sencillamante porque su economía no daba para nada tras el terremoto. Recuerdo, todavía en 1983, el centro histórico convertido en un cuadro espectral de edificios rotos y deshabitados, muros ennegrecidos por los incendios; la catedral derruida; las calles inundadas de cascotes y los pavimentos levantados; y decenas de vehículos de carrocería oxidada, con los motores, puertas y ruedas desguazados. Entre las ruinas tejían sus nidos los zopilotes, el buitre americano, y los humanos apenas asomaban por aquella zona desolada que un día fue el cogollo de una ciudad bonita y garbosa: quizás para no recordar lo que fue Managua y no llorar por lo que jamás volvería a ser.

Pero la vida debía continuar tras la explosión de ira de la tierra y los managuas hubieron de levantar nuevos hogares. Y casitas humildes, casi siempre de planta baja, comenzaron a surgir entre las ruinas como los hongos. Luego aparecieron huertecillos y después árboles de mango y de papaya y matas de café. Se abrieron cuadras para las caballerías y galpones para las peleas de gallos, y nadie respetó el antiguo trazado de la ciudad. Uno levantaba su casa donde podía y le dejaban los vecinos. Y de ese modo, en unos meses, las ruinas dejaron paso a un imponente caos resudado de vida, una ciudad de mercados olorosos, de taxis colectivos que marchaban repletos de viajeros, de niños jugando al béisbol en cualquier explanada entre los adoquines reventados por el terremoto, de bailongos y prostíbulos, de mercado negro de moneda, de solemnes desfiles sandinistas cuando había entierro de un «compa» caído en combate y banderas rojinegras al viento entre los gritos de «¡Sandino vive!».

Managua era un laberinto, pero los taxistas aprendieron a conocer sus secretos, cual si hubieran encontrado un invisible hilo de Ariadna. La manera de orientarse resultaba tan sorprendente como desordenada era la urbe. Se establecieron cuatro puntos cardinales: el Lago (equivalente al norte, creo recordar), la Montaña (el sur), Arriba (el este) y Abajo (el oeste). En lo que llamaban el Lago, sí que existía un lago, el Managua; pero la Montaña no se veía por parte alguna. Y ni Arriba ni Abajo aparecían en ningún sitio, pues todo era llanura. No obstante, a partir de esos cuatro puntos, se establecía un lugar concreto de la ciudad (que a veces incluso había desaparecido con el terremoto) y desde allí, midiendo en cuadras (manzanas), se concretaba la dirección precisa adonde querían dirigirse los clientes del taxista. Por ejemplo: «De la gallera Larraniaga, tres cuadras al Lago y dos Arriba». O también: «Del colmado de Vicky, cinco cuadras a la Montaña y dos Abajo». No había taxista en la ciudad que no dejase al cliente en la misma puerta del lugar adonde quería dirigirse.

En Nicaragua comencé a ver el mundo con otra mirada, sin percibir todavía que, en cierta manera, me estaba alejando definitivamente del periodismo. Me daba ya cuenta de que, en los grandes viajes, hay que estar dispuesto a dejar de ser quien eres y convertirte en una persona distinta. No existe el gran viaje si cuanto sucede en el camino no te transforma en alguna medida.

Fue muy singular el recorrido de Nicaragua en 1983: no debía enviar crónicas cada día, sino escribir a mi regreso un largo relato dividido en capítulos. Tampoco acudía allí para asistir a ningún acto concreto. Me movía solo, a mi antojo, con tiempo y con dinero, y podía ir donde me diese la gana en busca de historias de la vida. Era, en suma, un reportero solitario al que no urgía el tiempo.

Alquilé un coche y viajé al norte, a la frontera con Honduras, al territorio de la guerra. Acepté llevar conmigo a un joven periodista mexicano que no tenía dinero para pagarse un desplazamiento hasta allí. Se llamaba Julio, pero he olvidado su apellido. Fuimos buenos compañeros de viaje durante unos días.

La carretera entre Ocotal y Jalapa corría unos cien kilómetros en paralelo a las colinas y la selva de la frontera, y resultaba un lugar ideal para las emboscadas. Los puentes sobre los riachuelos habían sido volados por la guerrilla «contra», para impedir el envío de vehículos y armas pesadas del ejército sandinista a la región. Debíamos cruzar, a toda la velocidad que pudiéramos, sobre los lechos de guijarros de los ríos, para que el vehículo no se quedara atrapado: el truco me lo enseñó Julio y funcionó, aunque en ocasiones el agua cubría casi por completo las ruedas. A menudo nos cruzábamos con grupos de gente que marchaban a pie y casi nunca con vehículos a motor. Todos nos hacían «raid», como llaman al autoestop en Centroamérica; pero mi compañero me aconsejó no detenerme: conocía aquellas tierras de viajes anteriores y sabía lo que podía suceder.

Y naturalmente sucedió: en una curva de la carretera, sentí lástima al ver a un viejo flaco que alzaba el dedo con mirada desesperada. Cuando detuve el coche, una decena de personas surgieron de una arboleda cercana e invadieron el vehículo. Se subieron seis en la parte trasera y otros dos casi encima de mi compañero. Nos llevó casi diez minutos lograr que atrás quedaran tan sólo cuatro y uno delante, junto a Julio. El firme de la pista era tan malo que, cuando seguimos viaje, los bajos del coche resonaban al golpearse contra las piedras o al rozarse contra el barrizal del camino. Algún milagro impidió que se partiera la suspensión o se rompiese el depósito del aceite.

Durante el recorrido, fuimos dejando a nuestros pobres invitados en pequeños ranchos y pueblecitos ocultos entre los bosques. Cuando quedamos al fin libres de carga, un soldado armado con un gran fusil ametrallador nos hizo señas para que nos detuviésemos en lo que me pareció que era un control militar sandinista. No había tal control: el tipo era un caradura que, abusando de su uniforme y su arma, nos hizo creer que debíamos detenernos y aprovechó para subirse al auto. Viajó atrás, con la ventanilla bajada y el cañón de su arma apuntando hacia los bosques. Bravucón, nos decía cosas de este jaez: «Si asoma la "contra", van a llevar lo suyo». Yo pensaba únicamente en que aquel tipo nos había convertido en objetivo militar. Sentía miedo imaginando los balazos que podían surgir de los densos bosques del lado izquierdo de la pista. Desde aquel día, en posteriores viajes a territorios en guerra, sólo he detenido mi coche ante un soldado uniformado en una ocasión, por caridad, como contaré más adelante, o si existía una barrera delante que me impedía el paso.

Aquella carretera, que aún recuerdo con absoluta nitidez, me hizo identificar la guerra, de pronto, y de una manera muy viva y muy directa, con una honda aflicción. Y no me gustó el paisaje de la guerra. Yo había visto las calles de Belfast y Derry acribilladas a balazos y a las pobres gentes del Ulster correr espantadas cuando estallaban las bombas. Pero nunca antes había sido testigo de una desdicha semejante a la de los hombres, las mujeres, los ancianos y los niños que iban de un lado a otro como animales escapados de sus corrales, sin medios de transporte en los que desplazarse, temerosos, desamparados y famélicos. No eran refugiados que huían de sus hogares, pero se movían de pueblo en pueblo porque intuían que no tenían más remedio que hacerlo para sobrevivir, sin saber muy bien cómo. Nicaragua me mostraba un rostro de la existencia que el periodismo que yo había practicado hasta entonces, salvo en cierta forma en el Ulster, no me había dejado ver.

Nos alojamos en Jalapa, en el único lugar donde había sitio: la pensión La Luz. Era un pobre edificio de una sola planta, que hacía esquina entre dos calles sin asfaltar, cubiertas del barro formado por las últimas lluvias. A la dueña, doña Laura, una mujer de carnes generosas, de unos cuarenta años, la había abandonado su marido tiempo atrás. Salía adelante, a duras penas, con el negocio de la pensión. Pero debía ayudarse con horas extra de trabajo sirviendo como enfermera a la tropa sandinista del pueblo. En casa de doña Laura vivían su madre y sus tres hijos, una chica y dos chicos. La mayor era Maidole, de trece años, un niña preciosa y despabilada, risueña y coquetuela. Cuando le hacía fotos, posaba como una precoz actriz de Hollywood.

La casa, alzada con paredes de delgados ladrillos, tenía dos salitas principales, una de las cuales servía de comedor. En esa zona estaban también las habitaciones de la familia y un retrete oscuro y maloliente que compartían anfitriones y huéspedes. Detrás había un patio con un corralito en el que cacareaban unas cuantas gallinas y una ducha, instalada en un pequeño recinto de muros de adobe cuya altura me llegaba a los hombros. La ducha consistía en un largo tubo de cobre que ascendía desde el suelo y al que remataba en lo alto un grifo medio oxidado. El suelo era de tierra, o mejor, de barro. Si querías asearte, simplemente te embadurnabas con una pastilla de recio y rasposo jabón y abrías el grifo sobre tu cabeza.

Los cuartos para los huéspedes, unas casetas construidas también con adobe, estaban al fondo del patio. El mío tenía el suelo de tierra y todo su mobiliario consistía en un camastro de madera, con un somier de hierros y alambres oxidados, una raída colchoneta y una sábana que, tiempo atrás, tal vez fue blanca. La puerta se encajaba con tal desmaña en el marco que dejaba hueco en su parte inferior para que pasara con holgura un gato. Y digo gato porque hubiera deseado que entrase alguno, ya que, durante las noche, eran frecuentes las visitas de los ratones.

Antes de dormirme disfrutaba charlando con doña Laura y su madre y, en ocasiones, ayudaba a los niños a hacer sus tareas escolares. Me resultaban muy curiosos los libros de estudio, en los que se equiparaba la maldad de los antiguos conquistadores españoles con Somoza y Ronald Reagan. Bolívar era el gran héroe en estos textos y su heredero directo no podía ser otro que Sandino. La personalidad de Lenin se dibujaba casi como la de un dios. El Che Guevara era un arcángel y Fidel Castro tenía el aire de un san Jorge exterminador de dragones.

Maidole me fascinaba, tan lista, tan bonita y tan alegre como era. Yo creía saber la existencia que le esperaba a la vuelta de dos o tres años: dejar la escuela y trabajar para ayudar en casa. Con suerte, encontraría un buen chico con el que casarse. Pero lo normal sería que la sedujese cualquier golferas de la tropa y acabara como madre de varios hijos que no conocerían a su padre o a sus padres. Viviría siempre en la escasez, su cerebro se embrutecería por la miseria y su belleza lozana y desenfadada se convertiría, en pocos años, en un rostro ajado y triste. Hubiera querido llevármela conmigo a Madrid, para ayudarla a crecer con dignidad junto a mis hijos. Habría hecho lo mismo, de contar con más coraje y más dinero, con muchos otros niños y niñas que he encontrado a lo largo de mis viajes por los más deprimidos rincones del planeta. Pero escribir sobre ellos quizás sea mi mejor forma de ayudarlos.

Por las noches, nos íbamos a cenar a Sandra, el único local público donde se podía comer y beber en Jalapa. Sandra cocinaba un pollo frito churruscante y jugoso que, junto con una cerveza fresca marca Victoria, resultaba un menú estupendo. Pero en Sandra había que tener cuidado con los horarios. Después de la cena, comenzaban los tragos de ron, el ambiente se caldeaba al calor de la marihuana, los «compas» competían por bailar salsa con las jóvenes jalapeñas y surgían peleas. Lo más oportuno era largarse después de la primera copa y a poco de empezar los bailes. Por las noches, en las calles de Jalapa, se oían disparos de cuando en cuando, tiros al aire de los «compas» borrachos. A veces, en Sandra, una disputa terminaba a golpes de machete, con heridos graves y, en ocasiones, algún que otro muerto.

En el cuartel general de la tropa sandinista del pueblo había una oficina de prensa que atendía una guapa mujer que se llamaba Vilma. Ella nos acompañó a Julio y a mí hasta las trincheras del frente, en Teotecatín, a quince kilómetros de Jalapa. Antes de eso, nos hizo firmar un documento en el que asumíamos los riesgos de cualquier contratiempo que pudiera producirse en la línea de fuego, eximiendo al sandinismo de toda responsabilidad. Vilma nos informó de que la moral de la tropa era muy alta.

Y así era el ánimo de los dos compañeros de oficina de Vilma que subieron con ella a nuestro coche. Pero cuando nos alejamos un poco de su «protección» y comencé a hablar con los hombres de las trincheras, no encontré tanto fervor revolucionario ni ardor guerrero. Los soldados, por lo general, prefieren una cama caliente y un buen filete a una medalla al valor; y aquellos nicaragüenses me hablaban de sus familias, de su deseo de volver a casa pronto, de la mala comida y el frío de las noches de guardia, de la soledad y el miedo, de los insectos y los parásitos que inundaban las trincheras. Aunque las guerras se ganan o pierden en los frentes de combate, los eslóganes que exaltan a la patria y al valor se tejen siempre en los despachos alejados de la guerra.

En Teotecatín me acordé de mi padre, que había combatido en la primera línea del frente, adscrito al V Regimiento de El Campesino, en la Guerra Civil española. Siempre decía que, en las trincheras, los hombres no piensan en el heroísmo, sino en sobrevivir, en matar a los piojos y calmar el hambre. Los «compas» de Teotecatín le daban la razón.

Junto a la pequeña iglesia católica de Jalapa se alzaba una casa cural que dirigían dos sacerdotes españoles, uno catalán y el otro palentino. Eran encendidos partidarios de la Iglesia Popular, del cristianismo concebido como una forma de revolución siguiendo las teorías elaboradas por teólogos de la Liberación, como el brasileño Leonardo Boff, el peruano Carlos Gutiérrez, el nicaragüense Ernesto Cardenal y los españoles Ellacuría y Sobrino, a quienes yo había conocido en El Salvador un par de semanas antes, como ya he contado. Alrededor de aquella casa cural de Jalapa se movía un grupo de personas, jóvenes españoles en su mayoría, que defendían la causa sandinista; algunos de ellos, incluso, combatían en el frente. Cuando fui a visitarlos, se mostraron muy esquivos conmigo. Yo creo que probablemente había en el grupo gente de ETA, asunto sobre el que salieron algunas notas en los periódicos por aquel tiempo. La sala principal desplegaba en las paredes toda una proclamación de principios: retratos del Fidel Castro, del Che Guevara, del cura español Gaspar Laviana, «mártir» de la guerra contra Somoza, y del arzobispo Arnulfo Romero, asesinado poco antes por la ultraderecha salvadoreña. Un póster mostraba la reproducción de un cuadro naíf en el que aparecía Cristo crucificado y armado con dos revólveres que colgaban de las fundas de una canana alrededor de su cintura. Y se leían en otros carteles proclamas como «Patria o muerte» o «Entre cristianismo y revolución no hay contradicción».

El sacerdote catalán me estrechó blandamente la mano, mirando hacia otro lado, y desapareció en pocos segundos de mi vista. Pero el palentino, que se llamaba Lucilio, parecía más seguro de sí mismo y de su obra: me invitó a asistir esa misma tarde a una misa que iba a celebrar en un asentamiento campesino de la montaña, a unos siete u ocho kilómetros de Jalapa. Acepté, desde luego.

En el asentamiento, casi fronterizo con Honduras, se habían registrado algunos ataques de la «contra» y los campesinos estaban armados, casi todos con el fusil Ak-42, el famoso «kalás». La misa no fue otra cosa, sobre todo el sermón de Lucilio, que una proclama política de exaltación del sandinismo y una diatriba feroz contra Estados Unidos y su presidente Ronald Reagan. No voy a relatarla porque ya lo conté en mis reportajes de entonces, recogidos en el libro *Billete de ida* junto a otras muchas crónicas periodísticas. Pero no se ha borrado de mi memoria la conversación que, a la conclusión de la ceremonia, mantuve con un chico que no tendría más allá de quince años y estaba armado con un «kalás».

—Recio el cura —le dije.

—No me diga, don; es como «mero achote»* —respondió—. El otro día fui a confesarme y a pedirle la absolución porque ha-

* Arbusto centroamericano pequeño y muy recio.

bía matado a un «contra» en el último ataque. ¿Y sabe qué me contestó el padre? Pues dijo: «No vuelvas a confesarte hasta que no mates a veinte». Así que estoy en pecado y lo que no sé es si tendré fuerzas para matar a veinte «contras» y ganarme así la absolución y el Paraíso.

No había ironía en las palabras de aquel chaval. Vivía en una tierra infernal y los hombres de la Iglesia le negaban el cielo mientras le proponían la redención de sus pecados por medio de la muerte. Hablaban de Dios en el nombre del crimen.

Unos días después de la misa, debía volver a Managua porque mi tiempo se acababa y Lucilio me pidió que Julio y yo llevásemos hasta Ocotal a una chica española. Se llamaba María, era médico y estaba casada con un madrileño que combatía con los sandinistas en el frente de Jalapa desde dos años antes y que había sido herido en un par de ocasiones. Ambos pertenecían, creo recordar, a la Liga Comunista Revolucionaria (LCR), un pequeño partido de ideología trotskista surgido en España en las luchas universitarias de los años sesenta del pasado siglo. María era pequeña de estatura y hablaba muy poco. Durante el trayecto entre Jalapa y Ocotal por aquella temible carretera que corría junto a la frontera, sólo nos dirigió la palabra, de cuando en cuando, para advertirnos sobre el peligro de una emboscada de la «Contra», algo que al parecer sucedía con harta frecuencia. Y cuando alcanzamos Ocotal, por fin a salvo, María, ufana y sonriente, sacó de su bolso un pistolón y nos dijo:

—Si hubiese atacado la «Contra», alguno se habría quedado en la carretera para siempre. Y yo me hubiera suicidado antes de que me hicieran prisionera.

Se merecía dos bofetadas, pero ni el mexicano ni yo se las dimos. Ese viaje con María y cuanto me sucedió antes en Jalapa lo conté tal y como fue en mis crónicas del periódico.

Volví a alojarme en el Hotel Intercontinental de Managua. Recuerdo que regresaba del norte deseoso de una buena comida, una cama confortable y una ducha caliente. Y a poco de llegar, tras el duchazo, bajé a la peluquería del hotel. Miré los servicios que ofrecían y los precios en córdobas, la divisa local. Calculando al cambio del mercado negro, me costaba más o menos tres dólares lo siguiente: lavado de pelo, secado, cortado, afeitado, masaje de cabeza, manicura y limpieza de botas. Me senté en la silla del barbero:

—¿Qué se le ofrece al señor?

—Todo —dije señalando la lista de servicios.

Y así transcurrió una de las horas más felices de mi vida, con un peluquero dedicado a mi cabeza y a mi barba, un limpiabotas lustrándome los zapatos y una manicura puliéndome las uñas. Después de aquello, fui a darme una buena cena de tamales al estilo Oaxaca en el restaurante Antojitos. Por la noche me encontré con dos periodistas amigos en el bar del Hotel Intercontinental: el español Juan Luis Díaz Prats y la colombiana Ana Cristina Navarro, «Pochola». Tomamos unas cuantas copas del excelente ron nicaragüense: el Flor de Caña. La jornada resultó ser el mejor regreso posible de los infiernos que pudiera haber imaginado.

Aquel viaje a Nicaragua me empujó a abandonar la dedicación plena al periodismo. Decidí emplear la mayor parte de mi esfuerzo en la literatura y ganarme la vida ejerciendo ocasionalmente como *free lance* de prensa. Aunque mi economía era frágil, con más o menos esfuerzo podía separar de vez en cuando algo de dinero para costearme viajes literarios.

Volví a Nicaragua un año después, en busca de nuevos ambientes para mi primera novela de la «Trilogía de Centroamérica», que titulé *Los dioses debajo de la lluvia*. Escribí en ella sobre sacerdotes rebeldes, jóvenes soldados, sobre la tristeza, la muerte, los sacrificios inútiles y el misticismo exaltado. Ya no podía permitirme el lujo de tirar con pólvora del rey y hube de ajustar mis gastos al mínimo, sin hoteles confortables ni coches de alquiler. Volví a Jalapa y me encontré de nuevo con doña Laura y la niña Maidole.

Han pasado muchos años desde aquellos días en que, casi a pleno empleo, trabajaba como enviado especial. Ahora ya no me dedico al periodismo, pero ocasionalmente acepto hacer algún reportaje en el extranjero cuando un periódico me propone un tema atractivo. En el fondo no creo que sea el objeto del reportaje lo que me anima a aceptarlo e irme de viaje, sino un anhelo impreciso de recuperar aromas de mi juventud. La diferencia entre los trabajos de ayer y los de hoy es que ahora los llevo a cabo con mucha menos ansiedad que antaño. Nadie me pide ya exclusivas, sino donarie en la escritura. Y el viaje resulta relajado.

Hace cosa de dos años, un periódico me ofreció viajar a Chipre para escribir un reportaje. Acepté porque, en razón a su historia, era un lugar que siempre había despertado mi curiosidad y, además, porque había leído años atrás un libro excelente, *Limones amargos*, de Lawrence Durrell, que transcurría en la isla. Y nada hay que me provoque tanto el deseo de viajar a un sitio como un libro, pues ahí nace una buena parte de mi nostalgia de lo que no conozco.

Chipre, como el lector sabe, está dividida en dos zonas, la turca y la griega, desde la guerra de 1974. Aunque las tensiones han ido suavizándose en los últimos años, y más todavía con la adhesión a Europa del lado griego en 2004, las dos comunidades viven aún separadas por aduanas, barreras, muros y un numeroso contingente de soldados armados, entre los que se incluyen tropas de la ONU.

Yo había dejado en manos del periódico que me contrataba la organización de mi vuelo y la reserva del hotel. Y cuando abrí la cartera para echar una ojeada a mi bono de alojamiento, volando ya desde Atenas a Nicosia, reparé en que me habían reservado habitación en un hospedaje del lado turco, en tanto que mi avión aterrizaba en Larnaca, una ciudad del Chipre griego. Para no abrumar con una larga explicación sobre los problemas que me producía la situación, resumiré: no podía pasar al lado heleno de la ciudad más que por el día y estaba obligado a regresar al lado turco, para dormir, antes del anochecer. En cambio, caso de que hubiese tenido reserva en el sector griego, habría podido moverme por la ciudad como me viniera en gana. A menudo, las leyes son así de absurdas en el mundo, sobre todo en tiempos de conflicto. De modo que mi alternativa no era otra que romper mi bono de hotel y buscarme uno nuevo en la Nicosia griega al llegar a la capital. Además de eso, era tarde, la llegada a Larnaca estaba prevista a las once de la noche y, para alcanzar Nicosia, aún debía recorrer más de cien kilómetros por carretera.

No quedaba una sola plaza libre en el avión y pensé que tenía buena suerte cuando, al subir, busqué mi asiento y encontré que me habían asignado uno del lado del pasillo, en una fila de sólo dos plazas y junto a una de las ventanillas de emergencia, lo que me permitía estirar las piernas cuanto quisiera. Pero mi alegría se derrumbó poco después, al ver detenerse sobre mi hombro derecho a una mujer que, sonriente, señalando su billete y el asiento del lado de la ventanilla, trataba de indicarme que era mi compañera de viaje y que le hiciese el favor de permitirle el paso.

Morena, con un pelo fuerte y espeso peinado como un furioso oleaje, cejas azabaches, labios muy rojos, alrededor de 1,70 de estatura y unos cuarenta y cinco años, aquella mujer muy bien podía pesar los 170 o 180 kilos. Cuando se sentó, crujieron los muelles de su sillón y la mitad de su hombro ocupó el respaldo de mi plaza. Está de más añadir que el reposabrazos que separaba nuestros asientos pasó a ser de su exclusiva propiedad. Pese a los esfuerzos de la azafata y mi colaboración, el volumen de su estómago hizo imposible que se cerrase su cinturón de seguridad. Tuvieron que hacerle un apaño añadiendo otro cinturón.

No había nadie tan gordo como ella en el avión. Y yo lamentaba mi mala pata mientras el aparato inciaba el despegue. Que algo así te suceda en Estados Unidos es cosa corriente, pues la proporción de seres humanos con sobrepeso ofrece una media muy alta. Pero en Grecia y en el Mediterráneo, por lo general, no se trata de un hecho muy común.

La mujer, no obstante, me sonreía como si quisiera pedir excusas por su físico y yo trataba de ser amable con alguien a quien la vida, como saltaba a la vista, no había tratado amablemente. No tenía hambre y le ofrecí la bandeja de mi refrigerio cuando pasaron el servicio de a bordo. Ella lo aceptó encantada y se zampó en dos bocados mi emparedado de mortadela. Sabía algo de inglés y nos contamos algo sobre nuestras vidas. Me dijo que era natural de Hydra, una isla del sur de Atenas, y que viajaba a Chipre para disfrutar de unos días de vacaciones junto con dos amigas que vivían en Nicosia.

Todo hubiera terminado ahí, en un vuelo incómodo y una conversación banal, si no se me hubiera ocurrido preguntarle qué medio de transporte podía encontrar en el aeropuerto de Larnaca para desplazarme hasta Nicosia y si conocía algún hotel aceptable en el lado griego de la ciudad. Más o menos respondió, con gestos de jovialidad, que ¡Dios santo, no había ningún problema! ¡Sus dos amigas vivían en Nicosia e iban a esperarla en el coche de una de ellas! ¡Viajaría hasta la capital en su compañía y, una vez allí, buscaríamos un hotel para mí!

—Me llamo Soso —dijo tendiéndome su mano carnosa.

—Javier —respondí.

Melpómene, «Melpo», era la jefa del grupo, sin duda. Su nombre le venía de una de las nueve musas de la mitología clásica, la inspiradora de la tragedia, que era también concertista de lira. Decidida y retadora, vestía trajes de llamativos colores, con faldas de inmenso vuelo, camisas abiertas que mostraban el inicio de sus briosos pechos y zapatos de altísimo tacón y punta de cuchillo. Tenía alrededor de sesenta años y las trazas de una vampiresa salida de las viñetas de un cómic: tez tostada por los rayos uva o el sol chipriota, pelo teñido de rubio y peinado muy alto, labios gruesos pintados de vibrante carmín, gafas negras con montura de pedrería incrustada y uñas muy largas y curvas, lacadas en un tono rojo casi negro. Viéndola, podría pensarse que llevaba a toda hora colocada una máscara trágica sobre el rostro, como la musa a la que debía su nombre.

De aquel grupo de fantásticas mujeres, su inglés resultaba el más comprensible para mí. Era dueña de una boutique de moda femenina y conducía un modelo algo anticuado de Mercedes, grande y tapizado de cuero. Melpo había nacido en Creta, se había casado y separado dos veces y tenía dos hijos del primer matrimonio. Uno de ellos la había hecho abuela por partida doble.

Elisabeth, «Lis», era de Atenas. Pero se casó con un chipriota y se instaló para siempre en la isla. Ahora estaba separada y trabajaba como funcionaria del Gobierno. No tenía hijos y rondaría, como Melpo, los sesenta años. Era delgada, frágil, dulce y poseía una voz muy tenue. Vestía siempre vaporosos modelos de tonos celestes, violáceos y rosados. Su pelo era corto y de color trigueño. Debió de ser en su juventud una guapa muchacha y conservaba no poca elegancia pese a las hondas arrugas de su rostro.

Lo mismo que Soso, las dos fumaban como ciervas sedientas, un paquete detrás de otro, sin dar tregua a sus pulmones.

Soso hizo las presentaciones cuando salimos a la terminal. Dijo algo en griego a sus amigas y, al punto, Melpo me agarró del brazo y tiró de mí hacia su coche. Me sentó delante, junto a ella, y arrancó con un acelerón imponente que levantó una turba de gemidos lastimeros en el asfalto.

Media hora después, parábamos en un pequeño restaurante. Aparecieron dos hombres de unos sesenta años, al parecer amigos de Melpo, y la jefa ordenó comida en abundancia para todos. Los hombres se llamaban Stavros y Kiriagos y tuve la impresión de que el segundo mantenía con Melpo un trato de mayor confianza. Pensé si tal vez era un amante ocasional de aquella musa vehemente.

Todos fumaban sin cesar y los hombres pidieron a los postres copas de *ouzo*. Yo no quise beber. Estaba cansado después de un día entero de viaje y sólo deseaba encontrar un hotel y tumbarme a dormir. Al fin, la velada terminó después de que Stavros y Kiriagos consumieran casi una botella de aguardiente. Como todos, a excepción de Melpo, apenas hablaban inglés, casi no intervine en la conversación y ellos acabaron hablando en griego. Stavros, de cuando en cuando, se volvía hacia mí y decía:

—*Turkish, kaputt.*

Melpo pagó la cena y no aceptó que pusiera un solo céntimo de mi bolsillo. Los demás la dejaron hacer, como si aquello constituyera un hábito.

—Usted es mi huésped —sentenció cuando yo insistí en pagar al menos mi parte.

Aún tardamos una hora en llegar a Nicosia. La carretera era solitaria y oscura. Melpo me dijo en una ocasión:

—Lo malo de los hombres chipriotas es que no paran de beber alcochol. Mi primer marido era un borracho y el marido de Lis también. Por eso nos separamos, ¿verdad, Lis?

Oí un murmullo de tono afirmativo a mis espaldas.

—¿Y su segundo marido?

—Eso fue peor: dos años después de la boda descubrí que era homosexual y que tenía un amante fijo. Es muy doloroso algo así, le hubiera matado. Además, el tipo intentó, mientras estuvimos casados, poner mis propiedades a nombre de los dos. Me hubiera arruinado si le hago caso.

Suspiró:

—Así que no quiero más hombres. Alguno de cuando en cuando, tal vez. Pero duermo siempre sola y, cuando quiero, me tiro mis pedos. La que tiene más suerte es Soso, que nunca se ha casado.

—Nunca les he gustado a los hombres, por razones evidentes —vino a decir Soso desde la oscuridad del asiento trasero—. Pero eso tiene algunas ventajas, por lo que se ve.

—Detesto a los chipriotas —añadió Melpo—. Pero aquí viven mis hijos y mis nietos y tengo mi negocio. ¡Ah, mi querida

Creta, ésa sí que es tierra de hombres! Valientes, guapos… ¿No sabe, Javier, que cuando los paracaidistas alemanes invadieron mi isla, los cretenses les esperaban en tierra con horcas de aventar parva para ensartarles? ¡Esos sí que son bravos y no estos chipriotas cobardones y borrachos!

A causa de las dificultades idiomáticas, se hacía trabajoso mantener una conversación entre los cuatro. Así que Melpo cortó por lo sano y colocó un casete en el aparato de música.

—Es Yannis Parios, el Julio Iglesias griego; ya verá como le gusta.

Y de tal guisa continuamos viaje hasta Nicosia, con la voz de Parios como fondo y el coro de mis Tres Gracias siguiendo los estribillos. A las dos de la mañana, me depositaban en un pequeño hotel del lado griego de la ciudad y nos citábamos para el día siguiente.

Durante los ocho o nueve días que pasé en Chipre, quedé bajo la protección de aquellas encantadoras mujeres. Al atardecer, después de su jornada de trabajo y cuando yo había terminado mis recorridos y mis entrevistas, me recogían en el hotel y nos íbamos a cenar. Melpo pagaba siempre; de nada servían mis protestas ni que le dijera que viajaba con dietas y no a cuenta de mi bolsillo. Me había adoptado y yo era su huésped de honor.

—Ya invitará usted en España —decía.

Aunque ella era quien poseía el mando indiscutible de aquella pequeña tropa, a la que yo me incorporé con el ánimo de un soldado raso, Soso siempre hizo prevalecer ante las otras dos un cierto sentido de la propiedad sobre mi persona. Después de todo, ella era quien me había capturado. Cuando yo intentaba pagar una cuenta, tratando de imponerme a Melpo, Soso me sonreía con aire maternal, posaba su mano sobre mi brazo y negaba con la cabeza.

Por otra parte, yo nunca lograba hacer valer mi condición masculina con los camareros, porque todos conocían a Melpo y a ella le bastaba con un gesto para ser obedecida de inmediato. Sentí que no había hombre en todo el Chipre griego capaz de llevarle la contraria a aquella mujer cretense.

Melpo me consiguió también algunas entrevistas interesantes. Era una persona muy conocida en todos los ámbitos de Nicosia. Gracias a ella, fui recibido en cuestión de horas por el director de un periódico y también por un ministro.

Las Tres Gracias organizaron para mí un domingo delicioso cuando mi partida se aproximaba. Fuimos en el coche de Melpo a Kyrenia, una localidad costera del norte de la isla, en territorio turco. Al cruzar el puesto fronterizo, ante el cual se había formado una larga cola de automóviles de los domingueros grecochipriotas, Melpo se saltó a todos cuantos había delante de ella, alcanzó la garita, habló con los agentes en griego, soltó un billete con cierto disimulo y cruzó al otro lado con su coche, tan campante, ante el pasmo de todos cuantos aguardaban su turno. Lo mismo hizo al regreso, cuando caía la tarde.

Era un día de cielo limpio y aire fuerte que llegaba desde las montañas de la Turquía continental, cuyo difuminado perfil podía vislumbrarse más allá del horizonte marino. El Mediterráneo, teñido de un color azul cobalto, se restregaba contra la playa en olas rizadas que eran como espumarajos. Los hombres, algunos de ellos en pareja y cogidos de la mano, paseaban por decenas junto a los muelles, sobre los que se alzaba la estatua en bronce de Kemal Ataturk.

Comimos al lado del malecón: pescados asados y calamares, regados por caldos turcos un poco embocados. Naturalmente, a cuenta de Melpo. Después nos hicimos fotos como recuerdo, las mujeres compraron algunas baratijas y les regalé a cada una de ellas un pequeño broche de plata.

Antes de volver a Nicosia, nos desviamos por una carretera minúscula al pequeño pueblo de Bellapais, donde Lawrence Durrell vivió durante unos años y escribió *Limones amargos*. Tomamos té en una terraza, al pie del árbol del que tanto se hablaba en el libro, y yo les expliqué quién era aquel escritor al que admiraba y cuáles me parecían sus mejores obras. Ninguna de ellas conocía a Durrell ni creo que, en el fondo, les importase demasiado mi apasionado discurso.

Pienso que, de todas maneras, las Tres Gracias se divirtieron aquellos días que pasamos juntos. En cuanto a mí, disfruté inmensamente con ellas. Cuando volví a España, les envié postales de Madrid con frases cariñosas. Soso me respondió con una postal en la que se veía el puerto de Hydra y su propia casa, que había señalado a bolígrafo con un redondel. Me invitaba a ir allí con mi mujer a pasar una temporada de vacaciones.

De toda historia, puede extraerse una moraleja periodística: cuando uno viaja como enviado especial, conviene buscar gente que te proteja y te ayude. Es preferible que sea una mujer antes que un hombre. Y mucho mejor si son tres en lugar de una. Eso no lo sabía yo cuando era un inexperto reportero. Pero los que sean jóvenes informadores ahora mismo pueden aplicarse el cuento.

Y colorín colorado.

6

El perfume de la guerra

El sentido de la vida es cruzar fronteras.

RYSZARD KAPUSCINSKY,
en una entrevista en *El País*

Así pues, me convertí en *free lance*, esto es, periodista que trabaja con temas concretos y a plazo fijo para un medio informativo distinto en cada ocasión. Yo intentaba conseguir encargos bien pagados para quitarme luego de en medio unas cuantas semanas —con suerte, en ocasiones, incluso dos o tres meses— y viajar y escribir libros. Hice guiones de documentales de televisión, fui reportero también para televisión, guionicé una novela para la radio, viajé y escribí por encargo de revistas turísticas, colaboré como enviado especial en algunos semanarios y periódicos, elaboré artículos para agencias de prensa e, incluso, con ánimo de abrirme camino en el mundo de los poderes culturales —o de la sociedad literaria, si se prefiere el nombre—, participé en dos encuentros de escritores, con viaje incluido, uno a los campamentos de refugiados saharauis y otro a Verines, en Asturias.

Los años que siguieron a mi alejamiento del periodismo, pese a mis estrecheces y los disgustos que me daban los editores al negarse a publicar mis libros, tenían para mí, sin embargo, el aroma de la libertad. Por primera vez en mi vida hacía lo que me daba la gana, aunque la fortuna y el éxito me dieran la espalda y los otros pudieran verme como un escritor y periodista fracasado. Los días se abrían ante mí llenos de retos y venían cargados de vitalidad y de experiencias. Aprendí a conocer mejor a los otros, a reconocer a los verdaderos amigos, y aprendí también a conocerme a mí mismo. Me abría a todo cuanto ignoraba y mi vida resultaba tan emocionante como los sueños de la niñez. Aprendí a combatir la amargura, una tentación que nos espera siempre, agazapada detrás de nuestro hombro, y que es tan fácil de aceptar como la locura.

Mis primeros trabajos en televisión fueron guiones para documentales. Nunca había hecho un guión hasta que me encontré con Carlos Amann, realizador de Televisión Española por aquel entonces y un espléndido profesional y amigo. Carlos me enseñó el oficio y lo cierto es que disfruté haciendo guiones. Además, aprendí algunos rudimentos de realización, porque a Carlos le gustaba el trabajo en equipo y, también, enseñar a los que no sabíamos, dotado como estaba para algunas virtudes teologales. Juntos hicimos dos series: *Ciudades para vivir* y *Las aguas del recuerdo*, la segunda de ellas sobre famosos balnearios de España y Europa. Viajamos por algunos lugares curiosos, como Vichy y Baden-Baden, en cuyo casino Carlos y yo ganamos a la ruleta jugándonos, al número 27, unos cuantos marcos que nos habían sobrado de una comida pagada a medias.

Con Carlos aprendí lo fascinante que es el trabajo de la imagen. Si eres capaz de diluir la distancia que se crea entre la pantalla y el espectador, logras conducirle hacia donde te dé la gana y hacerle sentir lo que tú quieres, casi como si le hipnotizaras. Además, es un trabajo que te permite elegir, entre todo lo que ruedas con la cámara, aquello que te parece más sugerente, eliminar de la realidad lo que te estorba y fraccionarla a tu gusto. Es un poco como en la literatura, pero con el poderoso apoyo de la imagen.

No obstante, existe un problema en este oficio: que se trabaja en equipo. Y para cualquiera que sea un incurable individualista o, en su defecto, no tenga un carácter de un autoritarismo visceral, el trabajo en equipo supone a menudo una tortura. En su libro *El mundo de hoy*, en el que el autor expresa con largura muchas de sus opiniones sobre el periodismo, escribe Ryszard Kapuscinsky:

> ¡Qué diferencia tan abismal entre el reportero que escribe y el que forma parte de un equipo de televisión! El primero trabaja en solitario mientras que el segundo lo hace en grupo. Cada uno de los miembros de un equipo tiene sus propios gustos, estados de ánimo, intereses, etc., así que resulta difícil evitar tensiones y fricciones, las cuales consumen cantidades ingentes de tiempo, de energía y de nervios, y enturbian la claridad del pensamiento, la paz y la concentración, imprescindibles para trabajar y para experimentar el mundo.

Por mi parte, suscribiendo lo que dice el admirable periodista y escritor polaco, tengo que añadir algo más: la libertad creativa del reportero es ilimitada, en tanto que la de aquel que forma parte de un equipo de televisión queda muy reducida. Hay que pactar a cada hora con los otros. Y si el pacto se consigue, todo puede ir bastante bien. Pero si no se logra, el trabajo se convierte en una pesadilla. La única forma de resolver el problema, ya lo he dicho, es convertirse en un pequeño dictador, poniendo a todo el equipo estrictamente bajo tus órdenes, como hacen la mayoría de los grandes directores de cine y los directores de periódicos. Pero hay que tener carácter para ello. Y más que eso: también hay que tener la confianza de los dueños y directivos de la empresa para la que trabajas.

Kapuscinsky es un enemigo jurado del trabajo para televisión. En el mismo libro, llega a decir que «los telespectadores son nómadas que deambulan en solitario por el desierto global», esto es: niega la capacidad reflexiva y crítica del ser humano que se sienta ante una pantalla de televisión. Quizás no es preciso ir tan lejos. El trabajo en equipo simplemente reduce tu libertad personal y funciona o no funciona según el talante de la gente que forma el grupo. No obstante, es muy frecuente que se cree un conflicto. La razón no estriba solamente en que se reúnen con un fin un cierto número de gente con caracteres opuestos. Es que, además, el trabajo de reportero requiere mucha atención, mucha dedicación, se convierte en una obsesión mientras lo lleva a cabo. Eso provoca que los ánimos se tensen y la paciencia llegue al límite. Y en ocasiones, quizás cuando el asunto es en apariencia el más nimio, el conflicto estalla como una súbita tormenta que nos coge desprevenidos y sin paraguas.

La situación más conflictiva y ridícula que padecí trabajando para televisión ocurrió durante un viaje a las islas Malvinas (Falkland para los ingleses), en el año 1990. Me trasladé hasta allí enviado por el programa de TVE *En portada*, con el que colaboré haciendo ocasionales reportajes durante un tiempo, siempre en calidad de *free lance*. Habían transcurrido ocho años desde el final de la guerra y, acompañado de un cámara y un ayudante de sonido, volé hacia aquel archipiélago cercano a la Antártida desde Londres, a bordo de un avión militar, con tan sólo una parada para repostar en la isla de Asunción, en mitad del océano. En total, cubrimos unos trece mil kilómetros de distancia desde Madrid.

Viajábamos con un permiso especial e invitados por el Ministerio de Defensa británico. Todavía en esa época, el Gobierno de Londres consideraba que las Malvinas eran un territorio amenazado y mantenían a sus tropas en estado de alerta máxima. Como las relaciones diplomáticas con Argentina continuaban rotas, no existían vías de acceso a las islas desde el cercano continente sudamericano. Tampoco había vuelos regulares civiles hasta el archipiélago desde ninguna otra parte del mundo.

El enorme avión, un DC-10 habilitado para el transporte de tropas, iba casi vacío. A mis dos compañeros y a mí nos acomodaron en la cabina destinada a los altos mandos militares —el equivalente a una clase preferente de un vuelo regular— y sólo había otra media docena de personas en la misma sección del aeroplano. Me resultó curioso que cuatro de ellas fueran unas muchachas rubias bastante bellas y muy llamativas, en tanto que los dos tipos que las acompañaban tenían pinta de gánsteres o agentes secretos, con sus gafas negras puestas en todo momento y ataviados con trajes oscuros y corbatas de luto. Nunca llegué a saber con certeza absoluta quiénes eran los miembros de aquel grupo singular ni qué iban a hacer a las Malvinas. Tampoco nos los encontramos durante el par de semanas que permanecimos en las islas, un lugar muy poco habitado en el que, un par de días después de llegar, ya me sonaba la cara de casi todas las personas con quienes me cruzaba, algunas de las cuales incluso me saludaban.

Cuando ya conocí mejor el archipiélago y establecí relación con varios de sus pobladores, caí en la cuenta de quiénes podían ser los miembros aquella extraña pandilla formada por hermosas mujeres y tipos duros. En las Malvinas, todos los militares vivían en la enorme base de la isla más grande, creada por el Gobierno de Londres después de la guerra, y en los cuarteles de las más pequeñas. No se les permitía salir de esos establecimientos ni relacionarse de ningún modo con la población local. Así que, una vez al mes, el Ministerio de Defensa organizaba un gran festival musical para la tropa, llevando grupos punteros desde Londres, e incluso se decía que se fletaban vuelos quincenales con prostitutas. Una periodista de radio me cotilleó en Port Stanley, la capital, que también se atendían las necesidades de los altos mandos militares solteros con meretrices de alto nivel. ¿Eran aquellas bellísimas mujeres de la cabina de clase preferente las cortesanas de los oficiales de rango? Tal vez. ¿Pero y los gánsteres que iban con ellas? Quizás sus chulos, también de alto nivel, o quién sabe si agentes del espionaje británico entrenados para tomar nota sobre los gustos sexuales de los altos funcionarios del ejército. De todos es sabido que los ingleses se pasan la vida espiándose los unos a los otros, aunque sus descubrimientos sobre el prójimo no siempre acaben por ser conocidos del gran público.

El cámara que me acompañaba, a quien podríamos llamar mister War para eludir su nombre real, me hizo durante el largo viaje un detallado relato de sus «hazañas» como reportero. Había estado en varias guerras, sobre todo en el Líbano, y las balas habían «silbado» junto a sus oídos en numerosas ocasiones. «Yo he bailado con la muerte, ¿sabes?», afirmó después, componiendo ante mi mirada atónita una sonrisa como la de Lee Marvin cuando está a punto de disparar contra alguien después de arrojar una bocanada de humo inhalada de un gran cigarro puro. Si se abrieran las ventanillas de los aviones, creo que en ese momento me habría arrojado al vacío.

Pero mister War continuó, a pesar de mi estupor. No había otro periodismo para él que alcanzara la categoría del periodismo de guerra y guardaba en el salón de su hogar —pensaba enseñármela algún día si acabábamos haciendo buenas migas— una gran colección de casquillos de bala y de obuses, cuchillos, machetes, bayonetas, granadas de mano sin explotar, cascos de soldado recogidos entre los muertos y toda suerte de objetos bélicos encontrados en los campos de batalla. «Quizás alguna de las vainas que tengo en casa guardaba un proyectil que ha matado gente», añadió con el gesto fatalista de John Wayne cuando insinúa en una de sus películas que matar es tan doloroso como necesario. Me excusé unos instantes y me fui a los servicios.

Pero cuando regresé a su lado, me informó de que tenía en su casa un dóberman, que según él era el mejor perro de presa de la tierra. Decidí contraatacar y le dije que anduviese con cuidado con las bombas sin explotar, no fuera que en un descuido le hiciesen menudillo al perro. Pareció no oír mi consejo y siguió narrándome episodios concretos en los que estuvo a punto de perder la vida en primera línea de combate. Concluyó: «A los cámaras de guerra nos gusta, en plena batalla, sentir el aliento solidario del reportero en la nuca». Supuse que era una forma de sugerirme cómo debía comportarme en el reportaje que íbamos a hacer juntos en las islas. Yo le contesté: «Supongo que viajarás a las guerras con reporteros a los que no les huele el aliento... De todas formas, en las Malvinas la guerra terminó hace ocho años». De nuevo pareció no escucharme.

Era un tipo grandullón, con la cincuentena bien cumplida, formido y de rostro pétreo. O sea: tenía aire de pugilista retirado del ring y, por las cosas que contaba, quizás algo «sonado». No sabía una sola palabra de inglés, imagino que porque el único lenguaje que le interesaba era el de los puños y las pistolas. En cuanto al ayudante de sonido, Paco Guillén, era un chaval educado y discreto, con el que me llevé muy bien durante los días que duró el trabajo.

Es tanta la distancia entre Londres y las Mavinas que el avión estaba obligado a hacer una parada para repostar. Y lo hizo en un lugar que difícilmente visitará alguna vez en su vida un turista: la base militar británica de Asunción, una solitaria isla situada en medio del océano Atlántico, carente por completo, según creo, de población civil.

Apenas permanecimos allí un par de horas. A mister War no le permitieron rodar con su videocámara ni un solo segundo, nos prohibieron también que hiciésemos fotos y tan sólo nos dejaron pasear unas decenas de metros al aire libre, en los alrededores del hangar donde el avión cargaba combustible.

Pocas veces he estado en un sitio tan extraño y hostil. Las pequeñas montañas que se distinguían alrededor del aeropuerto carecían de vegetación y eran oscuras y feas. Las alambradas se tendían por todos lados, como cercados de ganado, y daba la impresión de que habían sido construidas, no para impedir una invasión enemiga, sino para evitar que los soldados destinados en Asunción huyesen en tropel de la isla, enloquecidos por el tedio. No había nadie sin uniforme en ningún lugar de la base.

Tampoco nos hicieron caso alguno después de que, al desembarcar, un sargento nos recitase el catálogo de prohibiciones. Pero supongo que estuvimos vigilados en todo momento y que hubo siempre un ojo puesto sobre nuestros movimientos.

Lo que sobrecogía era el viento, un aire salvaje, indomeñado, ignorante del hombre; un aire salitroso y violento, como el que azotaba las naves de antaño hasta hacerlas naufragar para enviarlas al corazón del océano. Era un día de sol y de temperatura amable. Pero aquel aire vesánico sólo aconsejaba que nos largásemos de allí cuanto antes.

El clima de las islas Malvinas era imprevisible y tan pronto lucía el sol o soplaba un aire templado, como se desataba un gélido ventarrón, o caían vehementes chaparrones de agua helada o nevaba hasta impedirte la visión del entorno. Próximas ya a la Antártida, la única barrera que existía entre las Malvinas y las soledades polares la constituían las deshabitadas islas Georgias.

Casi todos los pobladores del archipiélado, algo más de mil doscientos cincuenta, se concentraban en Port Stanley, la isla mayor, donde se alzaba la ciudad del mismo nombre, un poblachón de casas de una o dos plantas, la mayoría de madera, pintadas de colores alegres. En Goose Green, al sur, vivían una veintena escasa de personas. Y en la isla del León Marino, tan sólo cuatro: un matrimonio que era dueño del único hotel, con dos habitaciones para huéspedes ocasionales, y una pareja de empleados.

En las islas no crecían árboles, pues los vientos los derribaban, y sí una hierba alta y recia, de textura muy áspera e inútil como pasto de animales, que recibía el nombre de *kelper*. Ese mismo nombre se había convertido en el apodo de sus habitantes, los kelpers, tipos por lo general ceñudos y poco habladores, ordinarios como su hierba. La tierra producía enormes cantidades de turba y la mayor parte de los kelpers la colectaban a golpe de pala, como en Escocia e Irlanda. En cierta manera, las islas parecían un pedazo de tierra escocesa o irlandesa desgajado por el océano de las costas de las Islas Británicas, y llevado en brazos de las olas, en furiosa deriva, hasta los mares australes.

Corrían varios ríos en sus territorios, que eran como tajaduras en la tierra de turba: ríos hondos, de color azul cobalto y aguas muy frías. Los ingleses los habían repoblado con truchas y, como apenas se pescaba, los peces eran largos y muy gordos.

Casi todos los habitantes de las islas eran campesinos solitarios, individualistas, que tenían granjas alejadas del centro de la ciudad, donde cultivaban, en invernadero, principalmente tomates y lechugas de sabor insípido, y a menudo flores. Solían, además, alimentar unos cuantos cerdos, gallinas y gansos y, desde luego, un numeroso rebaño de ganado ovino. En las islas se criaban medio millón de ovejas, de lana tan dura como la hierba *kelper*.

La principal riqueza del archipiélago le venía de la pesca. En sus aguas jurisdiccionales abundan la merluza, el fletán y el bacalao, además de varias especies de crustáceos. Los grandes pesqueros que llegaban de Japón y Europa pagaban fortunas por las licencias que se expedían en las oficinas de los muelles de Port Stanley. Londres dejaba una parte sustancial de ese dinero en manos de los habitantes de las islas, por lo cual aquellos rudos y mal vestidos kelpers resultaban ser, en el fondo, una tropa de millonarios extravagantes.

De todas formas, en tan lejanos territorios y tan dejados de la mano de Dios, no había muchos lugares donde gastarse los cuartos. Tan sólo un pub con cerveza y licores importados, un restaurante con media docena de mesas en el pequeño hotel donde nos alojamos —había dos en Port Stanley— y un campo de golf que más bien parecía un campo de minas, alfombrado de rocas graníticas en lugar de hierba, y batido por los vientos polares.

De la guerra librada en 1982 entre británicos y argentinos, apenas quedaban rastros. Podías encontrarte algún carro de combate destruido y comido por el óxido en el escenario de un antiguo campo de batalla, pero poco más. No obstante, los cementerios de la guerra, con pulidas lápidas blancas que señalaban los nombres de los soldados enterrados allí, tanto argentinos como ingleses, eran lugares limpios donde abundaban las flores frescas. Quedaban también muchos campos de minas enterradas por el ejército argentino, con los que intentaron detener el desembarco birtánico ordenado por Margaret Thatcher. Estos campos estaban protegidos por alambradas y muy bien señalizados con numerosos carteles que advertían sobre el peligro de entrar allí. Casi todos se encontraban en las cercanías de las playas y era curioso ver cómo los pingüinos trotaban sin ningún riesgo por esas zonas acotadas, pues su liviano peso no bastaba para provocar el estallido de las minas.

De las gentes del lugar recuerdo al gobernador, un londinense refinado y amable que usaba como coche oficial un taxi tradicional londinense, de color frambuesa en este caso. No puso objeción alguna en vestirse de gala para que le rodásemos unos planos: chaqueta ajustada de faldones largos con cola de pingüino, botones dorados, charreteras en los hombros, mangas bordadas con hilo de oro, condecoraciones, espadín al cinto y gorro triangular de almirante recamado con refulgentes dorados. Aquella vestimenta le daba el aire de estar a medio camino entre el motín de la *Bounty* y un baile de disfraces.

Para las entrevistas oficiales, nos asistía una joven funcionaria británica contratada por el Gobierno que se llamaba Anne. Era guapa, rubia y muy llamativa, pero resultaba sosa y tenía una voz desafinada y de hiriente timbre. Sus hermosos ojos azules y grandes miraban el mundo con tristeza. Como soy dado a imaginar las vidas de las gentes, incluso cuando estoy solo en un restaurante y miro a los clientes que comen en otras mesas, supuse que Anne era una mujer fracasada en el amor, por mera sosería, maltratada quizás en sus sentimientos por el desdén de varios hombres y huida a las Malvinas en busca de una aventura vital que por ahora se le hacía imposible. Es probable que nada de todo eso fuese en absoluto parecido a la realidad. Anne venía casi todos los días a buscarnos al hotel donde nos alojábamos y nos acompañaba a los lugares de las citas convenidas, realizando tareas parecidas a las de un asistente de prensa.

En cierta forma, nuestra verdadera guía en Port Stanley fue otra mujer, Jane, la única taxista de la isla, y la antítesis de Anne. Alquilamos sus servicios durante varios días y nos llevó de un lado a otro en un Land-Rover que creo que carecía por completo de suspensión: mi trasero, por lo menos, así parecía entenderlo. Jane era pequeña y sólida, segura de sí, ruda de trato, enérgica, casi masculina a veces, y su mirada te quitaba las ganas de discutirle cualquier decisión que tomase. Era la negación de la ternura y de la desdicha, y por su aspecto y modos era fácil concluir que podía combatir ambos sentimientos a base de guantazos. Kelper de pura cepa, podría definírsela de muchas maneras menos como una mujer sosa. Alguien me dijo un día que, en una ocasión, había tumbado de un puñetazo a un marinero extranjero que trató de ligársela en el puerto. Jane nos contó que estaba casada y tenía dos hijos varones. Yo me compadecí de los tres.

El mejor tipo de los que conocí en Port Stanley fue Brian, el cocinero del hotelillo donde nos alojábamos. Tendría unos sesenta años, era soltero y había rodado mucho por el mundo. «No tengo ni idea —decía— de cómo he llegado a quedarme definitivamente en las Malvinas. Pero me siento bien aquí.» Brian preparaba unos platos estupendos, sobre todo las grandes truchas salvajes al horno. Cuando le dije que se me hacía extraño que un cocinero inglés guisara con tanta excelencia, me explicó: «Es que a los buenos cocineros, en Inglaterra, se les paga lo mismo que al que barre el suelo del restaurante. Es cosa de los sindicatos, ya sabe, que valoran con el mismo rasero el arte y la gimnasia. Por eso Inglaterra está llena de malos cocineros de todo el mundo y el mundo lleno de estupendos cocineros ingleses».

Durante los días que permanecimos en las islas, coincidió

con el nuestro un equipo de televisión ecuatoriano, formado tan sólo por un cámara-redactor y un ayudante-productor, que se alojaban en el mismo hotelito donde estábamos. Eran dos tipos muy simpáticos e ingeniosos de los que me hice amigo rápidamente. Me sentía con ellos mucho mejor que con mister War, como es fácil de comprender.

Por las noches, acabado el trabajo, tomábamos algunas cervezas juntos en el hotel y platicábamos, como se dice por tierras latinoamericanas. En una de aquellas ocasiones, apareció Anne, que también les servía como asistente de prensa, para acordar los detalles de una entrevista del día siguiente. No sé cómo lo hicieron, pero el caso es que los dos tipos se las ingeniaron para hacerla creer que, al mismo tiempo que en tareas periodísticas, trabajaban también en el cine. Y la convencieron para que se sometiera a una especie de «casting» ante la cámara. Allí, en el bar, los dejé a los tres una hora más tarde: la sosa Anne en ropa interior, alumbrada por un foco portátil, y componiendo las posturas que los ecuatorianos le iban sugiriendo. Cuando me largué a dormir, estaban ya proponiéndole un striptease.

No sé en qué pudo terminar aquella historia. Creo que con Anne en la cama de uno de ellos. O quizás con los dos. Me fui antes del striptease porque sentía lástima de ella. Aunque, tal vez —quién puede saberlo—, Anne estaba encantada con la aventura y seguía el juego con mirada de muchacha ingenua y boba. Lo cierto es que los dos ecuatorianos eran jóvenes, alegres, blancos de cuna criolla y, en mi opinión, bastante apuestos. Una ocasión única, imagino, para una chica de las Malvinas que vive todo el año rodeada de campesinos adustos y soldados asilvestrados, invadida por la melancolía que le trae un pasado de fracasos amorosos.

Como me dijo uno de los ecuatorianos a la mañana siguiente:

—¡Chico, no sabes cómo son las sosas cuando les das artillería!

En fin, había también en Port Stanley una dulce muchacha,

pequeñita, graciosa y muy simpática, que se llamaba Juanita. Era chilena y trabajaba en una emisora de radio en español, como periodista. Me dijo que estaba allí porque nadie le daba trabajo en su país y me entrevistó una tarde en su emisora. Intentó ayudarme para convencer a Yellow Submarine, el apodo con que se conocía en Port Stanley a la única prostituta que había en las islas, de que me dejase entrevistarla y rodarla unos minutos. Contaré algo sobre esta historia más adelante.

Las Malvinas, pese a la apariencia de un cierto orden, contenían un corazón salvaje. Quizás eso era lo que enamoraba a sus solitarios y poco sociables habitantes, a los rudos kelpers. En muchos territorios del Norte de nuestro planeta, la gente suele ser adusta y poco amiga de la vida comunitaria, quizás porque crece y se enaltece a solas, porque sobrevive con la ayuda tan sólo de su voluntad y su valor personales en las condiciones ambientales más duras. Lo he percibido en Alaska, en las perdidas tierras del Yukon y del estrecho de Bering. Y los habitantes del archipiélago remoto de las Malvinas, del que casi nadie había oído hablar hasta que lo hizo famoso una guerra, mostraban ese mismo carácter. Yo tenía la sensación de que sobraba en todas partes y de que la gente, por muy amable que fuese conmigo, estaba deseando que me largara de allí cuanto antes y los dejase de una vez en paz.

Ya digo que todo era bravío y en cierto modo insólito. Una mañana fuimos a visitar la localidad de Goose Green, que no era otra cosa que un puñado de granjas situadas en el lugar donde se produjo el más importante desembarco británico, durante el conflicto del 82, y donde se libró una de las batallas más importantes de aquellos días. Después de filmar las trincheras y el cementerio de guerra, entrevistamos en su casa a un granjero. Luego, recorrimos con él las instalaciones de su granja y la playa cercana, donde se produjo el desembarco. Mientras charlábamos sobre aquel día de fuego y furia del que había sido testigo y en el que salvó la vida de milagro, vi una bandada de gansos salvajes no muy lejos de donde estábamos.

—Deben de ser estupendos para la olla —le dije al hombre.

—¿Le gustaría probarlos? —preguntó.

Asentí.

Sin responder nada, volvió a la casa y, al poco, regresó con una escopeta.

—¿Cuál le apetece? —dijo.

Señalé uno grueso y blanco. Y el hombre alzó su arma, disparó, la bandada echó a volar y sólo quedó en el suelo, agonizando entre un revuelo de plumas, el ave que yo había escogido.

Al día siguiente, Brian nos preparó un estupendo asado de ganso salvaje con castañas de bote.

El mejor recuerdo de aquel viaje fue nuestra estancia durante dos días en la isla del León Marino. Ya he dicho que en el lugar tan sólo había una construcción, un *lodge* de dos habitaciones servido por un generador de luz, y los únicos habitantes humanos eran el matrimonio dueño del hostal y dos empleados. Un perro, un caballo, dos vacas y unas cuantas ovejas formaban la familia de animales domésticos. Pero los animales salvajes se contaban por centenares, quién sabe si por decenas de miles. Había ballenas y orcas en las aguas que rodeaban la isla, pingüinos de varias especies, focas, leones marinos, morsas, albatros, gaviotas, cormoranes y un buen número de pájaros pequeños.

Volamos hasta allí en una pequeña avioneta y el piloto me animó a tomar los mandos del segundo piloto, en cuya ausencia yo ocupaba el sitio. Nunca lo había hecho. Y fue una estupenda experiencia gobernar un aeroplano durante unos minutos sobre las aguas oscuras, el paisaje de islas grises y cielo acerado de aquellas regiones australes.

Durante dos días, nos dedicamos tan sólo a ver y filmar vida animal: los pingüinos que trepaban con pasmosa agilidad los acantilados que batían las olas, las morsas que dormían en la playa y a las que era conveniente acercarse por detrás para evitar el riesgo de un súbito bocado, los feroces leones marinos que intentaban cazar focas pequeñas, las orcas saliendo de pronto de las profundidades en persecución de un león marino que nadaba en la superficie, y unos pájaros azules muy pequeños, que ignoraban por completo la capacidad depredadora del hombre y se subían en nuestros hombros y zapatos con total desparpajo.

Todo era nuevo y tan bello para mí que ni siquiera la presencia de mister War lograba importunarme.

Pero estaba esperando que llegase su hora. Y su hora llegó. Fue una tarde en que yo había arreglado con el mando militar británico la filmación de los ejercicios tácticos de una patrulla. Así que nos fuimos a un campo de dura roca, batido por los vientos polares, con un teniente inglés y seis soldados gurkas con los rostros tiznados y pertrechados con su fusil de asalto, uniformes de camuflaje, cinturones repletos de granadas y pesadas mochilas sobre los hombros. Mister War preparó su cámara y se situó en lo alto de una loma La patrulla se colocó, junto al capitán, en la base del cerro, unos cincuenta metros más abajo. «¿Listo?», pregunté a mister War. Levantó el dedo y contestó con ese topicazo que seguramente había escuchado en alguna película de guerra: «Afirmativo». Vi un tinte feroz en su mirada. Y grité al teniente: «*O.K., let's go!*».

Profiriendo salvajes gritos de guerra, con las bayonetas caladas, los gurkas atacaron la loma a la carrera. Estremecía verlos, la verdad. Cruzaron ante mister War y, jadeantes, se dejaron caer sentados detrás de nosotros. «*It's O.K.?*», me preguntó el teniente. Me acerqué a mister War. «¿Todo bien?», pregunté. Y él adoptó un gesto sombrío: «No he tenido un buen *feeling*. ¿Podrían repetirlo?».

«La madre que te parió», pensé. Y tragándome la vergüenza, le dije al oficial si era posible realizar de nuevo la pantomima del ataque a la loma. Me miró con desgana. Pero estábamos invitados por el Ministerio de Defensa británico, así que respiró hondo y se dirigió a la tropa ordenándola repetir la maniobra. Algunos de los soldados juraron en nepalí, imagino, porque no entendí sus palabras, pero sí sus gestos y el inconfundible tono de cualquier voz humana en pleno cabreo. Al poco, descendieron con lentitud hacia la base del cerro.

De nuevo atacaron. Y al llegar arriba, cayeron exhaustos sobre el suelo, tiraron a un lado las armas y se quitaron las mochilas. Tosían y parecía que iba a salírseles el alma por la boca. «*O.K.?*», repitió el oficial. «*O.K.*», dije antes de hablar con mister War. Luego, me acerqué a él y le dije: «Si no te ha salido bien, no hay repetición». Y él volvió el rostro hacia mí y, con gesto pétreo, dijo:

—En momentos así, un cámara echa de menos el aliento de un reportero en la nuca.

Le mandé al infierno. Lo que deseaba en ese instante era agarrarle el cuello con los dientes y arrastrarle cerro abajo de tal guisa.

Lo peor vino uno de los últimos días de trabajo. Ya he dicho que en Port Stanley había un único pub, en el que se reunían a diario todos los borrachos del pueblo…, todos los borrachos y una prostituta, la única existente en las Malvinas. Era una mujer cuarentona, envejecida por el alcohol, a la que se conocía con el sobrenombre de Yellow Submarine. Se decía de ella que, en una ocasión, subió a prestar sus servicios a un bacaladero de treinta tripulantes y a todos ellos les alivió de ardores, desde el grumete hasta el patrón.

Intenté rodar a Yellow Submarine, pero la mujer se negó rotundamente. Ni siquiera sirvió la mediación de la periodista de radio, la chilena Juanita, que era amiga suya. Logré sin embargo, unos días después, permiso para filmar en el interior del pub. Mister War estaba más nervioso que un niño al que han descubierto después de hacer una trastada. «¿Pero tienes miedo? —le dije—. Anda, rueda todo lo que puedas, las caras de la gente, al borracho de la esquina. Y si quieres, te echo el aliento en la nuca.»

Le temblaban las manos. Y de pronto, mientras él filmaba, escuché cómo los hombres empezaban a silbar al unísono el estribillo de la canción Yellow Submarine y vi a la ramera, con aire de reinona y completamente borracha, entrar en el bar meneando las caderas. Vino derecha hacia mí, me rodeó con sus brazos y empezó a bailar. Yo hice un gesto a mister War y seguí el juego de la mujer. Más tarde, Yellow decidió jugar a los dardos: los colocaba todos en el centro de la diana.

Cuando salimos a la calle, le dije al cámara: «Espero que lo hayas rodado todo». Negó con la cabeza. «A la prostituta, no. Me pareció peligroso —dijo—. Había muchos hombres de aspecto agresivo en el mostrador.»

Pocas veces he lanzado contra alguien tal cúmulo de insultos. Mister War estuvo a punto de contestarme a puñetazos, pero el ayudante consiguió imponerse entre los dos. Mister War era mucho más fuerte que yo; sin embargo, estoy seguro de que, en aquel momento, le hubiera propinado una buena paliza. A tal punto llegaba mi furia.

Así eran a menudo los trabajos televisivos.

Pero a veces, por razones distintas, eran incluso peores. En otra ocasión, en el año 1998, y cuando ya había empezado a vivir con cierto desahogo de la literatura, se me presentó la oportunidad de viajar a Nueva Zelanda en calidad de guionista para un documental de televisión sobre el país. No caí en la cuenta de que se trataba de una invitación del departamento turístico neozelandés y de que el programa que me contrataba era turístico, de ese tipo en el que es conveniente utilizar a menudo la palabra «mágico» y la expresión «marco incomparable». Me cegó el deseo de ir a Nueva Zelanda, pues jamás había puesto antes el pie en la quinta parte del mundo. Y me equivoqué.

Los responsables del turismo neozelandés tenían muy clara conciencia de lo que querían vender a los posibles turistas españoles y, al poner el pie en el aeropuerto de Auckland, ya nos esperaba un guía con un itinerario trazado minuciosamente, una serie de entrevistas acordadas, hoteles reservados y vuelos por el interior del país ya cerrados.

Muy poco voy a decir de aquel viaje. No se me presentó ocasión para escapar de la paternal vigilancia de Alistair, el guía, que era un tipo simpático, atento y vitalista. Mis compañeros de trabajo, Nelo y Fermín, eran gente agradable. Pero eso tampoco calmaba mi desánimo. Nada escapó a lo previsto, no se produjo ninguna situación insólita, no hubo sorpresas. Siempre digo, al hacer memoria de aquel viaje, que he ido a Nueva Zelanda, pero que nunca he estado allí.

Recuerdo, eso sí, los cielos por donde galopaban nubes violentas, pues el mundo austral, como ya dije hablando de las Malvinas, comunica siempre una sensación de universo salvaje. Recuerdo paisajes imponentes, sobre todo los glaciares, fiordos y canales marinos como el de Mildford Sound. Y las montañas nevadas que rodean la ciudad de Queensland. Y los ríos de aguas claras, las llanuras, los bosques tropicales, los majestuosos árboles *kauris*, la visión del océano más grande de la Tierra, los vientos helados del Sur. Y también el gusto inglés de la ciudad de Chriszchurch, el aire escocés de Dunedin y el perfil asiático de Auckland; y las focas y los pingüinos y las orcas saltando en una bahía cuyo nombre he olvidado; y las enormes fauces del maxilar disecado de un tiburón en un pub de la costa.

Bailé un *haka*, la danza guerrera de los maoríes, en un centro turístico, tomé buenas pintas de cerveza Guinness de importación en los pubs irlandeses de la isla, escuché con deleite el sonido de las gaitas escocesas y disfruté de excelentes comidas japonesas en Auckland. Y me largué de allí a los diez o doce días de haber llegado.

No conocí a otros neozelandeses que al guía Alistair y a seis o siete personas que entrevisté y cuyos nombres y rasgos he olvidado. Pienso ahora en Nueva Zelanda y tan sólo veo en mi memoria algo parecido a una humareda.

En el periodismo español siempre ha habido demasiados mister War y los hay todavía. Son una gente extraña: sólo conciben la vida en función de la muerte y no creen que la existencia sea posible sin la guerra. Les gusta sonreír como Mel Gibson en *El año que vivimos peligrosamente*, vestir y peinarse de aventurero y saludarse a palmetazos, como los jugadores de baloncesto cuando logran una canasta. ¿Qué es lo que guardan en toda esa cantidad de bolsillos que llevan en sus chaquetas?, me pregunto siempre que los veo en grupo. «Somos tipos duros y curtidos, no lo dudes, muñeco», parecen decirte con la mirada de quien ha vivido muchas vidas y ha escapado de muchas muertes. Construyen su existencia y su imagen como una suerte de *Heming-way of life*, una forma de ser que sin duda el gran escritor norteamericano repudiaría, aunque fuese en cierta manera el inventor del modelo. Han aprendido a interpretar una suerte de pose copiada de las películas de Hollywood y les gusta vivir en función de ese papel. Algunos han muerto, eso es verdad, por querer interpretarlo demasiado bien. Pero, por lo general, no han mejorado el periodismo, sino que lo han insuflado de vanidad y mala escritura repleta de topicazos. Lo peor de todo es que muchos de los jóvenes estudiantes de las facultades de Ciencias de la Información aspiran a convertirse, al finalizar sus estudios, en eso que llaman «corresponsal de guerra». No saben que lo que le espera a la mayoría es el ridículo o, quizás, si se exceden un poco, la muerte.

Los profesionales de la guerra, esto es, los militares, conocen bien a esta especie de informador disfrazado de Camel Trophy. Recuerdo que, en Bosnia, las autoridades militares de la Fuerza de Protección de Naciones Unidas (UNPROFOR) habían redactado un curioso manual de consejos para los reporteros de guerra. El primero de todos señalaba que no colocaran nunca su coche, al circular por carreteras peligrosas, a menos de cincuenta metros detrás de un vehículo blindado, porque podían quedar literalmente «laminados» si el coche militar daba marcha atrás de forma súbita. El segundo, que condujeran sus automóviles con todas las ventanas abiertas, la radio apagada, los cinturones de seguridad desabrochados, sin zigzaguear por la carretera o la pista y no dejando de vigilar los alrededores del camino. El manual añadía como tercer consejo: «Si disparan desde los flancos, lo mejor es acelerar. Tratar de adivinar las intenciones del hombre que tiene el dedo en el gatillo sólo conduce a perder el tiempo». Y concluía: «Si empiezan los disparos, no es aconsejable cubrirse detrás del vehículo, sobre todo si tiene el tanque lleno de gasolina. Al contrario que en las películas, los coches no detienen las balas».

Sería injusto decir que todos los corresponsales de guerra son semejantes a la pintura, tan verdadera como esperpéntica en un buen número de casos, que antes he trazado. Tengo buenos amigos entre ellos que son —o mejor, que han sido— espléndidos profesionales de la información. Algunos han muerto y otros, la mayoría, han sabido dejar el oficio antes de que les maten o de que se rían de ellos.

La última vez que traté con una tropa de fantasmones de este jaez fue durante la guerra de la Krajina, adonde fui enviado como *free lance* por un semanario, en el verano de 1995. Por si el lector lo ignora, anotaré que la Krajina era la región de Croacia que separaba el imperio de los Habsburgo del Otomano en momentos de plena expansión de este último. Los emperadores austrohúngaros repoblaron esta región con campesinos serbios, pues se les consideraba un pueblo particularmente dotado para la guerra. Se les dieron tierras, aunque permanecieron sometidos a la nobleza croata y al clero católico (los serbios son ortodoxos). Y ciertamente, consiguieron frenar a los turcos en esa franja meridional de Europa por más de cien años.

Durante la Segunda Guerra Mundial, las cosas fueron difíciles para los serbios de la Krajina: los croatas aliados de Hitler, los ustachis, los sometieron a todo tipo de vejaciones y muchos fueron asesinados cuando se sospechaba que eran colaboradores de la guerrilla de Tito. Al final de la guerra, con la llegada de los comunistas al poder, Tito unificó los territorios de la región bajo la denominación de República Socialista Federal de Yugoslavia. Y los croatas de la Krajina acusados de colaboración con los ustachis sufrieron a su vez gravosas represiones.

Cuando el comunismo se hundió a finales de los años ochenta del pasado siglo, Yugoslavia se partió en pedazos. Croacia se proclamó muy pronto independiente y el Estado yugoslavo, controlado por los serbios, le declaró la guerra. Los serbios atacaron Croacia por varios lugares de su territorio y, entre otras cosas, vaciaron de croatas la región de la Krajina entre 1989 y 1990, después de tomarla por las armas. No obstante, en 1995, el Estado serbio se había debilitado en forma muy sensible y sufría también un gran aislamiento internacional a causa de la guerra con Bosnia y el cerco inhumano de Sarajevo. La ONU, y sobre todo Estados Unidos, habían desplegado fuertes contingentes de tropas en los Balcanes y, además, rearmado al ejército croata.

En cierto modo por sorpresa —ya había rumores desde semanas antes y periodistas de todo el mundo se habían trasladado a la zona—, el ejército de Zagreb se puso en movimiento en los últimos días de julio, rodeó el día 1 de agosto la capital de la Krajina, Knin, y la conquistó sin apenas esfuerzo el día 2. Los serbios escaparon o fueron expulsados en las veinticuatro horas que siguieron, esto es: la totalidad de los habitantes de la ciudad, unos cincuenta mil, y de la región, cerca de doscientos mil. Como ya he anotado, no quedaba un croata en la Krajina desde que los serbios los echaron seis años antes, cuando la primera guerra balcánica. De modo que, durante varias semanas, y antes de que regresaran los expulsados croatas, la Krajina fue una región desolada, sin vida, donde ardían las casas de los serbios huidos. El responsable principal de aquella operación relámpago denominada *Tormenta*, así como de la represión y el éxodo que siguieron, fue el general croata Ante Gotovina, contra el que publicó después una orden de busca y captura el Tribunal Penal Internacional de La Haya, acusándole de ser el responsable directo de la muerte de ciento cincuenta civiles, la mayoría de ellos ancianos, de la deportación de otros doscientos mil y de organizar el pillaje en toda la región después de que fuera ocupada por el ejército croata. Gotovina encontró refugio durante años, al parecer, en un monasterio croata, amparado por la Iglesia católica del país. En diciembre del pasado año 2005, la policía española lo detuvo en Tenerife, adonde había viajado con pasaporte falso, y fue entregado al Tribunal de La Haya.

Los periodistas intentamos entrar en la región desde Zagreb, la capital croata, y Split, la ciudad más grande del sur de Croacia. Pero el ejército había desplegado controles de policía militar en todos los caminos que llevaban a Knin y ni un solo reportero podía burlar el cerco. Zagreb procedía a poner en marcha, a toda velocidad, la operación de vaciado del territorio.

Yo llegué en coche desde España a Croacia y decidí quedarme en Split, después de obtener mi acreditación de periodista en la oficina de Naciones Unidas de Zagreb. Estábamos allí unos doscientos periodistas, entre ellos varios españoles. El día 3, la oficina de prensa de las autoridades militares croatas anunció que el ejército nos llevaría en autobuses hasta las zonas de guerra y que nadie podría entrar en la Krajina en su coche privado. A renglón seguido, se abrió una lista oficial para que fuésemos apuntándonos al viaje aquellos que estuviésemos en posición del documento de la ONU que nos acreditaba como informadores.

Y para allá que nos fuimos el día 4, como en las excursiones de la infancia, pero sin cantimploras de agua caldorra. Nos subieron en cuatro autobuses, cada uno de ellos bajo la tutela de un oficial croata que oficiaba de guía y, supongo, que también de censor. Había muchos avezados reporteros peinados y vestidos para la aventura y numerosos malhumorados norteamericanos que protestaban sin cesar, diciendo que ésa no era forma de cubrir una guerra. Hacía calor y yo me quedé en mangas de camisa y me puse un sombrero blanco de tela ligera y flexible, de esos que llevan una cinta negra alrededor de la copa y que venden en las plazas de toros para los espectadores que tienen entrada en tendido de sol. Un colega español se me acercó y me dijo:

—Quítate ese sombrero, hombre, que si sales en algún periódico van a pensar que estamos aquí de turismo.

—¿Y de qué otra cosa estamos? —le respondí.

Cruzamos junto a amarillentos campos de cereal y viñedos repletos de uvas blancas. Había montañas recias en el horizonte y, aquí y allá, se veían casas envueltas en llamas. Cuando preguntábamos al guía croata qué era aquello, sencillamente contestaba: «Incendios». Y si insistíamos en saber quiénes eran los autores respondía que, tal vez, bandas incontroladas de saqueadores serbios.

Knin, efectivamente, era una ciudad sometida al pillaje. Pero los saqueadores no eran otros que los propios soldados croatas. Los veía entrar en los escaparates de los comercios después de romper las vidrieras a culatazos de fusil. Cargaban alimentos y toda suerte de objetos, incluso bicicletas robadas de las tiendas deportivas, en los carritos de ruedas de los supermercados. Y todo lo trasladaban a las cajas de los camiones militares bajo la mirada complaciente de sus superiores. No había apenas civiles en las calles: tan sólo encontré a algunos viejos sentados en un parque, a los que los soldados ignoraban, y una mujer con aspecto de loca que gritaba a la tropa cuando los vehículos croatas pasaban cerca de ella llenos de jóvenes uniformados que disparaban al aire y hacían el signo de la victoria con los dedos. Había muchos automóviles abandonados, algunos de ellos quemados por completo. A todos sin excepción les faltaban las matrículas, seguramente arrancadas como trofeo de guerra por los soldados vencedores.

En un callejón había dos serbios muertos con uniforme de camuflaje: mostraban un rostro muy hinchado y yacían sobre un charco de sangre seca. Creo que los croatas los habían dejado allí para la prensa. Y, en efecto, los fotógrafos hacían cola para tomar la foto oportuna. Supongo que cualquier guerra necesita la foto de algún muerto.

Las cerraduras de la mayor parte de las casas de la ciudad habían sido forzadas. Entré en varios hogares. Su visión era mucho más dramática que la de los dos muertos. Muchas olían a comida podrida, pues la ciudad se quedó sin suministro de luz desde el comienzo del ataque croata y los frigoríficos guardaban gran cantidad de alimentos. El estado de estas casas, tras la huida de sus habitantes y la rapiña de la tropa, ofrecía el mejor retrato de aquella fuga masiva de seres humanos de la ciudad donde nacieron y vivieron. Los armarios, baúles y cajones de todos los hogares a los que me asomé habían sido forzados y abiertos; y en el suelo se extendían ropas, zapatos, paraguas, sombreros, las fotos de familia, los carnets de conducir, los de identidad, objetos de adorno, cuadros de poco valor... No quedaba un colchón sin rajaduras y los inservibles billetes de dinero serbio aparecían tirados por cada rincón de cualquiera de las viviendas. En la cocina de una casa, dos tazas conservaban restos de café y, en la mesita, un cuchillo estaba clavado en un queso, con una loncha a medio cortar. Me pregunté qué era lo que pudieron llevarse consigo al huir los habitantes de aquella vivienda.

Un oficial se acercó a mí cuando salía de una de las casas.

—No se puede entrar en las casas, regrese con el grupo —ordenó.

—¿Le gusta la guerra? —pregunté.

Me miró con desconcierto y una cierta melancolía.

—No me gusta nada —respondió al fin—. Yo soy médico en la vida civil; me han movilizado para esta campaña.

—¿Ha visto el interior de las viviendas?

—Las he visto. Y tengo orden de no dejarles entrar.

Regresamos al anochecer a Split. Los fotógrafos de prensa tenían su foto de los muertos y yo el alma herida.

El periodismo bélico lo recuperó para la prensa española, durante los años sesenta del pasado siglo, mi amigo Manu Leguineche. Antes de 1936, y en el curso mismo de la Guerra Civil, había habido grandes reporteros de conflictos bélicos, como Manuel Chaves Nogales, Ramón J. Sender, Arturo Barea y Jesús Izcaray, por poner solamente unos pocos e ilustres ejemplos.

Después, tras un período de vacuidad en el periodismo franquista, Leguineche nos sorprendió con sus crónicas desde Vietnam y, poco más tarde, con un excelente libro de viajes donde explicaba, en cierta manera, el estado del mundo de ese momento y sus conflictos. Lo tituló *El camino más largo*.

Tras Manu vinieron un buen puñado de periodistas que quisieron ser como él había sido. Y a Manu le pasó con el periodismo bélico como a Lorca con la poesía: que muchos de sus imitadores sólo ofrecieron copias malas y caricaturas. Eso no excluye que hubiera otros de gran calidad, algunos de los cuales son o han sido buenos amigos míos; pero demos al padre lo que es del padre.

Manu Leguineche y yo viajamos como compañeros varias veces para cubrir información internacional. En cierta ocasión, fuimos a escribir juntos sobre una guerra: la de Bosnia de 1992, acontecida tres años antes que el conflicto de la Krajina del que acabo de hablar. Pese a todo su dramatismo, de aquel viaje recuerdo mucho más nuestras risas que el sonido de las balas y de las bombas.

Dentro de las repúblicas que formaban la antigua Yugoslavia, la de Bosnia era la que acogía una mayor mezcla cultural y religiosa. Ese hecho otorgaba un cierto ambiente de tolerancia a sus ciudades, pese a que el régimen del Estado gobernado durante décadas por Tito era una dictadura. En Bosnia-Herzegovina convivían en armonía las poblaciones de bosniocroatas católicos y serbobosnios ortodoxos, una mayoría de bosnios musulmanes y una pequeña comunidad de judíos de origen sefardí, buena parte de ellos descendientes de los judíos expulsados de España en el siglo XVI por los Reyes Católicos. En las familias sefardíes de Bihac, Sarajevo y otras ciudades bosnias se hablaba aún el ladino, un dialecto derivado del español pretérito.

Todo se hizo trizas en 1992, cuando Slobodan Milosevic, presidente de Yugoslavia, de origen serbio y antiguo comunista reconvertido en nacionalista, alentó a los serbobosnios a organizar milicias armadas encaminadas a hacerse con el poder en los territorios de Bosnia-Herzegovina. En abril de ese año, dirigidas por un psiquiatra y poeta llamado Radovan Karadzic, cuyo brazo armado era el general Ratko Mladic, grupos de pistoleros dispararon desde las terrazas del Holiday Inn de Sarajevo contra una multitud de civiles, integrada por miembros de todas las comunidades religiosas, que se manifestaba a favor de la secular convivencia entre las culturas de la ciudad.

En las semanas que siguieron, siempre con el respaldo de Milosevic, los serbobosnios crearon un ejército de más de cien mil hombres, una buena parte entrenados en el ejército yugoslavo, a los que se unieron milicias y bandas de delincuentes que encontraban en la guerra un buen pretexto para el pillaje. La más famosa fue la organizada por Zeljko Raznatovic, conocida como «los trigres de Arkan». Raznatovic, buscado por estafador en varios países europeos, amasó una fortuna saqueando pueblos enteros después de organizar atroces matanzas. Murió asesinado en Belgrado hace unos años. Cuando escribo estas páginas, Milosevic está siendo juzgado por el Tribunal de La Haya [murió en abril de 2006] y sobre Karadzic y Mladic pesan sendas órdenes de busca y captura cursadas por el mismo tribunal. Pero el Estado serbio sigue ofreciéndoles cobijo en algún lugar escondido del país.

La guerra desatada por los serbobosnios provocó de inmediato grandes desplazamientos de población, éxodos como no se conocían en Europa desde los días del nazismo, genocidios locales y apertura de campos de concentración. Las principales ciudades bosnias fueron cercadas por los serbios: Sarajevo, Bihac, Srebrenica, Mostar, Gorazde… Todas resistieron el sitio, en buena medida gracias a los corredores humanitarios organizados por la ONU y a costa de la pérdida de muchas vidas. Tan sólo cuando la guerra se acercaba a su fin, en julio de 1995, Srebrenica cayó en manos de los serbios. Ante la pasividad de un contingente de tropas de la ONU de nacionalidad holandesa, que asistió impasible a la carnicería, el general Mladic hizo ejecutar, la mayoría con un tiro en la nuca, a alrededor de ocho mil hombres en edad militar, esto es, los que tenían entre quince y sesenta años. Veinticinco mil musulmanes fueron obligados a abandonar la ciudad. Aquel episodio de barbarie fue uno de los detonantes que provocaron la intervención de la OTAN para detener la guerra. El impulso principal llegó de la mano del presidente norteamericano Bill Clinton, que debe ser recordado por ello, como los jóvenes voluntarios americanos que se dejaron la vida en las playas de Normandía, allá por el verano de 1944. Entretanto, la vergüenza de Holanda por Srebrenica no se borrará en mucho tiempo.

Manu y yo viajamos hasta Croacia en coche desde España. Llevábamos un Seat Toledo prestado por la firma automovilística a la revista que contrataba nuestras crónicas, el desaparecido semanario *Panorama*, y Manu lo eligió de color blanco, el mismo color que los vehículos de la ONU, y lo llenó de pegatinas de la UE, de color azul, parecidas a las de la ONU. También consiguió que el jefe de prensa de la Policía Municipal de Madrid nos prestara dos chalecos antibalas, de color azul oscuro.

Nuestra primera intención era entrar en Sarajevo. Pero al llegar a Bosnia, nos informaron de que, en esos días de mediados de noviembre de 1992, el camino estaba cortado por los serbios. Por otra parte, para viajar hasta la ciudad, era prudente acompañar a una caravana humanitaria del departamento de Naciones Unidas de Ayuda a los Refugiados (ACNUR), y estar en posesión de una acreditación de la ONU. La acreditación, por supuesto, no incluía protección ninguna, ni los responsables de la ONU asumían responsabilidades sobre la vida de los periodistas. Dejamos nuestros datos en ACNUR, después de rellenar un formulario, obtuvimos la acreditación como informadores extendida por la ONU y, en tanto se abría la carretera a la ciudad cercada, decidimos buscar otros lugares susceptibles de ofrecernos temas para nuestros reportajes.

Manu ya había estado allí, el año anterior, para informar sobre la guerra entre Croacia y Serbia, y me propuso que fuésemos a visitar Osijek y Vukovar, donde se desarrollaron entonces dos cruentas batallas. Unos kilómetros después de abandonar Zagreb, ayudados por un mapa de la antigua Yugoslavia, entrábamos en la más desolada de las autopistas. Pronto comprobamos las diferencias entre la realidad de la guerra y las líneas de la carta geográfica: las cabinas de peaje habían sido destruidas a bombazos, los restos de casquillos de obuses aparecían diseminados a todo lo largo de la carretera, hondos baches producidos por las explosiones amenazaban con tragarnos y veíamos a los lados de la pista casas con las paredes cubiertas de balazos y los muros medio derruidos. No encontrábamos rastro de señales que marcaran direcciones y kilómetros y sí una inmensa soledad en nuestro entorno. Como siempre sucede en los escenarios de la desolación y la muerte —de algún sitio tiene que haberlos copiado el cine— las urracas y los cuervos volaban sin encontrar competencia por parte de otros pájaros, seguros de sí, cual incontestados señores de los cielos. Por eso nos llamó la atención a Manu y a mí, y aún lo recuerdo con viveza, un faisán grande y bien cebado que cruzó altanero la autopista. No sólo era superviviente de una guerra, sino también, con toda probabilidad, de una cacería al ojeo.

Por allí no circulaba otro coche que el nuestro y no sabíamos bien en qué lugares la carretera estaba bajo la autoridad de los serbios o de la ONU. Cuando llevábamos recorridos una veintena de kilómetros, nos detuvo una patrulla en un control de Naciones Unidas y los soldados resultaron ser argentinos. Nos abrazaron como si fuéramos compatriotas. Charlamos un rato. «Acá tenemos de casi todo —nos dijo uno de ellos—, menos mujeres. Los tipos de acá son bien guardabosques, como decimos allá, y casi las guardan bajo llave.»

Nos habíamos perdido y buscábamos la manera de salir de allí, así que, un poco más adelante, nos desviamos de la autovía y fuimos a una población sin otros habitantes que el cuerpo de guardia de una comisaría de la policía serbia. Sin darnos cuenta, estábamos en territorio controlado por las milicias de Milosevic.

Los agentes no se mostraron precisamente amables con los forasteros y, pese a la insistencia de Manu por tomar un atajo que, según el mapa, llevaba a Osijek, los serbios nos hicieron subir a nuestro coche y nos acompañaron de vuelta a la autopista.

Manu es buen comedor y, en previsión de dificultades del camino, habíamos llenado el maletero del coche con piezas de charcutería, quesos, galletas, latas de conserva, zumos, cervezas, un par de garrafas de vino italiano y una botella de grapa. El automóvil tenía un enorme maletero y parecía que dentro llevásemos un supermercado. De cuando en cuando, nos apartábamos del asfalto, buscábamos un claro en el bosque, bajo el cielo húmedo y frío de noviembre, y nos dábamos un banquetillo de salchichón o queso regado con chianti y concluido por un brindis con un chupito de la botella de aguardiente.

—Por la cándida adolescencia —brindaba Manu.

—¡Salud y aventuras! —respondía yo.

Nadie iba a hacernos en aquellos lugares desolados un control de alcoholemia, por supuesto. Y la situación, como imaginará el lector, era un poco surrealista; podía parecerse a cualquier cosa menos al periodismo bélico.

Encontramos al fin Osijek, destruida por la guerra y vigilada por tropas de la ONU, e intentamos seguir hasta Vukovar, todavía bajo el control del ejército de Belgrado. Pero los serbios habían volado el puente de la carretera y el tiempo se nos echaba encima. Regresamos por otra vía, en dirección a Slavonski Bord, escenario de una reciente batalla. Todo cuanto rodeaba la ciudad había sido alcanzado por los bombardeos. A uno y otro lado del río Deva, las casas quemadas sembraban el paisaje sobre los campos de cultivos abandonados. Los puentes aparecían quebrados e impracticables a causa de las explosiones y había barcazas hundidas en las riberas del río. En una orilla, dominaban los serbios y, en la otra, la que nosotros recorríamos, los croatas. El mundo, por aquellas tierras de la desmoronada patria yugoslava, parecía un rompecabezas.

De regreso confundimos la carretera y entramos en una autovía que no podíamos localizar con exactitud en nuestro mapa y por la que no viajaba nadie excepto nosotros. Sucesivamente fuimos pasando controles de la ONU: el primero, de soldados nepalíes; el segundo, de jordanos; y el tercero, de tropas noruegas. En teoría, no teníamos permiso para circular por allí. Pero Manu cayó en la cuenta de que los tres controles pertenecían a estados monárquicos y, puntualmente, uno por uno, les recordó que nuestro rey, Juan Carlos I, era amigo de sus respectivos soberanos. Con rostro de sentirse tan desorientados como nosotros, los soldados de los controles alzaban el poste del parapeto y nos dejaban pasar con gentileza.

Lo que resultó más extraño de todo fue que, al alcanzar el final de la autopista, en las afueras de Zagreb, había una fila de casetas de peaje con empleados sentados en sus cabinas para controlar los tíquets y cobrar a cualquier coche que pudiera acercarse. Imagino que unos kilómetros antes, en algún pueblo cercano, existía un tramo de autopista abierto en el que no habíamos reparado. Le explicamos al operario de dónde veníamos, nos miró como quien se topa con dos chiflados, meneó la cabeza y levantó la barrera para permitirnos cruzar.

Así se nos mostró la guerra en aquella extravagante jornada: un recorrido caótico entre devastación y ruinas, en el que encontrábamos gentes igual de perdidas y perplejas que nosotros, unas amables y otras adustas, y no escuchábamos un solo disparo.

Al día siguiente tomamos de nuevo la carretera y nos fuimos a Split, en la costa del Mediterráneo, la ciudad de donde salían las caravanas humanitarias hacia Sarajevo. Teníamos que esperar allí a que los serbios abrieran el paso a la ciudad cercada para los camiones de Naciones Unidas. No había otra forma de entrar.

Como no teníamos demasiadas cosas que hacer en aquella ciudad, salvo hincharnos a copas con los periodistas extranjeros en el bar del Hotel Split, decidimos recorrer la costa de Dalmacia y luego tomar la dirección de Sarajevo hasta donde pudiésemos llegar. El límite estaba en Mostar, la capital de Bosnia-Herzegovina, que había sido cercada por los serbios, bombardeada salvajemente y ahora sobrevivía acogida a la protección de Naciones Unidas. Durante el cerco de la ciudad, el sesenta por ciento de los edificios fueron destruidos y los cementerios católico y musulmán rebosaban de tumbas recientes. Un poco más allá de Mostar, los controles militares impedían el paso a los vehículos.

Aquellos días de noviembre del 92 eran soleados y extrañamente cálidos. El Neretva, a medida que dejábamos atrás la costa, corría lozano y hondo en barrancadas profundas, con las altas orillas sombreadas de álamos y chopos de hojas doradas por el otoño. En los pequeños restaurantes del camino, casi siempre sin otra clientela que nosotros dos, encontrábamos gambas asadas, mejillones cocidos y recio vino de Dalmacia. Ignoro la razón por la que permanecían abiertos, supongo que, para los propietarios, era una forma de recrear la normalidad de la vida.

La imagen que tengo presente con mayor nitidez en mi memoria es la tristeza de los campos devastados por la guerra mientras marchábamos en nuestro coche por las carreteras vacías: las manzanas pudriéndose en los árboles, las cosechas perdidas, las casas quemadas y montañas como sombras de dinosaurios muertos. «La tierra parece la piel de un animal enfermo», leo ahora en mi cuaderno de notas de aquel viaje.

En Mostar los artilleros serbios habían bombardeado los puentes que servían de comunicación entre las comunidades bosniocroata y bosniomusulmana, instaladas cada una de ellas en un lado del Neretva. Lograron volarlos todos menos uno, el más hermoso, el Stari Most, que significa «puente viejo». Era peatonal y fue construido en una forma que se denomina en arquitectura de «lomo de mula», esto es: con una línea parecida a una uve invertida, como si imitara el espinazo cheposo de una acémila, y con tan sólo dos pilares en los extremos. El puente tenía treinta metros de largo, cuatro de ancho y veintiocho de luz (la distancia abierta entre los dos pilares de sujeción del puente). Se elevaba veinte metros de altura por encima de las aguas del río. En sus extremos había dos torres: la torre Halebija, en el lado derecho del Neretva, y la Tara, en el izquierdo.

El Stari Most, a lo largo de las centurias, se había constituido como un verdadero símbolo de tolerancia social y de convivencia entre las culturas y religiones. Existía una hermosa leyenda sobre su construcción: según los antiguos relatos, el sultán otomano Solimán I, apodado el Magnífico, ordenó a mediados del siglo XVI levantarlo con piedra caliza de la región del Neretva y encargó su construcción a un reputado arquitecto bosniomusulmán que se llamaba Mimar Hajruddin, discípulo del gran arquitecto turco Sinan. Era una obra difícil que requería cálculos muy ajustados. Hajruddin se aplicó a la tarea y, cuatro años más tarde, el puente estaba listo. Pero al retirar las vigas de sujeción, la construcción no pudo resistir y se derrumbó. Irritado, Solimán ordenó al arquitecto que levantara uno nuevo. Y estableció una terrible condición para el infeliz Hajruddin: si el puente volvía a caerse, el arquitecto perdería la cabeza.

Pasados otros cinco años, en 1556, la obra estaba de nuevo concluida. El día que finalizaron los trabajos, antes de que se retirasen las sujeciones y las vigas, Hajruddin se dirigió a su casa, tomó un pico y una pala y comenzó a cavar su tumba en el jardín. No llegó a terminar el hoyo: jubilosos, sus amigos corrieron a avisarle de que el puente se mantenía en pie. Y Solimán le premió con grandes riquezas.

En los siglos siguientes, el Stari Most resistió temblores de tierra y dos guerras europeas. Tal era su resistencia que, incluso, resistió el paso de los blindados ligeros de los nazis, que lo cruzaron al invadir Yugoslavia, camino de la costa.

Durante casi quinientos años sirvió de vía de comunicación y de comercio entre las dos comunidades principales de la ciudad. Era la enseña de la armonía en la diversidad de Bosnia-Herzegovina, como lo era en Sarajevo la cercanía entre la catedral católica, la gran mezquita, la sinagoga y el templo principal ortodoxo, alzados todos ellos en la zona vieja de la ciudad. Quizás el Stari Most sirvió de inspiración para *Un puente sobre el Drina*, la gran novela del escritor serbiobosnio Ivo Andric, premio Nobel de Literatura en 1961.

Manu y yo lo cruzamos emocionados en una y otra dirección cuando llegamos a Mostar. Había que pasar un control del ejército musulmán en el lado oriental y luego te abrías camino, a duras penas, entre los transeúntes que marchaban en uno u otro sentido cargados de bultos, muchos haciendo rodar a su lado la bicicleta, incluso tirando de las riendas de algún borrico con los lomos cargados de sacos y entre tenderetes que vendían junto a los pretiles toda suerte de útiles, desde cerillas hasta pastillas de jabón. Subías un tramo levemente empinado y después descendías por una pequeña cuesta abajo hasta la salida del puente. Allí el control correspondía al ejército bosniocroata.

Por milagro, el Stari Most no fue alcanzado por las bombas serbias, salvo una de las torres. En su lado oriental, el viejo barrio turco, con sus mezquitas y sus cafetines, quedó arrasado casi por completo. En el occidental, donde vivían la mayoría de los croatas, apenas permanecieron unos pocos edificios en pie e incluso el cementerio quedó convertido en un campo destrozado por los obuses.

Pero cuando el asedio serbio cesó, estalló una nueva guerra, esta vez entre los croatas y los musulmanes de Bosnia. Y un general croata ordenó, en noviembre de 1993, la voladura del Stari Most. Recuerdo que sentí una suerte de vacío en el alma cuando la noticia llegó a España. Manu y yo nos reunimos en Madrid y nos bebimos juntos una triste botella de champán.

En julio de 2004, financiado por la Unión Europea, se inauguraba un puente exactamente igual al Stari Most, alzado con las mismas técnicas que utilizó Hajruddin e, incluso, con piedras de la primitiva construcción rescatadas por buceadores del fondo del Neretva. La noche de su inauguración coincidió con la ampliación de la UE a veinticinco países. Hubo fiesta en Mostar, con música y fuegos artificiales. Renacía la esperanza en la convivencia, aunque ahora es una convivencia que mantienen los fusiles de un contingente militar internacional en misión de paz. Me pregunto si alguna vez el nuevo puente volverá a ser lo mismo que el viejo Stari Most. Y también, cuántos siglos durará sin que la intransigencia lo dinamite.

Manu había leído un reportaje en algún periódico sobre un informador español que, llegado a Bosnia como corresponsal de guerra, dejó la pluma, tomó un fusil de asalto y fundó una brigada de mercenarios internacionales, de ideología de extrema derecha, al servicio de Croacia. Se llamaba Eduardo Flores y trabajaba para *La Vanguardia* de Barcelona. Al parecer, tenía su cuartel general en algún lugar del lado occidental del Neretva, cerca de Mostar. Manu quería entrevistarle y decidimos que iríamos en nuestro coche, por si acaso los cuarteles mercenarios quedaban lejos de la ciudad. En aquellos días, no existían transportes para los civiles y tan sólo transitaban por Bosnia vehículos militares o de Naciones Unidas y, ocasionalmente, coches de periodistas, como era nuestro caso. Mucha gente hacía autoestop en las carreteras de Bosnia y lo conveniente, como siempre en una situación de guerra, era ignorar sus señales.

El único paso de un lado a otro de Mostar era el viejo puente, en el que estaba prohibida la circulación de vehículos a motor, y nos veíamos obligados a salir de la ciudad, dirigirnos unos kilómetros al norte y cruzar por el puente de la presa hidroeléctrica, para regresar luego al sector croata de Mostar por la ribera occidental del río. En esa zona eran frecuentes los bombardeos de mortero del ejército serbio, protegido tras las escarpadas montañas que se alzaban en el lado oriental de la carretera.

A poco de salir de Mostar, en el primer control militar de los musulmanes, vimos a la izquierda un puente del que no nos habían hablado. Estaba intacto y en condiciones para cruzarlo en coche. Mientras un soldado revisaba nuestras acreditaciones de la ONU, pregunté a otro, por señas, si podía cruzarse por allí. Se rió y afirmó con la cabeza. Luego dijo algo en serbocroata a sus compañeros y todos rieron: «Sí, sí, pueden cruzar», respondió uno de ellos en inglés. Pensé que se burlaban de mis temores. «Bueno, ¿cruzamos por aquí?», le dije a Manu cuando nos devolvieron las acreditaciones. Manu miró los montañones que había a nuestra derecha. «Mejor seguimos la hidroeléctrica», me contestó. «Han dicho que se puede pasar», insistí. «Esas risas me dan mala espina», respondió. Preferí fiarme de su experiencia de largos años como corresponsal de guerra, una experiencia que yo apenas poseía.

La cordillera de nuestra derecha se alejaba algo más de la carretera y no había controles militares en los alrededores. Cruzamos el puente de la presa hidroeléctrica, algo dañado por las bombas. Y enfilamos de nuevo en dirección a Mostar por una carretera repleta de baches y adornada por numerosas vainas vacías de obuses manchadas de pólvora quemada. Cuando llevábamos unos cien metros recorridos oímos dos silbidos de granadas. Y al instante se produjeron dos explosiones cerca del puente, en las proximidades del lugar por donde habíamos cruzado. El camino retumbó y vi la polvareda que se levantaba a través del espejo retrovisor. «Morteros», dijo Manu. Recordé que, en el puente anterior, las montañas estaban más cerca de la carretera y, tal vez, también las plataformas de tiro serbias. El olor de la pólvora llegó hasta nosotros. «Ya tienes título para tu crónica, de esos literarios que te gustan a ti», me comentó Manu. «¿Cuál?», pregunté. «El perfume de la guerra», concluyó.

Entrando en los arrabales de Mostar, nos cerró el paso la barrera de un control militar croata. Un suboficial tomó nuestras acreditaciones y nos preguntó en inglés, con gesto de extrañeza, de dónde veníamos. Cuando se lo explicamos, se encogió de hombros y miró a sus hombres con aire conmiserativo. Luego, nos indicó el camino hacia el cuartel general croata.

Había una oficina de prensa y una funcionaria joven, rubia y muy hermosa que hablaba un perfecto inglés y se llamaba María. Le manifestamos nuestras intenciones de localizar al periodista-mercenario español y la chica nos respondió que debía consultar con el general. Nos ofreció un café mientras esperábamos, salió del despacho y, media hora más tarde, regresó acompañada de un soldado.

—El general les concede el permiso. Pero irán en uno de nuestros coches y yo les acompañaré. Milan —señaló al soldado— es nuestro chófer. Su compatriota está en el cuartel del contingente internacional, en el aeropuerto.

Subimos a un viejo Volkswagen «escarabajo», pintado de verde, que tenía los asientos rajados y una ventanilla atascada. María iba delante, junto al chófer, y Manu y yo detrás. María vestía una falda corta y ajustada y una chaqueta que le llegaba a la cintura. Al sentarse, la falda le dejaba al aire la mitad de los muslos. Tenía unas bonitas piernas y un pecho prominente.

Cruzamos diez minutos más tarde la verja del aeropuerto y Milan detuvo el coche ante un edificio largo, de una sola planta, hecho con materiales prefabricados y pintado de color siena. En la puerta había media docena de hombres armados con fusiles kalashnikov, ametralladoras ligeras y pertrechados con bandoleras repletas de balas de gran calibre. Vestían uniformes variopintos, algunos llevaban sombreros y otros pañuelos anudados a la cabeza; unos pocos tenían pendientes en las orejas y la mayoría barba crecida.

María nos indicó que nos quedásemos dentro del coche, descendió y se dirigió a los hombres armados. Intercambiaron algunas frases en serbocroata. Luego, mientras un soldado entraba en el edificio a informar a sus superiores de nuestra presencia, algunos de los otros empezaron señalar a María y al coche y a reír. Uno comenzó a dar vueltas alrededor de la muchacha, contemplando el bulto que formaban sus pechos, estudiando sus nalgas y silbando mientras admiraba sus piernas. María alzaba la voz, casi le gritaba al soldado. Uno de los hombres, distraídamente, mirando hacia la pista donde estaban los aviones, levantó su fusil y apuntó hacia allí. Luego lo movió y lo paseó por el rostro de María y por nuestro coche. Otro soldado se acercó hasta la puerta abierta del Wolkswagen y nos miró fijamente a los ojos, mientras masticaba chicle. En la solapa lucía un pin plateado que representaba una calavera humana.

Salió el mercenario que había entrado al galpón minutos antes. Hablaba con María y movía una y otra vez la cabeza hacia los lados. La negativa era terminante: Flores no iba a recibirnos.

—No sé qué pensarás —le dije a Manu—, pero yo creo que deberíamos irnos cuanto antes.

—Pues me parece que es lo más oportuno.

Asomé la cabeza y llamé a María. Estaba pálida cuando giró el rostro hacia mí. Movía nerviosamente los labios. Le dije que nos fuésemos.

María subió al coche, cerró y Milan arrancó. Los soldados reían sin cesar y el del fusil volvía a apuntarnos, simulando que nos ametrallaba. Por un momento, pensé que estaba dispuesto a hacerlo de verdad.

María desató su furia mientras nos alejábamos. Gritaba contra los *bloody* mercenarios y afirmaba que el Estado Mayor croata tomaría medidas disciplinarias muy duras cuando lo supiera. Al llegar al cuartel general, nos pidió disculpas. Nosotros le dimos las gracias y regresamos a nuestro coche.

Supusimos que el mercenario español nos había visto y que deseaba cualquier cosa menos publicidad en su país de origen. Según he podido saber recientemente, Eduardo Flores ostenta ahora mismo el grado de general en el ejército de Croacia y vive como un héroe, rodeado de honores, en Zagreb, capital del país. Por lo visto ha cambiado de nombre.

Volvíamos hacia la costa para tomar de nuevo el camino de Split. La tarde caía con lentitud y, en ocasiones, gentes civiles, e incluso soldados, nos hacían autoestop. Pero no deteníamos el coche.

No obstante, a la entrada de un pequeño pueblo, vimos a un hombre que marchaba encorvado bajo el peso de un enorme saco, vestido con uniforme de camuflaje. Oyó el ruido del automóvil y se giró. Nos miró con gesto suplicante cuando cruzamos a su lado y alargó el pulgar de una de sus manos para pedir que le recogiésemos. Seguí rodando unos cien metros antes de decidirme a detener el coche.

—Creo que lo subimos —dije a Manu.

—Eso estaba pensando.

Bajamos y le ayudamos a meter el saco en el asiento trasero. Llevaba dentro patatas, quizás unos cincuenta kilos. Era un hombre entrado en años, de rostro ajado y cabellos despeinados y mugrientos. Se sentó junto a sus patatas sin cesar de darnos las gracias en serbocroata.

Arranqué. Y de pronto, el coche fue invadido por el olor más nauseabundo que yo había percibido en muchos años. No sé describirlo: algo entre cochiquera, palomar y carne podrida. El hombre seguía dando las gracias y Manu y yo, sin decirnos palabra, abrimos por completo nuestras ventanillas, a pesar del frío húmedo que llegaba desde el Neretva.

Veinte minutos después dejábamos al hombre en Ploje, el primer pueblo de la costa dálmata. Cuando se alejó, bajamos también las ventanillas traseras del coche, nos abrigamos y seguimos viaje. Aquel olor tardó en desaparecer de nuestro automóvil casi tres días.

—Los bosnios han tenido siempre fama de sucios —dijo Manu.

—Ya tengo título literario para mi crónica —le dije.

—¿Cuál? —preguntó.

—El perfume de la guerra —le respondí.

Tardaron unos días en confirmarnos que se abría el paso a Sarajevo y que podíamos seguir a una caravana de ayuda humanitaria de la ONU. Pero el tiempo se le echaba encima a Manu, que debía de ir a Estados Unidos para informar sobre las elecciones norteamericanas, las primeras que ganó Bill Clinton. Tomó un avión en Zagreb hasta Zurich y, desde allí, otro rumbo a Washington.

Por mi parte, logré ir a Sarajevo con el coche. Es una historia que ya he narrado antes en dos libros: en el reportaje *Bienvenidos al infierno* y en la novela *La noche detenida*.

Sin embargo, en pocas palabras, puedo decir que, mientras corría en los cruces expuestos a los francotiradores y cuando me refugiaba de los bombardeos de los morteros, sentí el tremendo significado del miedo a morir. También, al hablar con las gentes de la ciudad cercada, comprendí que una guerra no sólo mata los cuerpos, sino que también destroza cuanto hemos construido como territorio civilizado: las escuelas, las plazas del mercado, las oficinas donde nos ganamos el salario, la convivencia con los que son diferentes a nosotros, la confianza en el vecino, la seguridad del amor, las sesiones de teatro y los conciertos de música, los tranvías o autobuses en los que viajamos a diario a nuestro puesto de trabajo, el quiosco de periódicos, la monotonía feliz del existir..., todo eso se rompe, y cuanto sobrevive se pervierte sin remedio. La guerra mata también el alma.

Aprendí sobre todo que en la guerra no hay vencedores y que los contendientes siempre son derrotados: muchos de los vencidos pierden la vida y otros la libertad; los vencedores pierden siempre la honra.

Pero sobre todo aprendí algo hermoso: que a pesar de la destrucción, el pavor, el dolor y la tristeza, los seres humanos intentan siempre salvar un espacio propio, por pequeño que sea, en el que conservar viva y palpitante su dignidad.

De todo cuanto he aprendido a lo largo de mi existencia, eso es lo único que me hace mantener la fe en la especie humana.

Olvidaba, por cierto, añadir una anécdota como cierre de aquel viaje a Bosnia: pasé casi una semana en Sarajevo, a menudo corriendo en los cruces de calles para evitar las balas de los francotiradores serbios y soportando el peso y la incomodidad del chaleco antibalas traído de Madrid. Cuando regresé a España, entregué la prenda protectora a la Policía Municipal y, unas semanas después, recibí una llamada de un funcionario en la que me informaba que al chaleco le faltaban algunas de las placas de acero, al parecer las más resistentes y pesadas.

Llamé a Manu, que había regresado ya de Estados Unidos y que era quien había gestionado el préstamo de los chalecos.

—Bueno, verás —me dijo con cierta timidez en la voz—, están en casa. Yo las devolveré, no te preocupes.

—Pero ¿qué hacen en tu casa?

—Bueno, ¿no viste cómo pesaban? Pues imagínate lo que hubiera sido si no aligero un poco los chalecos.

Así que yo había corrido por las calles de Sarajevo con un peso muerto encima que apenas me permitía ganar velocidad y que, además, no me protegía al cien por cien de los balazos.

Y a partir de aquí, ya no volverá a hablarse de periodismo de guerra en estas páginas.

7
Con la mochila al hombro

> La aventura, la gran aventura, es contemplar cómo aparece una cosa desconocida cada día delante de tus ojos.
>
> HENRI CARTIER-BRESSON

Mi primer viaje al universo comunista, como ya he contado, se produjo en 1981, con la visita a Moscú y a varias ciudades de Uzbekistán, cuando esta región, hoy en día país independiente, formaba parte, como república asociada, de la antigua URSS. Entre 1989 y 1990, viajé en varias ocasiones como *free lance* a los países del Este, justo cuando el comunismo se desmoronaba. Y el paisaje que encontré en esta ocasión había cambiado de manera muy profunda con respecto al de la URSS del año 1981.

En diciembre de 1989 me desplacé a Polonia y, un mes más tarde, a Bulgaria, para escribir dos reportajes de un serie que se publicaba en el diario *El País* sobre la crisis de los regímenes socialistas. Poco después, en febrero de 1990, a bordo de una furgoneta y por encargo del programa *En portada*, recorrí durante dos meses seis países de la Europa comunista: Alemania Oriental, Hungría, Checoslovaquia, Rumania y, de nuevo, Polonia y Bulgaria. Formábamos el equipo Manu Leguineche y yo como reporteros, y José Luis Márquez y Álvaro Benavent, en funciones de cámara y ayudante de sonido. No existieron tiranteces entre nosotros, salvo las que en ocasiones generaban las partidas de mus que jugábamos en los lugares más insólitos.

Y en fin, también en 1990, enviado de nuevo por el programa de televisión *En portada*, fui testigo de la cumbre que celebraron en la isla de Malta George Bush padre y Mijaíl Gorbachov, un encuentro que supuso la rendición incondicional del comunismo. Allí terminó, de golpe, la llamada Guerra Fría, que durante décadas había mantenido al mundo en un equilibrio crítico, pero equilibrio al fin y al cabo. Durante aquella trascendente reunión, azotó la isla un temporal que parecía presagiar el fin del mundo, con olas que saltaban las viejas murallas de la ciudad y lluvias que impedían el tráfico rodado y convertían las calles en auténticas piscinas. Era como si la naturaleza quisiera hacer un guiño a la Historia, alzar el decorado de un fin de fiesta convertido en hecatombe.

En cierta manera, el mundo no se ha recuperado aún de aquel súbito revolcón histórico, del profundo cambio de civilización que se produjo con el hundimiento del imperio rojo. Alguien recordó por entonces que, mientras el Imperio romano había tardado varios siglos en diluirse, el comunista se desintegró en cosa de pocos meses. Por mi parte, pienso que ni siquiera Estados Unidos entendió muy bien entonces lo que estaba sucediendo y que, en cierta forma, no lo ha entendido todavía. Se convirtió de súbito en el amo incontestado del planeta. Y al poco, decidió comenzar a ejercer como tal. Pero cuando eso sucedió, una buena parte del mundo le volvió la espalda y le forzó a albergar nuevas dudas sobre sí mismo, en lugares como Irak y Venezuela, por poner un par de ejemplos tan distintos entre sí.

Yo recuerdo que, en aquellos días de crisis de civilización, muchas de las gentes de Europa del Este estaban seguras de que, casi al día siguiente de la caída del comunismo, iban a convertirse en seres libres, ricos y felices. Desde varios años antes, gracias a nuevas y más potentes antenas, los europeos orientales podían ver las televisiones de Alemania y de Austria y, en los anuncios, los programas y las series de ficción, contemplaban ingentes cantidades de productos de los que ellos carecían, muchachas y muchachos guapos y alegres a toda hora, automóviles formidables, comida en abundancia y baile, juerga, risas, jovialidad, desenfado, ausencia de colas ante las tiendas, pantalones vaqueros, sobre todo muchísimos pantalones vaqueros, dinero a raudales, ausencia de policía en las calles, carencia de frío y de calor, un Estado invisible y líderes políticos que estrechaban las manos de los ciudadanos y se presentaban nerviosos a elecciones libres en las que podían ser derrotados. Creo que la televisión fue el instrumento esencial, quizás sin que los líderes de Occidente lo supieran muy bien, con el que el capitalismo derrotó al régimen soviético y sus satélites.

Durante los meses en que fue disolviéndose el orbe comunista, la corrupción afloró en cada rincón de la vida. Lo que permanecía oculto asomó a la luz, ante la sorpresa de las grandes mayorías: porque eran muchos los hombres y mujeres que, en los países del Este europeo, todavía pensaban que estaban librando una noble batalla contra la injusticia en el mundo. Su empeño era digno, desde luego: en su ideario y en sus orígenes, en la utopía y en el coraje con que lo impregnaron sus primeros pensadores. Pero el idealismo primitivo tenía las manos manchadas desde mucho tiempo atrás: primero, de sangre, a causa de los crímenes de Lenin y Stalin; y posteriormente, de mugre, por la corrupción de la mayoría de los dirigentes de las zonas de influencia de la Unión Soviética.

De súbito, sin que casi nadie pudiese preverlo, a finales de 1989 las campanas del comunismo empezaron a tocar a muerto. El artífice principal fue, sin duda, Mijaíl Gorbachov. Meses antes del desplome total del universo socialista, yo había leído una curiosa pintada en una calle de Berlín Oriental que decía: «Gorbi et Orbe».

En aquel viaje de 1990 por los territorios de Europa del Este, junto con Leguineche, Márquez y Benavent, nadie nos controlaba en un mundo en descomposición, donde la policía parecía no existir y todo podía comprarse en dólares. Durante dos meses, nos movimos a nuestro antojo, entrando y saliendo de las ciudades y de los países con una facilidad extrema. Y la gente se acercaba a nosotros con cierta ingenuidad para ofrecernos el relato de su vida y de sus esperanzas. Fue un viaje duro, tierno, plagado de situaciones absurdas, dramáticas y, en ocasiones, incluso divertidas; un viaje de los que te muestran un puñado de cosas sobre la existencia de los otros y también algo sobre la tuya propia.

En el museo de Budapest dedicado a Lukács, uno de los grandes teóricos del socialismo, los empleados vendían bajo cuerda, pagando en dólares o marcos, libros con anotaciones de puño y letra del escritor. En el mercado de Varsovia del lado oriental del Vístula, los productos que se ofrecían eran en su mayor parte de contrabando: desde el caviar ruso, que podía adquirirse al equivalente a sesenta euros el kilo, hasta televisores de marcas occidentales ofrecidos a precios, en este caso, desorbitados. En Praga, se conseguían vajillas y cristalerías de Bohemia con copas fileteadas de oro y el escudo grabado del partido comunista, las mismas que usaban en sus reuniones los miembros de la Nomenklatura checa. En Bulgaria, una chica me compró en un bar, por treinta dólares, una chaqueta de tela vaquera que me había costado el equivalente a diez dólares en unas rebajas en Amsterdam. En Bucarest, los proxenetas ofrecían niñas menores de edad por veinte dólares. En todos los países, sin excepción, imperaba el mercado negro de divisas. Pero la moneda local apenas servía para otra cosa que comer y tomar copas.

Dieciocho kilómetros al norte de Berlín Oriental, un domingo abrieron al público el espacio que servía de residencia vacacional a los dirigentes del régimen, el parque de Wandlitz. Acababa de caer el muro y la gente acudió en gran número a ver el lugar prohibido. Era una inmensa extensión de bosque de coníferas, puede que más de quinientas hectáreas, cerrada por altas murallas y grandes portones de hierro. En muchos árboles se habían instalado cámaras de vigilancia y abundaban las garitas de guardia, que ahora estaban vacías. Había numerosos palacetes desperdigados entre la arboleda, cada uno con un número en la puerta, asignados a los principales jerarcas del régimen, y un gran pabellón común rodeado de garajes en el que se veían algunos lujosos automóviles de marcas occidentales. El complejo contaba también con piscina climatizada, una piscifactoría de truchas, pabellones de tiro de pichón y viviendas para el servicio. Todo aquel escenario recordaba, por supuesto que con mucho peor gusto arquitectónico, las fastuosas residencias de los reyes y aristócratas de Europa Occidental previa a la Revolución francesa.

Recuerdo, más aún que el escenario, las miradas de la gentes que entraban en el recinto y visitaban las mansiones de la *nomenklatura* comunista. Eran miradas devastadas, teñidas de asombro y mojadas por la humedad de un llanto que intentaban controlar. Probablemente pensaban en sus años gastados en el esfuerzo vano, rodeados de escasez, como parias de la Tierra, sufriendo penalidades en nombre de una revolución social que iba a traer la justicia y la igualdad al mundo. Y ahora comprobaban que todo sucedió al revés de cuanto les habían dicho durante décadas de propaganda. Porque si existía un lugar en el planeta, en ese instante, que retratase la injusticia, la tiranía y la hipocresía política, era sin duda aquel parque de las afueras de Berlín Este. Aquellas gentes perplejas y doloridas reconocían, de golpe, que habían quemado su vida a la sombra de una inmensa farsa.

Visitamos la pequeña casa, ya cerrada, donde había nacido Elias Canetti, en Ruse, el último pueblo búlgaro antes de cruzar a Rumania por el puente sobre el Danubio. El río, ancho y translúcido, amansado y enfermo de polución, marcaba la línea fronteriza. A esas alturas, no quedaba ya ni gota de vida en sus aguas. También recorrimos las tristes calles del gueto de Praga, donde vivió Franz Kafka, y tomamos vino en el café donde solía sentarse Rilke, no muy lejos del puente Carlos, cuando vivía en la ciudad.

Además, aquel viaje en equipo resultó muy sabroso en otro tipo de experiencias. En el mercado Praga, de Varsovia, compramos unos cuantos kilos de caviar ruso de contrabando y vodka polaco; en Budapest, un buen puñado de latas de excelente foie húngaro, tan sabroso como el francés pero diez veces más barato si se pagaba con marcos o dólares. También llenamos la furgoneta de chacinas polacas.

Una tarde, viajando a Bucarest desde Timisoara, lucía el sol rabiosamente y, a nuesta derecha, corrían las cordilleras nevadas de los Cárpatos. Decidimos internarnos en las montañas para filmar uno de los refugios secretos del dictador Ceausescu, fusilado unos meses antes por los rebeldes rumanos tras la caída del poder comunista. Nadie transitaba por aquellas carreteras y, en ocasiones, los ciervos cruzaban en manada, asustados, delante de nuestro vehículo. Recuerdo también que trotaban por allí unas liebres enormes, casi del tamaño de los galgos, y faisanes y perdices silvestres.

Era un lugar remoto, solitario, iluminado por un acerado sol de invierno. Al doblar una curva de la carretera, vimos una especie de merendero: un calvero entre los espesos bosques de coníferas, con varias mesas y bancos fabricados con troncos de pinos. El suelo cubierto de nieve reverberaba en una luz argentina.

Detuvimos el coche, limpiamos una mesa y sus asientos. Clavamos en la nieve una botella de vodka y un par de latas de caviar. Y echamos una partida de mus inolvidable, Manu y yo contra Benavent y Márquez. Ganamos nosotros y ellos pagaron la cena, unas horas después, en el refugio de montaña donde encontramos cama. No quedó una gota de vodka en la botella ni un grano de caviar en las dos latas.

Nunca la gula ha estado reñida con el periodismo. Como sucede con la lujuria y la pereza, es un pecado capital que debe ser conservado con sumo esmero.

Los viajes en los que el redactor debe ir acompañado de un fotógrafo eran tiempo atrás muy frecuentes en la prensa escrita. En general, cuando el fotógrafo y el redactor que iban a realizar juntos un trabajo para un medio informativo eran personas que amaban y conocían su oficio, la relación que se establecía no resultaba casi nunca complicada. Si uno piensa en imágenes y el otro en escritura, no existe competencia posible entre ambos, no hay intereses cruzados, en suma. El buen profesional de la fotografía, en mi opinión, es aquel que sabe contar una historia en cada imagen, mientras que quien escribe un texto reúne, más o menos, escenas dispares que configuran a la postre un relato. El reportero gráfico y el redactor iban juntos a muchos viajes, pero en realidad estaban casi todo el tiempo separados. Su trabajo final era el resultado de dos miradas que no tenían por qué complementarse siempre, sino incluso ofrecer perspectivas e intenciones muy distintas. Su gran valor residía precisamente en ese punto: en la riqueza de las diferencias.

Tengo grandes amigos entre los magníficos fotógrafos de prensa con los que viajé para hacer reportajes a lo largo de mi vida. Pero naturalmente siempre hay tipos, como en todos los oficios, que por decirlo de una manera suave, resultan difíciles de tratar.

En aquella época del derrumbe del comunismo, como ya he dicho antes, la revista dominical del diario *El País* me encargó un reportaje sobre Polonia y otro sobre Bulgaria. Ya antes de salir de España, me advirtieron que el fotógrafo con el que iba a viajar era un excelente profesional de la imagen, pero que tenía un carácter algo extraño. No obstante, durante los primeros días, y aunque noté que se trataba de un hombre tendente a la histeria, misántropo y un tanto obsesivo, la relación entre los dos no fue mala. Omitiré su nombre, pero ofreceré unos pocos datos: soltero, de edad superior a la mía y muy pequeño de estatura, lo que más llamaba la atención en su aspecto era la mirada que escapaba de sus ojos negros, a toda hora vivaces, excitados y temerosos.

Había nacido en Cataluña y trabajado una buena parte de su vida en Madrid. Se quejaba de que los madrileños llamábamos «polacos» a los catalanes. Yo nunca había oído emplear ese apodo y no lo volví a oír hasta un par de años después, cuando Vázquez Montalbán publicó un libro cuyo título recordaba el asunto. La verdad es que nunca he conocido a un madrileño que llame polacos a los catalanes. Y eso que tengo más de sesenta años, de los cuales he pasado cincuenta y tantos en Madrid.

No sucedió nada grave durante el viaje, al menos nada que me empujara a perder la templanza con mi compañero de trabajo. Bromeé un par de veces con él a propósito de lo de los «polacos», pero no le hizo ninguna gracia y me respondió con gruñidos. De modo que me impuse la disciplina de no gastar ninguna otra broma a aquel hombre tan torvo y ceñudo, cuyo carácter me recordaba antes al de un cerrado campesino de las honduras castellanas que al de mis vitalistas amigos de Barcelona.

Un mes más tarde, en diciembre, volvimos a reunirnos en el aeropuerto de Barajas para volar a Zurich y, desde allí, a Bulgaria, donde estaríamos nueve o diez días. Le noté muy alterado, algo fuera de sí. Mientras esperábamos a que la megafonía nos convocara para subir al avión, me dijo:

—No deberíamos ir. Este viaje va a salir mal, algo va a pasar.

—No tiene por qué suceder nada malo, hombre.

—Te digo que sí y deberíamos ahora mismo volvernos al periódico y explicarle al redactor jefe que hemos tenido un mal presentimiento.

—Hazlo tú si quieres: perteneces a la plantilla. Si lo hago yo, no vuelven a contratarme. Además, nunca dejo que me dominen los presentimientos cuando estoy en la sala de espera de un aeropuerto.

Se calló y, a regañadientes, subió al avión conmigo.

Comenzó el vuelo y mi compañero mantenía una actitud mustia y callada, con la mirada baja, supongo que con la mente lacerada por pavorosas imágenes de aviones incendiados en el aire, mientras yo leía un libro. Después de la escala de Zurich, tomamos un aparato más viejo y atestado de gente. A mitad del vuelo, hubo unas ligeras turbulencias. Entonces, volvió el rostro hacia mí. Le vi muy pálido.

—Nos vamos a caer —dijo.

—No seas cenizo, los aviones se mueven cuando hay turbulencias.

—No sé cómo puedes estar tan tranquilo con tu libro. Nos vamos a matar, ya te dije que esto no saldría bien.

—Cállate de una vez y déjame leer.

Guardó silencio y mantuvo su gesto adusto hasta que aterrizamos en Sofía. Ni siquiera sonrió cuando abandonamos el aeroplano, con nuestras vidas ya a salvo.

En la sala de recogida de equipajes, se apretujaban los pasajeros de varios vuelos interiores, y el aeropuerto era un caos. No dábamos con la cinta que habría de traer nuestras maletas.

—Seguro que las han perdido —afirmó rotundo.

—Tranquilízate, hombre, tranquilízate.

Insistió unas cuantas veces en el mismo pronóstico hasta que, al fin, en una de las cintas de transporte de equipajes, vi asomar el mío. Se lo señalé.

—Ahí está mi maleta.

—Pues seguro que la mía se ha perdido.

—No te preocupes, tengo calcetines de sobra para los dos.

Unos segundos después, su maleta asomaba en la misma cinta.

—¿Lo ves, hombre?

Movió la cabeza:

—Seguro que me la han abierto y me han robado —concluyó.

A medida que transcurrían los días, mi compañero iba de mal en peor. Aquella alma torturada que viajaba conmigo sufría de un hondo desconsuelo, todo le fastidiaba, cualquier cosa que sucediera era signo de que nuestro reportaje saldría del revés. Se quejaba de los más nimios asuntos, constantemente, sin darse tregua alguna: de la comida, de la mala luz del sol para fotografiar, de la fealdad de Sofía, del frío y, también, de que yo no le ayudaba lo suficiente en su trabajo. Vivía obsesionado y en permanente estado de hipocondría. Mis nervios comenzaron a resentirse con la presencia de aquella especie de pesadilla con piernas que marchaba a mi lado a toda hora. No me dejaba un solo minuto salvo las horas que se encerraba en su habitación.

Cuando faltaban dos días para nuestro regreso, cayó sobre Sofía una nevada de tal magnitud que obligó a las autoridades a cerrar el aeropuerto. Continuó nevando sin descanso el día siguiente. En menos de una semana comenzaban las Navidades y yo no estaba dispuesto a pasar la Nochebuena en un restaurante de la ciudad con semejante compañero sentado enfrente.

—Me iré como sea: por carretera, en un tren..., ya veré la forma —le dije.

—Si vamos por carretera, seguro que tendremos un grave accidente. Habrá mucho hielo.

—No te he dicho que fuera a llevarte conmigo —corté.

El hotel en el que nos alojábamos, el Sheraton, era el más lujoso de Sofía. Estaba lleno a rebosar. Su clientela, fundamentalmente, eran hombres de negocios de Europa Occidental. Se dedicaban a un quehacer que llamaban *general trade* y que consistía, simplemente, en realizar tareas de intermediarios para el capitalismo que renacía en toda Europa del Este. Era muy sencillo: avalados por un banco de su propio país, firmaban contratos con autoridades locales, sobornando a funcionarios y ministros, y montaban industrias, aportando mano de obra especializada si era preciso; y si la industria prometía, se hacían socios de ella. Dedicados a ese *general trade* que movilizaba por los territorios de Europa Oriental a centenares de caraduras de Occidente, encontré unos cuantos españoles, alojados en el mismo hotel que nosotros.

Cabe añadir un matiz: del otro lado, del búlgaro, los que negociaban contratos y cobraban comisiones no eran otros que los antiguos funcionarios comunistas del régimen derribado, que habían abrazado el capitalismo con una fe inquebrantable. Los regímenes políticos se transforman, a veces con lentitud y en ocasiones de golpe; pero la moral de la especie humana no cambia casi nada.

Algunas noches, en el bar del Hotel Sheraton, donde servía una preciosa camarera que se llamaba Stella y que atraía a muchos más clientes que las botellas de whisky, me reunía con los españoles del *general trade*, mientras el neurótico se refugiaba en su cuarto.

El día que cerraron el aeropuerto, un extremeño muy simpático nos informó a los demás de que había en la ciudad una compañía de taxis con grandes coches Mercedes-Benz que podrían llevarnos, en grupos de tres, hasta Belgrado, donde el aeropuerto estaba abierto. De allí podríamos tomar un vuelo a Zurich y, luego, otro a Madrid. El precio que nos cobraban los taxistas eran cien dólares por persona. Los contratamos.

—He reservado un sitio para ti —le dije al fotógrafo.

—Pues me parece un precio excesivo.

—Lo pagará el periódico, hombre…

—Habrá mucha nieve. Y hielo en la carretera, seguro.

—Son buenos coches.

—¿Y por qué, mejor, no vamos a Atenas?

Comenzaba a enfurecerme.

—Está mucho más lejos y encontrarás más hielo y más nieve —le dije—. Y además, no sé qué vuelos van de Atenas a España en estos días. De Belgrado a Zurich, y de Zurich a Madrid, hay todos los que quieras.

—Pero los griegos son más como nosotros.

—Mira, me tienes hasta los... Vete a Atenas o a donde te salga de las narices, que yo me voy a Belgrado.

—¿Y vas a dejarme solo?

—Desde luego. Y ahora mismo. Y si decidieras venirte conmigo a Belgrado, es probable que te tirase en mitad del camino por la ventanilla del coche.

—Es que no sé inglés.

—¡Habla por señas!

—Tendré que ir a Belgrado, aunque nos juguemos la vida.

—Acabo de perder las ganas de viajar contigo a ninguna parte.

—Tú tienes una familia con la que pasar la Nochebuena; pero yo soy soltero.

—¡Pues quédate en Sofía y olvídame!

—Llévame contigo, por favor.

Mis sentimientos navegaban entre la lástima y el odio, la piedad y la tentación del crimen.

—De acuerdo. Pero no dirás una sola palabra en todo el camino. Si lo haces, te haré bajar en el primer pueblo que atravesemos.

Si hubiera sabido que era tan fácil callarlo, sencillamente tratándolo como a una criatura, lo habría hecho el primer día y mejor nos hubiese ido. Apenas dijo unas cuantas frases en lo que quedaba de viaje y, además, yo tomé la precaución de pedir asientos separados en los aviones. Sin embargo, por lo que habló mientras resolvíamos los trámites de aduana y vuelos en el aeropuerto de Belgrado, el extremeño experto en *general trade* captó al instante el carácter de mi compañero:

—¿Cuántos días ha aguantado usted a este tipo?

—Más de los que en realidad era capaz de soportar.

—Es un neurótico. Y la neurosis es contagiosa, tenga cuidado.

La tarde anterior a Nochebuena llegué a mi casa. Y durante la cena del día siguiente, a la que tradicionalmente acudían un buen número de familiares, discutí con excesiva vehemencia con algunos de ellos.

—¡Qué raro estás! —me dijo más tarde mi mujer—. Te encuentro un poco vehemente. ¿Te ha ido muy mal en el viaje?

—No ha sido un viaje; ha sido una tortura.

Es evidente que la neurosis resulta contagiosa, como decía el extremeño del *general trade*.

Mientras trabajaba como *free lance* para el programa de televisión *En portada*, hice algunos viajes que me abrieron mundos ignorados sobre los que nunca antes imaginé que podría llegar a saber algo. Fui a Japón, por ejemplo, en 1991, para realizar un reportaje sobre el mundo de las geishas y creo que he disfrutado pocos trabajos tanto como aquel. Viajé, además, con un equipo de buenos profesionales: el realizador Andrés Luque, el cámara Víctor Remiro, «Remi», y el ayudante Pepe Llorente. Tenían, no obstante, un gran defecto: no les gustaba la comida japonesa. Ellos se lo perdían. Yo me iba cada noche a cenar a un sushi-bar y ellos se buscaban la vida con hamburguesas, salchichas o perritos calientes. Añoraban a toda hora los bocadillos de chorizo y pinchos de tortilla de patatas.

Para rodar a las geishas tuvimos que desplazarnos a Kioto, una ciudad que ha decidido conservar vivas las trazas y tradiciones del antiguo Japón o, como dice el periodista francés Robert Guillaim en su magnífico libro sobre el mundo de las geishas, una ciudad «donde el pasado es presente». En el resto del país, apenas existen estas mujeres educadas en las más antiguas y elegantes tradiciones. Y las que encuentras fuera de Kioto suelen ser prostitutas de lujo que sólo se diferencian del resto de las rameras del orbe en que visten el quimono. Sin embargo, ser geisha es una profesión que nada tiene que ver con la prostitución, aunque buena parte de la cultura tradicional la aprendieron de las *tayu*, en cierta forma sus predecesoras, que eran cortesanas de una enorme formación intelectual y sexual. Ahora, a las geishas verdaderas hay que relacionarlas tan sólo con el arte del canto, la danza y la conversación.

La profesión requiere años de estudios musicales, el dominio de ciertos instrumentos tradicionales, y una gran preparación en la poesía y el teatro clásicos; también, el aprendizaje de los buenos modos, el arreglo de flores, la ceremonia de preparación del té, el cuidado personal, el lenguaje de los gestos y la conversación, sobre todo la conversación. Es un universo de sutil delicadeza, oculto en muchos de sus aspectos.

Llegamos a Kioto a finales de primavera, acompañados de una guía japonesa, Michiko, que había estudiado baile flamenco en Granada durante un buen número de años y que dominaba a la perfección el castellano, con un leve acento andaluz. Era una mujer joven, de cara redonda, ojos grandes y levemente rasgados. Delgada y culibaja, como casi todas las japonesas, vivía inmersa a toda hora en una misteriosa melancolía. Yo creo que padecía un mal que acomete a un buen número de los nipones que han vivido años en Occidente: no vuelven a acostumbrarse al modo de vida de su país y quedan suspendidos entre dos mundos, para siempre dubitativos y perplejos. En el caso de las mujeres, esa inadaptación se agudiza, pues la sociedad japonesa es profundamente machista. Michiko se sentía feminista, había conocido la libertad y los derechos de las mujeres en Europa, y según me comentó un día al final del viaje, había tomado la decisión de no casarse, porque el hombre japonés, en su casa, es algo parecido a un señor medieval. Supongo que no hay pocas cosas que encajen peor que Andalucía y Japón, una mixtura que se me antoja inimaginable, algo así como mojar pescado crudo en el café con leche. Y la pobre Michiko era producto de tan desdichada mezcla.

El viaje a Kioto se produjo después de que empleásemos tres semanas rodando en Tokio otro programa que trataba de las férreas tradiciones del país y su contraste con una sociedad económica y tecnológicamente tan agresiva como la japonesa. En comparación con la capital nipona, Kioto asomó ante nosotros como un remanso de paz y de luz. La ciudad, que no fue bombardeada por los americanos durante la Segunda Guerra Mundial, al contrario que todas las otras grandes urbes japonesas, conserva numerosos templos antiguos, como el bellísimo Pabellón Dorado, del siglo XIV, y gran cantidad de jardines diseñados a la manera tradicional. «Kioto…, la feliz, la perezosa y suntuosa Kioto», escribía sobre ella Rudyard Kipling, que visitó Japón en 1889. Y así sigue siendo todavía.

El manso río Kamo separa la ciudad nueva de la vieja; en ésta se encuentra el barrio de Gion, la guarida de las geishas, el mundo de las tradiciones, de los jardines tímidos y de las casas de una sola planta, conservadas durante generaciones tal y como hoy podemos verlas. Es un barrio de callejuelas en el que no hay apenas tráfico, donde los tacones de las sandalias de las mujeres ataviadas con quimonos y rostros embadurnados de pintura alzan ecos seculares en el pavimento. El aire que viene de los bosques cercanos perfuma Gion. Es un universo recoleto y palpitante, hincado en el interior de una ciudad que se ha modernizado muy poco y que mantiene una población estable de alrededor de millón y medio de habitantes, una nimiedad en Japón. En las casas del barrio, muchas de cuyas paredes se fabricaron con bambú y con cedro, las maderas no han ennegrecido a causa del barniz y las pinturas, sino por la pátina que han dejado los siglos. Los jardines vibran en la primavera y hasta el aire se vuelve rosado cuando florecen los cerezos.

Durante más de quince días filmamos el mundo de estas mujeres que, curiosamente y a pesar de las apariencias, son las más libres de Japón. Viven al margen de los hombres, pero actúan para ellos y les ofrecen la ocasión de escucharles cuando quieren hablar sobre sus cuitas amorosas, profesionales y, muchas veces, políticas. Todo ello, claro está, a cambio de dinero.

Sus servicios, a menudo en el papel de confidentes, les producen beneficios enormes y la mayoría de las geishas son mujeres bien acomodadas, lo que significa también que pueden permitirse el lujo de ser libres, algo casi imposible de lograr para la mayoría de las japonesas. Guardan con frecuencia muchos secretos de hombres importantes y saben muy bien cómo tratar al varón. Entre sus normas no escritas están las tres que, según Robert Guillaim, marcan con precisión el arte de la conversación: «Una, ser amable y, por lo tanto, no abrir el corazón. Dos, decir lo contrario de lo que se piensa, si eso puede agradar al hombre. Y tres, observar bien qué es lo que el otro espera que se le diga y decírselo».

En Occidente, muchos varones pagan por llevarse una mujer a la cama. En Japón, los más ricos lo hacen para tener sentada al lado una mujer que está a medio camino entre la actriz, la madre y la confesora. Si, además de eso, tan extraordinaria criatura decide meterlo en su catre, pues Jauja.

La palabra geisha significa, sencillamente, «persona de arte», y en el pasado hubo numerosos hombres que practicaron el oficio. Pero concluido el siglo XVIII, lo monopolizaron las mujeres. Su aprendizaje estaba dirigido —y lo está todavía en Gion, como ya he contado— a entretener a los hombres distinguidos, de alto nivel político, social o económico. La mayor parte de las geishas son monógamas y, si aceptan la protección de un hombre y se convierten en su amante, su nivel de vida alcanza casi el del rango de una princesa y no tendrá relaciones con otro hombre que con su protector; aunque eso sí, dejará de ser geisha. Numerosos políticos y hombres de negocios se han casado con geishas, alguno divorciándose de su primera mujer, y muchas de ellas han influido con determinación y sutileza en la política japonesa. Durante los años que siguieron a la Segunda Guerra Mundial y con Japón convertido en una democracia política, a las geishas se las acusó a menudo de animar a los gobernantes y autoridades finacieras para que, en sus casas de té, resolvieran los asuntos políticos y económicos más importantes del país, arrebatando con frecuencia estas funciones al Parlamento y el gabinete ministerial.

El arreglo personal, en estas mujeres, es refinado y de una complicación extrema. Primero, el peinado, formado por dos moños, lo que les obliga a dormir muchas noches con una caja rodeando su cabeza y sin moverse apenas, para dañar lo menos posible la forma del pelo. Después, un maquillaje fabricado a base de una pasta blanca, hecha con polvo de cobre, con la que se consigue que el rostro parezca una máscara. Las pestañas pintadas en negro, labios en rojo fuerte y uñas lacadas en escarlata completan este esmerado pintarrajeo.

Las geishas se inician en su aprendizaje con la categoría de *maiko*, que quiere decir «hija de la danza». Hay instructoras de geishas, mujeres de edad avanzada a las que llaman *mammasan*, expertas en gestos, ceremonias y normas de comportamiento. Este universo femenino cuenta con el apoyo de excelentes profesores de danza, canto, retórica y teatro, guardianes escrupulosos de las antiguas artes japonesas. El instrumento musical más utilizado por las mujeres es el *shamisen*, especie de laúd de tres cuerdas cuya caja se forra con piel de gato.

Esta sociedad de sutileza y preciosismo tuvo su contrapunto con un suceso que dejó espantado al país, en el año 1939. Una reputada geisha de Gion llamada Sassa asesinó a su amante, de nombre Kichizo, acometida por los celos. El asunto no hubiera tenido mucha más trascendencia que la de un crimen pasional cualquiera de no ser por un hecho: que Sassa no acuchilló a su amante para matarlo, sino que simplemente le cortó el pene mientras dormía y huyó. Kichizo murió desangrado. Cuando unos días después la geisha fue detenida por la policía, le encontraron el miembro del hombre envuelto en un pañuelo de seda y escondido en una manga de su quimono.

La truculenta historia sirvió de base para la famosa película de Nagisa Oshima, *El imperio de los sentidos*, que hizo furor en los cinematógrafos europeos después de su estreno en 1976. En la película, Oshima convirtió la muerte de Sassa y de su amante en una especie de rito sexual, en un asunto de placer y no de celos. En la vida real, Sassa cumplió una larga condena en la cárcel y, al salir, instaló una casa de té con otras geishas en un barrio de Tokio.

Sassa no llegó, sin embargo, a ser tan famosa como Cio Cio San, la geisha que nunca existió en la realidad. Miento: existió y existirá para siempre en la inolvidable aria «Un bel di vedremo», que Puccini compuso para su *Madame Butterfly*.

Permanecimos más de una semana filmando en Kioto y quedé fascinado con la ciudad. Muchos días, al atardecer, cuando ya habíamos concluido de rodar, yo me iba solo a Gion y recorría sus calles discretas como murmullos, sintiendo una extraña congoja y, al mismo tiempo, una cierta plenitud de los sentidos. No lograba entender entonces, ni creo que lo haya logrado todavía, ni que lo logre jamás, el íntimo espíritu de la cultura japonesa. Pero creía percibir que su relación con la naturaleza es mucho más exquisita y respetuosa que la de los occidentales.

Lo curioso es que, al mismo tiempo, la naturaleza ha sido sometida de tal modo en Japón que llega parecernos un artificio nacido de la poderosa capacidad y la depurada técnica de sus artistas. Tienes la impresión de que incluso las nubes, los árboles, el oleaje y las montañas son una creación humana. Kipling ironizaba en 1889: «En Japón, existen ebanistas que se dedican a hacer que los ríos encajen dentro de las ciudades».

Uno de mis tres compañeros de viaje —no diré su nombre, porque era una excelente persona— tenía una obsesión: recibir un masaje sexual. Yo le decía que ésa era una especialidad erótica que se practicaba en Tailandia, no en Japón. Pero él estaba seguro de que podía lograrlo, porque se lo había comentado un buen amigo suyo en Madrid. De modo que desistí de apearle del burro.

Por otra parte, mi amigo también estaba convencido de que sabía bastante inglés, cosa que yo juzgaba más que dudosa, pues le había escuchado hablar con el conserje del hotel y no conseguía construir una sola frase a derechas.

Un día me dijo ufano:

—He hablado con recepción y me he enterado de que hay chicas que dan masajes en las habitaciones. Esta noche me envían una. Resulta un poco caro, la verdad; pero hay que probar estas cosas al menos una vez en la vida.

—¿Como cuánto de caro? —le pregunté.

—Doscientos cincuenta dólares —dijo con aire un poco avergonzado.

—Allá tú, pero me parece que te los podías haber ahorrado.

Por la noche, cuando regresamos a recogernos en el hotel, subió escapado a su cuarto. Y media hora más tarde, me llamaba por teléfono, pidiéndome que me acercase un momento a verle.

Lo encontré duchado, peinado con fijador, vistiendo un batín de seda e imagino que sin ninguna otra ropa debajo. Todo el aposento olía a colonia, tanta era la cantidad que se había echado encima. Sólo mantenía encendida la lamparilla de la mesita de noche. En fin, había creado un ambiente para una fogosa noche de sexo sin barreras.

Lo que quería de mí es que llamase a recepción para saber con exactitud a qué hora subiría la chica a su habitación.

—Es que el recepcionista no sabe muy bien inglés —se excusó.

—¿Y por qué va a entenderme a mí mejor que a ti si no habla inglés?

—Bueno, tú tienes más recursos: hablas francés si hace falta.

El recepcionista sabía perfectamente inglés y me contestó que la masajista estaba camino de la habitación justo en ese momento. Me disponía a marcharme cuando llamaron a la puerta.

Mi compañero abrió. Y ante nosotros apareció una mujer que rondaría los cincuenta años, vestida de enfermera, muy alta, gruesa como un luchador de sumo y de rostro ceñudo como el de un samurái en pie de guerra.

Le cedí el paso y salí.

—Ahí tienes a tu delicada masajista —le dije a mi amigo—. Si necesitas auxilio, grita.

Al día siguiente, eludía mirarme durante el desayuno. Otro de los compañeros del equipo le preguntó al poco rato:

—Oye, cuenta: ¿qué tal el masaje de anoche?

Y él, turbado, con el rostro levemente enrojecido, me miró con ojos de carnero que camina hacia el sacrificio y respondió:

—Tengo todo el cuerpo dolorido..., ya sabéis lo que son estas cosas en los países orientales.

Los otros dos compañeros asintieron como si lo supieran sobradamente.

Una noche contratamos una cena atendida por geishas para filmar el ceremonial que despliega su cultura. Fue una velada cálida y cortés. A los postres, ante las tacitas de sake, una joven *maiko* tocó el *shamisen* y nos ofreció unas canciones. Después, otra chica bailó. Y al fin, una tercera, la geisha de mayor edad, recitó para nosotros algunos haikus y tankas, las dos formas tradicionales de expresión de la poesía japonesa.

Me gustó especialmente uno de ellos, que según me contó Michiko al traducirlo, había sido escrito por Bashô, el maestro de los haikus del siglo XVII: «Se va la primavera. Lloran las aves y son lágrimas los ojos de los peces». También era muy hermoso otro del poeta Onitsura, contemporáneo del primero, que alude a lo contrario, a la llegada de la primavera: «El ruiseñor se posa en el ciruelo ya desde antaño».

Nunca me ha atraído demasiado Asia, al contrario de lo que me sucede con el África subsahariana y América Latina. Pero si vuelvo atrás mis pensamientos y recuerdo las calles de Gion y los jardines de Kioto, percibo en mi ánimo la emoción que sólo alcanza a transmitir la nostalgia de la belleza.

Unos días después, mientras esperábamos el avión para regresar a España, mis compañeros no paraban de charlar sobre las raciones de chorizo, jamón, callos y tortilla de patatas que pensaban tomarse nada más pisar las calles de Madrid. Yo añoraba ya mis noches en los sushi-bar de Kioto.

Estábamos en una gran sala del aeropuerto de Tokio, acristalada y en forma de cubo, desde la que veíamos nuestro avión arrimado al tubo de embarque. Un alto vehículo que portaba un contenedor de catering (los alimentos para los pasajeros) se aproximó al aparato para descargar las raciones que nos iban a dar durante el larguísimo vuelo hasta España. De pronto, mi amigo del frustrado masaje saltó de su asiento, señaló hacia el avión y exclamó:

—¿Vamos a comer pollo durante todo el viaje?

En el lateral del contenedor aparecía escrita la palabra *Kitchen*, que mi bilingüe compañero confundía con *chicken*.

Otro de aquellos viajes que llevé a cabo trabajando para televisión fue a Argentina. Era el año 1990, el país llevaba un año gobernado por Carlos Saúl Menem y acababa de entrar en bancarrota. El descontento social era enorme, no sólo por el empobrecimiento que atenazaba a la mayor parte de la población, sino también porque Menem había decidido amnistiar a los militares responsables de la sangrienta dictadura argentina, entre ellos al general Galtieri, jefe del ejército durante la guerra de las Malvinas, y al general Videla, el más importante asesino de la Junta Militar, instigador de miles de crímenes y desapariciones.

El cameraman que me acompañaba era mister War, el mismo que viajaría conmigo unos meses después a las Malvinas y sobre el que ya he hablado antes. En cuanto al ayudante, era un chaval alegre y eficaz que se llamaba Valentín López. Pese a mister War, el trabajo fue más o menos bien. Incluso puede decirse que tuvimos un viaje afortunado, pues la crisis financiera había revalorizado nuestros dólares de tal manera que podíamos comer en los restaurantes de mayor calidad y lujo de Buenos Aires por el equivalente a tres euros de hoy y sin privarnos de nada.

Creo que el de Argentina fue el mejor reportaje que he hecho en mi vida para televisión, porque reunía actualidad, historia, crítica social, vida y humor. Y porque elegí un tema central para tratar de explicar la situación que vivía el país: el psicoanálisis. Lo llamé «Argentina en el diván».

Se dice que, después de Nueva York, Buenos Aires es la ciudad del mundo que cuenta con un mayor número de psicoanalistas, y en aquellos días, se calculaba que había uno por cada doscientos porteños. En una céntrica plaza de la ciudad, se alzaba, y supongo que todavía se alza, una enorme estatua réplica exacta de *El pensador*, de Rodin. Y en el elegante barrio de Palermo, abundaban los bares, cafeterías y confiterías con los nombres de psiconalistas famosos: «Café Sigmund. Infusiones y mate», recuerdo que era el nombre de uno de ellos. En 1990, estudiaban psicoanálisis en la universidad de la capital nueve mil jóvenes, distribuidos en las diversas escuelas del pensamiento psicoanalítico: principalmente las clásicas de Freud, Jung y Lacan, más la del argentino Enrique Pichón Rivière.

En un país con la renta per cápita «decapitada», como ironizaban los periódicos, y una deuda exterior de setecientos mil millones de dólares, tan sólo los psicoanalistas hacían su agosto, pues uno de cada cuatro habitantes de Buenos Aires, por referirnos tan sólo a la capital, pasaba por sus divanes. Había especialistas en problemas laborales, matrimoniales y sexuales. Incluso en niños maltratados por sus madres, madres maltratadas por sus maridos, maridos maltratados por la empresa, empresarios maltratados por los bancos y banqueros maltratados por las decisiones del Gobierno; y supongo que también para ministros maltratados por la prensa, periodistas maltratados por los directores de sus periódicos y directores maltratados por sus empresarios.

Por supuesto que existían gabinetes dedicados a las madres de los desaparecidos en la dictadura, otros para torturadores arrepentidos e, incluso, para excombatientes derrotados en la guerra de las Malvinas. El escenario curativo iba desde el diván tradicional de Freud hasta el psicodrama inventado por Pichón Rivière. La obra de teatro de más éxito en Buenos Aires, por aquellos días, era una comedia sobre Sigmund Freud y una famosa paciente.

Todo el tejido social y cultural estaba impregnado por el psicoanálisis. Como me explicó un periodista bonaerense: «Cuando un niño carece de caprichos, no se dice que es poco caprichoso, sino que tiene un carácter regresivo. El del psicoanálisis se ha hecho ya un lenguaje de la calle».

Desde 1990, Argentina ha pasado por nuevas esperanzas, nuevos Gobiernos y nuevas crisis. Cuando lo dejé, era un país desanimado, abrumado por la fatiga y la escasez, desprovisto de la prepotencia y desfachatez que se atribuye a sus habitantes. No sé cómo será quince años después, pero por aquel tiempo comenzaba a aprender a reírse de sí mismo. Y ya se sabe que, si uno aprende ese arte incomparable, tiene material para reírse toda la vida.

Recuerdo, por ejemplo, que un chiste publicado en prensa por aquellos días atribuía a un general de la antigua dictadura, con motivo del octavo aniversario de la derrota en la guerra de las Malvinas, la siguiente frase: «Ché, después de todo no estuvo tan mal: quedamos los segundos».

La década de los años ochenta del pasado siglo me dio ocasión de tomar parte en un tipo de viaje que no pienso repetir en mi vida si no es por una razón de mucho peso. Lo llamaremos el «viaje de los escritores en grupo». De las dos ocasiones en que me he unido a un grupo de escritores para viajar en manada, me quedo con la primera. Tenía un sentido, como ahora contaré, pero por razones que no eran estrictamente literarias. En cuanto a la segunda experiencia, en los años que han seguido desde entonces hasta ahora he recibido algunas otras invitaciones. Por ejemplo, para viajar con varios escritores a algún lugar y participar en un libro colectivo; o para tomar parte en unas jornadas sobre la crisis de la novela, o la salud de la literatura española, o el estado que atraviesa la literatura viajera, o asuntos por el estilo. Siempre pongo alguna excusa para no ir. Además, en muchos de estos casos no sabría qué decir. ¿Hay crisis de la novela? Yo pienso más bien que hay novelistas en crisis. ¿Goza de buena salud la literatura española? Debe de ser que sí, pues tiene una capacidad asombrosa de procrear escritores: hoy se cuentan por miles.

No obstante, si a la gente le gusta juntarse, que se junte: cada cual es muy libre de hacer lo que le venga en gana y no soy yo quién para criticarlo.

En el año 1981, cuando todavía trabajaba en el periódico *Pueblo*, la Asociación de Amigos del Sahara de Madrid decidió organizar un encuentro entre escritores españoles y escritores saharauis en los campamentos de refugiados de Tindouf, en territorio argelino. Como ya sabrá el lector, alrededor de ciento cincuenta mil civiles huyeron del Sahara Occidental cuando fue ocupado por los marroquíes en 1975, después de que España aceptase abandonar la que hasta ese momento era una de sus provincias de ultramar. Argelia les permitió instalar sus campamentos en los alrededores de la ciudad de Tindouf, mientras las guerrillas saharauis del Frente Polisario combatían al ejército de Marruecos. Los civiles se organizaron en cinco campamentos y, desde entonces hasta el día de hoy, viven en condiciones de escasez extrema, sosteniéndose con la ayuda de la ONU y de las organizaciones humanitarias europeas. Los territorios cedidos por Argelia se encuentran en la Hamada, uno de los lugares más desolados de la Tierra, un desierto pedregoso donde apenas hay agua ni prosperan los cultivos de ninguna especie. En 1993 el Polisario decretó un alto el fuego en la guerra, tratando de encontrar una salida negociada al conflicto por vía diplomática, una aspiración que aún no se ha cumplido. Las resoluciones de Naciones Unidas a favor de la causa saharaui han sido despreciadas por la monarquía marroquí. Por lo que se refiere a los sucesivos gobiernos democráticos españoles, tanto de la izquierda como de la derecha, han seguido con mansedumbre el rumbo que marcaba la diplomacia de Rabat.

Con aquel viaje pretendíamos que la opinión pública española no olvidara una causa que muchos considerábamos y consideramos justa y queríamos también mostrar nuestra solidaridad con aquel pueblo expulsado de sus tierras. Lamento no recordar a todos los que formaban el grupo, pero ahí van algunos nombres: Fanny Rubio, José Ramón Ripoll, Fernando Quiñones y su mujer, la ceramista italiana Nadia Consolani; Pepe Caballero Bonald y su esposa Pepa, Fernando Sánchez-Dragó, Paco Navarrete, Emilio Sola, Agustín Millares, Javier Villán, Carlos Álvarez, Jesús Fernández Palacios y José Agustín Goytisolo. También viajaba con nosotros Toñi, una agradable mujer que ejercía como secretaria en la Asociación de Amigos del Sahara de Madrid.

Fue un viaje muy emotivo, cargado de pasión. Los saharauis, como la mayor parte de las etnias que habitan desde siglos los desiertos, son hospitalarios y saben hacerse querer. No es baladí ni tópica esa afirmación. He viajado a los desiertos africanos varias veces en el curso de los años siguientes: al sur de Argelia y al norte de Sudán, por ejemplo. Y siempre he sentido el calor de la gente cuando me encontraba en situaciones apuradas. Tal vez la solidaridad responde a la necesidad en un universo de escasez y de pobreza: hoy te doy a ti para que tú mañana me des a mí podría ser la norma. Pero en el alma de estos pueblos del desierto, está arraigada esa fe en la hospitalidad. Como lo estuvo en Occidente en la época clásica, en los días del mundo de Homero y del imperio de Roma. Era un valor de primera importancia al que las viejas culturas exigían respeto y cuyas leyes eran mucho más que un asunto de honor. Y aún sigue vivo en las descladas llanuras africanas.

Volamos de Madrid a Argel y, desde allí, a Tindouf. En el aeropuerto nos esperaban varios coches todoterreno que nos trasladaron a Rabuni, el campamento donde se encuentran los edificios oficiales del Gobierno saharaui y, también, los galpones que se utilizan para alojamiento de huéspedes. Rabuni no está muy lejos de Tindouf, apenas a una veintena de kilómetros. Pero la carretera, en aquellos tiempos, no existía y los vehículos circulaban a saltos sobre la superficie pedregosa de la inhóspita geografía. Durante los días siguientes, recorrimos los cinco campamentos donde se acogían los refugiados, visitamos guarderías, escuelas y hospitales, conocimos los sistemas de abastecimiento y la forma de gobernarse de las gentes expulsadas de su tierra; nos reunimos con combatientes, con autoridades políticas, con organizaciones de mujeres, con artesanos y con jueces. Asistimos a fiestas y, naturalmente, a una gran reunión con escritores saharauis. Fue un baño de realidad, dura y difícil, que a todos nos tocó el corazón.

Hicimos grandes amigos entre los saharauis: Ahmed, Emboirik, Ibrahim, Daich, Suelma, Keltume y algunos otros. Eran muy jóvenes y habían aprendido desde niños el español. Por cada cuatro o cinco de nosotros había dos de ellos acompañándonos a toda hora. Recuerdo que también se unía al grupo con frecuencia un hombre muy popular entre sus compañeros, Mohamed Embarek Fakala. Tendría unos sesenta años y era muy alto. Su larga barba gris le confería un aire recio y viril. Siempre vestía con el *derráa* tradicional, en su caso de color blanco, y estaba dotado de un humor muy agudo y rápido. Reía a toda hora y no cesaba de gastar bromas. Durante la última época de la presencia colonial española en el Sahara, había servido como sargento en las tropas nómadas del ejército español. Hablaba un castellano perfecto y con expresiones muy castizas.

Suelma y Keltume, las dos únicas mujeres del grupo que nos acompañaba, eran muy guapas y simpáticas. Se comportaban con naturalidad y libertad delante de los hombres, algo muy raro de ver en el mundo islámico. Pero en el desierto, la forma de entender la religión es pausada e intimista, muy alejada del fanatismo. Las normas del Ramadán, por ejemplo, no son acatadas por muchos saharauis y, en los campamentos de los alrededores de Tindouf, hay únicamente dos pequeñas mezquitas que nunca se llenan. En cuanto a las mujeres, gozan de muchas libertades impensables en otras regiones islámicas: comparten las horas de charla y de té con los hombres y realizan todo tipo de trabajos que en otros lugares estarían reservados al sexo masculino.

El desierto es duro y todos los componentes de un núcleo social, sea la familia o la tribu, deben arrimar el hombro para salir adelante. Y en Tindouf, la vida es más dura todavía. Durante los años de la guerra, entre 1975 y 1993, la mayoría de los hombres se desplazaron a los frentes de combate y las mujeres ocuparon sus puestos en la retaguardia. En esos días, en previsión de una gran mortandad entre los hombres por causa de la guerra, se impuso la poligamia como necesidad política, para aumentar el número de nacimientos. Hoy ya no se practica.

Entre los españoles iban algunos buenos amigos que ya conocía desde años antes, especialmente Javier Villán, y también Emilio Sola, Carlos Álvarez y Paco Navarrete. Pero durante el viaje hice buena amistad con Sánchez-Dragó, Caballero Bonald, Fanny Rubio, Nadia Consolani y José Agustín Goytisolo, que era un hombre alegre, bromista y dotado de una enorme simpatía. Los más jóvenes, como Villán y yo, no nos separábamos de él. No sólo porque era un mito de la literatura, sino porque siempre estaba contándonos historias, supongo que algunas inventadas. Llevaba su bolsa llena de medicinas y nos daba consejos sobre sus utilidades. Pensaba que era necesario, para gozar de buena salud, orinar y eructar mucho. Y así, cargaba su bolsa de viaje con cajas de diuréticos y de carminativos. Decidió que Villán y yo poseíamos una gran experiencia viajera. Y sólo por un hecho: habíamos tomado la precaución de comprar, en el *tax free* del aeropuerto de Barajas, varias botellas de whisky. «¿Cómo no se me habrá ocurrido a mí?», se preguntaba una y otra vez mientras nos arrimaba su vaso. Todas las noches teníamos cola de viajeros que tendían sus vasos vacíos delante de nuestros petates. Como es natural, el whisky se agotó al tercer día.

Los campamentos de Tindouf quedan al oriente del territorio saharaui y la región tampoco está muy lejos de las fronteras de Marruecos. Por esa causa, Argelia tiene desplegada en la zona una enorme fuerza militar, pues las relaciones entre los dos países, desde los días de la independencia, nunca han sido muy amistosas. Una de las noches que pasamos en Rabuni, los poetas Ripoll y Fernández Palacios salieron a dar una vuelta al aire libre. No había luna y las noches sin luna, en África, son las más oscuras de la Tierra. Además, los generadores de luz se apagaban pronto y la negrura ceñía todo el espacio alrededor de Tindouf. Tan sólo en el pabellón donde nos alojábamos había unas pocas linternas y lámparas de gas para alumbrarnos.

Ripoll y Fernández Palacios fueron a dar, supongo, con una patrulla de la policía militar del Polisario. Algo debieron de decirles los agentes en árabe que ellos no entendieron. Y huyeron a todo correr hacia nuestro refugio en Rabuni. Empavorecidos, jadeantes, entraron gritando: «¡Los marroquíes atacan, los marroquíes atacan!».

Algunos concluimos que los poetas no deberían asomarse nunca a las guerras.

El resto de los días de nuestra estancia los pasamos recorriendo los campamentos. Dormíamos en jaimas privadas, en colchonetas dispuestas sobre el suelo alfombrado. Y recibíamos los mejores alimentos que podían ofrecernos nuestros anfitriones: carne de camello, de cordero y de cabra, junto con yogures, leche y queso.

Un día tuvimos el gran encuentro literario previsto como uno de los motivos principales del viaje. Creo que fue en el campamento de Smara, aunque no estoy muy seguro. Vinieron poetas y narradores de todos los otros campamentos y, entre nosotros y ellos, nos reunimos casi medio centenar de escritores. En su delegación había una mayoría abrumadora de mujeres. Muchas eran casi ancianas y todas, sin excepción, poetisas. Muy pocas sabían hablar español, de modo que el ex sargento Mohamed Embarek Fakala nos hacía de traductor. Reproduzco el diálogo que tuvieron algunas mujeres con un poeta lírico español:

—¿Y qué tipo de poesía hacen? —preguntó.

—Dicen que cantan a la lucha de sus hombres, a la libertad de su pueblo, a la victoria que nos llevará de regreso a nuestra patria —tradujo Embarek las respuestas de algunas poetisas.

—Es natural —respondió el español—. ¿Pero no escriben poesía lírica?

—Dicen que cantan al valor y al coraje de los hombres que están en el combate, y también a los que han caído, a nuestros mártires —tradujo de nuevo el ex sargento.

—¿No existe el lirismo entonces? —insistió el vate ibero.

—Dicen que cantan al dolor de las madres y la orfandad de los hijos de nuestros mártires —tradujo una vez más Embarek.

—¿Pero es que no existe aquí el amor?

—¡Coño, claro que existe! —clamó Embarek sin traducir ya nada—. Hay que joderse… ¡Como en Valladolid!

Al concluir nuestro programa oficial de visitas, el Polisario nos ofreció, a los que quisiéramos y contásemos con tiempo suficiente, visitar el frente de combate y los escenarios de algunas batallas ganadas por el Polisario. Aceptamos los que teníamos más tiempo: Javier Villán, Paco Navarrete, Emilio Sola, Nadia Consolani, Toñi y yo

Salimos una madrugada de Rabuni en tres Land-Rover desprovistos del techo de metal y del cristal del parabrisas. Los chóferes conducían a gran velocidad, pues decían que así se circulaba mejor sobre los baches y el terreno irregular, reduciendo la violencia de los saltos. De modo que, para protegernos de la arena y del polvo, íbamos todos con el pañuelo enrollado alrededor de nuestras cabezas y los rostros, dejando al aire tan sólo los ojos.

Además de los chóferes, nos acompañaban Emboirik, Daich, Ahmed y Brahim. Fueron varias jornadas inolvidables. Durante el día, viajábamos constantemente. A veces, nos cruzábamos con patrullas de combatientes; pero, en general, nos rodeaban las inmensas soledades del desierto: tierras yermas, grises, cubiertas de piedras oscuras, sin rastro de vegetación salvo ocasionales pequeños bosques de matorrales espinosos; montañas cenicientas en la lejanía y un cielo de piedra lisa, casi acerado. Un día, un chacal escapó corriendo de uno de aquellos bosquecillos. Los coches se lanzaron a toda velocidad tras el animal y nuestros compañeros saharauis comenzaron a dispararle, puestos en pie en los asientos traseros del coche. Aquello tenía el aire de un filme de aventuras y una emoción infantil me subía desde el alma hasta las sienes y los labios. Gritábamos jubilosos, como los héroes de Salgari antes del abordaje a una nave enemiga. Emboirik acertó al chacal, que cayó derribado al pie de un espino, vivo aún. Brahim saltó de su coche, sujetó la cabeza del animal con la culata del fusil y le rebanó el cuello de un tajo.

Estuvimos en antiguos asentamientos marroquíes que los Polisarios habían conquistado en las primeras batallas: Mahbes, Uargris, Leboirat... Recuerdo las casas derruidas, los vehículos militares quemados, por todas partes vainas de grandes obuses y cadáveres..., cadáveres secos al sol, uniformados aún, con la piel de los rostros convertida en una máscara de cuero recio y dos profundos agujeros en el lugar que ocuparon los ojos.

Aprendimos a manejar el kalashnikov y a vivir en la euforia de la aventura permanente y real. También nos acercamos a las líneas marroquíes, justo a la distancia que sus cañones nos podían alcanzar. El lugar se llamaba Zak y Marruecos estaba construyendo allí el primer muro de defensa de los tres que ahora existen.

Por las noches, los coches formaban un círculo para protegernos del viento, encendíamos fuego, cenábamos filetes de cabra y sardinas en conserva y fumábamos unas pipas de recio tabaco mauritano. Luego, cavábamos un hueco en el suelo y nos metíamos dentro y nos cubríamos con mantas ásperas y gruesas, semejantes a las que usábamos en España durante el servicio militar. El cielo estrellado era nuestro techo y yo pensaba que hubiera querido un hogar así para siempre: el aullido del viento libre, el olor de las brasas de la hoguera, el espacio vacío sobre mis ojos y la sola luz de los astros para alumbrarnos. Comprendí el alma vagabunda de Rimbaud, que dejó la escritura para viajar por las tierras inhóspitas de Etiopía. Y comencé a amar el desierto, un amor que se acrecentó en viajes posteriores y que nunca me ha abandonado desde entonces.

Unos meses después, algunos de los que viajamos al Sahara y otros cuantos escritores más publicamos un libro de versos colectivo como apoyo a la causa de la independencia del Sahara. Tenía un título muy lírico: *Os doy esto desnudo que es mi mano*. Mi poema era horrible, toscamente militante, con influencias del peor Neruda, el peor Hernández, el peor Machado y el peor Blas de Otero. Como es natural, no pienso reproducirlo aquí.

Mi segundo viaje de escritores en rebaño fue en el otoño de 1985, a poco de publicar mi primera novela de la trilogía de Centroamérica, *Los dioses debajo de la lluvia*. Eran unas jornadas que el actual director de la Real Academia de la Lengua, Víctor García de la Concha, organizaba en Verines, una pedanía de las afueras de Llanes, en Asturias. La fórmula del encuentro consistía en reunir a narradores con críticos literarios durante una semana, para debatir sobre el estado de la novela en España. De la Concha había sido sacerdote durante años, y quizás maestro, porque le complacía reunirnos, en un estado casi monacal, en una casona desangelada que yo creo era un antiguo colegio mayor o quizás un seminario. El encuentro lo financiaba el Ministerio de Cultura de uno de los primeros gobiernos socialistas de la democracia.

A los escritores, o bien nos llevaban en autobús desde nuestros lugares de origen o bien nos proponían otros modos de transporte como el avión y el coche propio. Y del mismo modo que tuve el acierto de comprar whisky en el *tax free* de Barajas cuando viajé en grupo al Sahara, en esta ocasión di en el clavo al decidir llevar mi propio coche a Verines. Todos los atardeceres, cuando concluían las sesiones de debate, tenía cola de escritores para subir al automóvil e ir hasta Llanes a tomar unas copas, ya que en el caserón de Verines el bar cerraba a las diez. Tengo la impresión de que, desde el primer día, aquello no le gustó nada a García de la Concha.

Recuerdo que estaban allí, aparte de algunos de los críticos más afamados del momento, Montserrat Roig, Manuel Vázquez Montalbán, Bernardo Atxaga, Javier Marías, Miguel Sánchez-Ostiz, Carmen Riera, Víctor Freixanes, Alfredo Conde, Antonio Enríquez, Juan José Millás, Cristina Fernández Cubas, Soledad Puértolas, José María Merino, Ignacio Martínez de Pisón, Antonio Hernández y Joaquín Márquez. Antonio Hernández era muy amigo mío desde años atrás, pero no conocía a ninguno de los otros. Hice buenas migas con Millás, con Sánchez-Ostiz y Márquez. También con Ignacio Martínez de Pisón, que es un excelente narrador a quien corresponde mayor gloria que la que ahora le conceden los poderes culturales. Y recuerdo con cariño a Cristina Fernández Cubas y a Soledad Puértolas, a las que he visto después algunas veces. Antonio Enríquez era un tipo tan tierno como genial. Y en fin, con el resto tuve poco trato. Sí que recuerdo, no obstante, que Javier Marías no hablaba apenas con nadie.

Las jornadas se organizaban en sesiones de mañana y de tarde y me parece que eran cuatro o cinco diarias. El método era siempre el mismo: un crítico de renombre ocupaba el estrado, delante de veinte escritores que le escuchaban, y formulaba sus ideas sobre el estado de la narrativa. Luego, se abría el coloquio y los escritores intervenían con sus opiniones. El último día hubo una sesión general a la que pudo asistir la prensa y en la que algunos escritores ocupamos el estrado principal, rodeando a García de la Concha. Y una tarde, nos llevaron de excursión en autocar al santuario de la Virgen de Covadonga, para ver a la Santina.

Yo estaba por entonces leyendo a Henry Miller, a Malcolm Lowry y a otros escritores de su estupendo pelaje. Cerraba sus libros por las noches, después de los porros con Millás y las copas con Hernández, Sánchez-Ostiz y Márquez, y por el día me encontraba con la realidad de los críticos solemnes, el enclaustramiento del colegio mayor y la visita a la Santina. Sentía que la literatura que me gustaba no se parecía en nada a aquella vida. Y todo ello se convirtió a la postre en un cóctel explosivo.

El cataclismo se produjo en el sesión general, a la que asistía un nutrido grupo de periodistas. No se me ocurrió otra cosa que preguntar en público por qué narices los críticos tenían que explicarnos cómo y qué debíamos escribir y, en función de ese criterio, poner luego a parir o exaltar nuestra obra en sus reseñas. Caliente como estaba, añadí que deberían estarnos agradecidos, pues merced a los creadores ellos alcanzaban renombre, y que su obligación, en todo caso, consistía en aplaudir sin descanso nuestra obra. Un par de escritores intervinieron en el mismo sentido y no recuerdo quién fue el que dijo que parecíamos veinte escritores rodeados por tres críticos. Pero la mayoría de mis colegas cerraron el pico.

Reconozco que, como se dice en lenguaje popular madrileño, me pasé veinte o treinta pueblos. Siempre he creído en la función de la crítica, sobre todo en momentos de desconcierto y desánimo. Pero pocos son los buenos críticos, de la misma manera que pocos son los buenos escritores. ¿Por qué no haber convertido aquel encuentro en un foro abierto entre escritores y críticos, con ponencias de unos y de otros? ¿A quién se le ocurrió darle la forma de una sucesión de lecciones magistrales de los críticos a un grupo de escritores que escuchaban en silencio? En todo caso, yo creo que lo que me hizo estallar fue la excursión en autocar a ver a la Virgen de Covadonga.

Por aquella época, yo tenía muchas dificultades para publicar mis libros. Quiero decir que era un escritor que apenas vendía. Verines me dio la puntilla, porque lo que podríamos llamar «poderes culturales» me tacharon con una cruz de su lista. No es que la crítica me fuese adversa a partir de entonces; es que dejé de existir para una buena parte de ella. Y dado el bajo nivel de ventas de mis libros, mi escasa aparición en los periódicos y la poca simpatía que despertaba en las autoridades culturales, por aquellos días miembros del partido de los socialistas, fui borrado del mapa literario. Y en consecuencia, los editores me cerraron la puerta.

Me consoló pensar que, por lo menos en aquella ocasión, no tuve que participar en la elaboración de un libro colectivo.

8
Caminos literarios

¡Caña y timón a barlovento, contra el viento!
¡A dar la vuelta al mundo!

El capitán Ahab en *Moby Dick*,
de HERMAN MELVILLE

En 1992, pocos meses antes de hacer el primer gran viaje por el continente negro que me llevaría a escribir *El sueño de África*, bajé al sur de Argelia, a las honduras del Sahara. Me desplacé con un excelente fotógrafo, Tino Soriano, para realizar un reportaje cultural, y en cierto modo también turístico, sobre el mundo de los mozabitas, una secta islámica de características muy singulares cuya población se distribuye en siete ciudades diseminadas en una lejana y aislada región del desierto. Viajamos primero a Timimoun, una localidad casi enterrada en las arenas del Sahara, con la apariencia de un fósil desecado por los vientos y que, sin embargo, para la sorpresa del extranjero que se asoma a sus calles y sus plazas, está viva y respira.

Aquel viaje tuvo un extraño significado para mí. Por supuesto que escribí el reportaje siguiendo los cánones que marca el periodismo: datos, síntesis, precisión, oportunas «pinceladas de color», como se decía entonces, y estilo un poco más cuidado que el del periodismo de brega. Pero el cuaderno de notas que guardo de aquellos días es muy distinto.

Desde tiempo atrás, venía observando que escribir y viajar de la forma en que lo hacía no daba satisfacción a un extraño anhelo que iba creciendo dentro de mí. Era como si sintiera en mi interior un modo de mirar y de expresarme que no acababa de romper la cáscara del huevo. Acabó por florecer un par de años después, en mi libro *El sueño de África*.

Aquí siguen las notas de mi cuaderno argelino:

4-6-1992. Hemos llegado en un vuelo desde Madrid y, cerca del mediodía, esperamos en el aeropuerto de Argel la salida del avión que nos llevará al sur. La espaciosa sala de espera es un jolgorio. Un grupo numeroso de personas rodean a una muchacha vestida de novia, que lleva un vestido blanco, largo, y el rostro tapado levemente con un velo del mismo color. Según me ha contado uno de los alegres integrantes de la cuadrilla, viajan hasta Bechar, donde el novio espera para celebrar la boda. Los hombres visten a la europea y las mujeres ropas tradicionales. Cantan y bailan a los sones de una orquestina compuesta por flautas y tambores. Las mujeres dan palmas, ululan y, de cuando en cuando, invitan a los desconocidos que aguardan en la sala a unirse a la danza. Yo acepto, imito sus pasos, provoco carcajadas a mi alrededor y ellas, sonrientes, me ofrecen pastelillos.

Volamos algo más de dos horas hasta alcanzar Aduar, unos mil kilómetros al sur de Argel. Junto a la pista de aterrizaje del aeropuerto, hay unas pocas casetas de adobe oscuro y rojizo. El termómetro alcanza los 40 grados centígrados y el sol quema la piel y fatiga los ojos. Aún debemos recorrer 210 kilómetros hasta llegar a Timimoun. El desierto es feo, una inmensa extensión de suelo yermo en la que se alzan montículos con matorrales que parecen enfermos, tocados de un verdor sucio.

Timimoun tiene el aspecto de un caserío formado por edificios cuadrados de una planta, clavados en la arena como si fueran cajas medio enterradas. Hay palmerales con árboles cansados que se inclinan grisáceos bajo el polvo. El sol, en la proximidad del atardecer, cae sesgado, y tanta es su inclinación que la tierra parece envuelta en sombras. De pronto, creo percibir que el sol es negro, que se trata de un gigantesco pedazo de carbón envuelto en llamas.

La faz del desierto reverbera un poco más tarde en rosa, cuando el sol comienza a retirar su lámpara del cielo. Y al desaparecer, queda en el aire una vigorosa luminosidad que extrae un brillo acerado de los palmerales, como si una mano invisible les hubiera lavado la cara.

No obstante, sin la fuerza del sol, el desierto parece haberse quedado de pronto huérfano.

5-6-1992. Amanece y el aire es afilado, casi corta la piel. Gorjean los gorriones. De vez en cuando, el grito histérico y agudo de un grajo los hace callar. Pero, al poco, vuelven a emprender su monótono canto.

El viento parece llegar de muy lejos, purificado en su largo viaje desde el mar, limpio y seco. La tierra desnuda se cubre de un rubor anaranjado y, en el palmeral, las ramas de los árboles se rizan y aletean bajo el aire. El desierto semeja ser el rostro arrugado de un dios muy viejo.

En Timimoun domina el rojo. Las casas son rojas, el aire arrastra tierra roja, las pieles de los hombres son rojizas. En las calles flotan olores leves: el aroma de una rosa, la menta, el basurero, una pequeña corriente de aguas fecales que muere en una suerte de alcantarilla, una maceta de geranios que alza un breve perfume que recuerda Andalucía... Detrás de la ciudad, el desierto asoma en tonos ocres y sienas bajo la luz oblicua de la mañana. Tiene algo de entidad animal, como si fuera un ser que jadeara y sudase bajo el espacio desnudo.

Vamos a dar una vuelta por los poblados que rodean Timimoun. Antes de eso, nos detenemos a tomar una cerveza en el hotel L'Oasis Rouge. Me cuentan que el edificio fue diseñado por el arquitecto francés Ferdinand Pouillon, un tipo en cuyo carácter debió de predominar la extravagancia por encima de otras cualidades artísticas. Es un raro lugar, con pasillos oscuros, paredes decoradas al milímetro con relieves de formas extrañas grabados a cincel, tragaluces estrechos y un jardín descuidado en la parte trasera, donde no resultaría chocante encontrarse a Humphrey Bogart o a Ives Montand, con barba de varios días, charlando mientras toman un bourbon, el americano, y un pastís, el francés. L'Oasis todavía se usa como hotel. Pero las únicas personas que parecen habitarlo hoy son el empleado que nos sirve la cerveza y un niño que asoma en una galería, nos deja que le fotografiemos durante unos instantes y luego desaparece con aire sigiloso, como si fuera un gato.

A la salida de Timimoun, el cementerio se extiende en un descampado sin vallas ni puertas, repleto de cascotes y restos de vasijas. Las tumbas han sido excavadas casi a flor de tierra y, ocasionalmente, asoman aquí y allá huesecillos blanqueados por el vigor del sol: un trozo de costilla, la falange de un dedo, un pedazo de dentadura. Pequeñas tejas de piedra de pizarra, cortadas en forma irregular, marcan los enterramientos. Entre las tumbas hay zapatos, latas de conserva y otras basuras traídas por el viento, y también objetos que pertenecieron a los muertos y que han dejado allí sus familiares. Y llegan olores desde la zona de enterramientos más recientes que nos empujan a irnos.

Salimos de la ciudad siguiendo la valla de un palmeral de donde brotan rumores de agua y el canto de un *bouchir*, el ruiseñor de los oasis del Sahara. Las dunas del inmenso *erg* ondean sus formas ante nosotros y el color del horizonte duda entre el ocre y el rojo.

En Iqzher, un poblado de casas agazapadas entre cercados y palmeras pequeñas, las mujeres se esconden al vernos. Una de ellas nos amenaza con un manojo de hierbas cuando Tino le enfoca la cámara de fotos. Camino de las alturas del pueblo, la blanca estructura de un morabito, especie de mausoleo, guarda los restos de un hombre considerado santo. Más arriba, el *ksar* (lo que en el pasado era, al mismo tiempo, el centro de la ciudad y fortaleza militar) domina sobre las casas chaparras y los huertos. En su interior, al abrigo del sol, corre el aire fresco y un grupo de hombres practica sobre un tablero con chinas rojas y blancas un juego que llaman *danma*, muy semejante, si es que no igual, a nuestro juego de damas. Después, nos asomamos al gran palmeral de Oulad Said. Hay parejas de tórtolas, de plumaje casi albo. El sistema de riego por *foggaras* —canalizaciones subterráneas de agua— sigue utilizándose de la misma forma que hace diez siglos. No se ha inventado otro mejor. Cerca de allí, en Shejka se extiende el lecho seco de lo que fuera un lago de agua salada. Recogemos algunos fósiles: piedras con espinazos de peces, dientes de escualos, conchas del color del marfil.

Volvemos a comer a nuestro hotel de Timimoun, el Gourara. Poco antes del mediodía, han llegado algunos turistas desde Tamanraset. Todos almorzamos al aire libre, cerca de la piscina, en un jardín sombreado por cedros y naranjos, donde crecen también matas de adelfas y jóvenes granados. Una mujer italiana se siente poetisa y me dice la misma melonada que he escuchado decenas de veces en mi vida: «El desierto es como el mar, nunca te cansas de mirarlo». Pero añade una reflexión más original: «Si algo extraño aparece en el desierto, si sucede algo raro, al instante se ve, al momento se sabe lo que pasa». No sé qué contestar, pero tengo la impresión de que a ella, inmersa en sus pensamientos plenos de misticismo lírico, no le importa en absoluto que le respondan, tan sólo quiere que la escuchen.

Salimos de nuevo a recorrer los alrededores de Timimoun. Hay un bosque petrificado, con árboles que toman en sus duras cortezas un tono cárdeno oscuro. Luego, seguimos viaje por cañones que se abren paso entre sierras chatas, murallones y acantilados alzados sobre los lechos del océano que fue, hace millones de años, una buena parte del Sahara. A veces, las dunas recuerdan el cuerpo torneado de una mujer desnuda, con sombras oscuras que forman un matorral de vello púbico entre las curvas de sus muslos y, más arriba, senos de arena tostada.

Aquí se tiene la impresión de que puede verse la Tierra como era antes del nacimiento de la vida. Quizás se vislumbra también cómo será el futuro, cuando la vida se extinga. Y pensar en ello abruma, atemoriza. Tengo delante un planeta muerto, sin seres que lo pueblen, el espejo de un porvenir convertido en piedra y arena. El viento aúlla, levanta leves cortinas de polvo, moldea la sensualidad de los arenales, esculpe formas caprichosas en las dunas. Y la visión de este ceremonial de ausencias sobrecoge el alma.

Regresamos a Timimoun al atardecer. En un campo de fútbol de tierra, sembrado de agujeros y con porterías hechas con troncos de árbol torcidos y sin pulir, una veintena de niños juegan con una pelota fabricada con trapos, igual a las que usábamos en los barrios miserables de la posguerra madrileña durante mi niñez. Van descalzos, corren sin descanso todos juntos detrás del balón, arracimados como una bandada de pájaros sobre un pedazo de pan. Sus carreras alzan una enorme polvareda. En ocasiones, un chico cae y se despelleja las rodillas. Escupe entonces grandes salivazos en las palmas de sus manos, se limpia la sangre y la tierra frotándose con vigor las heridas y se une de nuevo a las carreras de los otros.

Por la noche, las calles de Timimoun se pueblan de gente y las terrazas de los cafetines bullen de clientela. El aire mece aromas de té y de hierbabuena. En el mercado hay dromedarios, ovejas y cabras. Huele a estiércol.

La ciudad se ilumina con luces muy tenues e incluso en la mezquita sólo aparece alumbrado uno de los dos alminares. Las blancas túnicas de los hombres, en la penumbra, les dan la apariencia de espectros que aparecen de pronto y, al poco, se esfuman en las callejas secretas de Timimoun.

6-6-1992. Subo a la terraza del hotel al amanecer. Sopla aire y la arena del desierto se levanta desde las dunas y forma una espesa cortina de color ocre en el horizonte. Da la impresión de que sombras móviles corrieran sobre la tierra, sombras muy oscuras llegadas desde galaxias remotas.

Los palmerales y los huertos puntean como espacios de verdor sucio entre las dunas. El viento agita los eucaliptus y levanta de sus hojas un olor a orín de gato. Es un aire seco, frío y duro que sopla a rachas. Viene de súbito y me golpea la cara, igual que si una mano invisible me diera unos cachetes fugaces.

Veo a mi derecha, desde la terraza, una antigua muralla de adobe rojo medio derruida. A mi izquierda, el jardín apretado de cedros, pinos, eucaliptus, naranjos y palmeras. El sol comienza a asomar a mis espaldas y siento un cosquilleo cálido en la piel, a la altura de las costillas.

Otra vez salimos en el todoterreno a visitar los alrededores de la ciudad. Las dunas tienen el color de los tocinillos de cielo, son como montañas de crema dulce.

Llegamos a Fatis, que es un pueblo artesano construido con casas de adobe de intenso color rojo y que aloja un inmenso palmeral, cuyos dátiles tienen fama de ser los más sabrosos del Sahara. La gente es muy tímida en Fatis. Caminamos por sus calles estrechas; hay rostros que se asoman en las esquinas, las terrazas y los ventanucos y, al poco, se esconden cuando dirigimos hacia ellos nuestras miradas. Veo niñas muy hermosas, de grandes ojos verdes, piel tostada y cabellos negros desgreñados. Surgen en lo alto de los muros, como pájaros, nos ven pasar, se ríen y luego huyen y se esconden. Tino y yo disparamos nuestras cámaras fotográficas, apuntándolas, como si de un tiro de pichón se tratase.

Cuando regresamos a Timimoun, el calor agobia y el viento sopla con fuerza. Ha llegado el siroco. Puede durar dos horas, dos días o dos meses. El siroco es un viento salvaje: salta por sorpresa con sus lengüetazos de fuego y sientes que el aire no penetra con la suficiente fuerza en tus pulmones como para permitirte respirar.

Nos refugiamos en las frescas calles del *ksar* de la ciudad. En la escuela coránica, los niños y las niñas, en aulas separadas, recitan los versos del Profeta. Las gentes parecen ir con prisa en el interior de este laberinto de estrechas callejuelas cercadas por paredes rugosas de adobe rojo. Hay tragaluces que arrojan en el interior de las viviendas una lengua de claridad que se alarga en los pasillos y galerías.

Pero el siroco cae sobre nosotros, no hay escondrijo posible contra él. Sudamos y la cabeza parece hervir como una infusión de hierbas. Bebemos unas cervezas frías en L'Oasis Rouge.

De regreso a nuestro hotel, el viento ardiente se esfuma. Y parece que el alma resucitase bajo el nuevo frescor de la brisa. En la terraza, un grupo de músicos entona canciones bereberes bajo la noche ceñida por miríadas de estrellas. Tocan y cantan muy bien.

La italiana, que andaba por aquí cerca, se acerca y se sienta a mi lado. «Pasar la noche en el desierto es como sumergirse en la nada, ¿no cree?», dice. Me extraña que pida una respuesta. «Pues, por una parte, no sé qué decirle; y por otra, ¿qué quiere que le diga?», contesto a la gallega.

7-6-1992. Día de viaje en todoterreno desde Timimoun a Ghardaia, un recorrido de 650 kilómetros. Nos detenemos a tomar un refrigerio en el pueblo de M'Guiden, una localidad de 160 habitantes. En el bar El-Baraka sirven zumos y té y se venden dátiles, champú, jabón y unas galletas de marca Alí Babá. Hay varios escorpiones enormes en una pecera con arena.

Seguimos camino con la tolvanera del siroco colgada entre el cielo y la tierra. Hay una intensa luminosidad dentro de la bruma polvorienta que nos envuelve y percibo una sensación extraña: como si me rodearan palmeras móviles, montañas que se desplazan, arenales que se arrastran como reptiles gigantescos y van cambiando de forma. En el lecho de un lago seco que hace siglos pudo formar parte de un extenso mar, la sal brilla con tal fuerza que parece que todavía refulgiese el agua bajo el golpe del sol. Más allá, el arenal amarillo se derrumba sobre un valle. Bandadas de cuervos sobrevuelan el paisaje vacío.

En el pueblo de El Goléa sigue todavía en pie la iglesia católica que hizo construir el padre Foucault, decrépita y silente, casi escondida en un rincón de la aldea. Desde aquí, el sacerdote viajó a Tamanraset con el propósito de abrir una misión y extender su obra evangelizadora. Pero la idea no les pareció oportuna a los tuaregs, firmemente apegados a su fe islámica. Y expresaron su rechazo, nunca mejor dicho, de forma tajante: cortándole el cuello al cura.

Todavía nos detenemos en un cafetín de carretera antes de llegar a nuestro destino. Dentro, hay una decena de mesas cuadradas con manteles de hule de colores vivos y jarrones ornados con flores de papel. En un rincón, hincado en un macetón de plástico rojo, se alza un limonero de plástico verde con las ramas repletas de frutos de plástico amarillo. De las paredes cuelgan dos carteles enmarcados de películas egipcias, un afiche que muestra a una mujer rubia en discreta ropa interior y otro en el que hay un niño moreno que resposa sobre una alfombra de piel de pantera. Los únicos clientes son un tipo con gorra de béisbol y otros dos ataviados con túnica y turbante. Sentados en mesas separadas, miran la televisión, donde un hombre vestido con ropa paramilitar asesina decenas de asiáticos valiéndose de un fusil que dispara rayos láser.

Llegamos a la región del M'Zab, el reino pedregoso de la secta de los mozabitas, una etnia de origen bereber que practica un islamismo extremadamente dogmático pero, al mismo tiempo, radicalmente pacífico. Tengo a mano unas notas de Albert Camus, escritas en su novela póstuma *El primer hombre* a propósito de los mozabitas: «[...] habían aterrizado siglos atrás en un lugar elegido con la seguridad de que nadie se lo disputaría, pues no había más que piedras, tan lejos del mundo civilizado de la costa como un planeta resquebrajado y sin vida puede estarlo en la Tierra [...]».

Los mozabitas pasan por ser unos excelentes comerciantes y sus comunidades disfrutan de un elevado nivel de vida, aunque conservan intactas sus tradiciones seculares y rechazan muchos de los productos que ofrece la modernidad, como la fotografía y las ropas occidentales. «Puedes haber estudiado lenguas y ciencias en París o en Argel —nos dice el guía, que es nativo de la región—, pero al llegar al M'Zab, te pones tu túnica y vuelves a ser el bereber que siempre fuiste y que nunca dejarás de ser.»

El siroco se ha quedado atrás y las ciudades del valle aparecen en la distancia, bajo el claro azul del cielo, cada una ocupando una colina. La capital se llama Ghardaia, que quiere decir «la cueva de Ghar». Las cuatro restantes son Melina («la reina», por ser la más elevada), El-Atteuf («el recodo»), Bou-Moura («la luminosa») y Ben Isguen (nombre de la familia fundadora). Hay otras dos ciudades que pertenecen a la comunidad mozabita, pero que están alejadas del valle: Berriane, a 45 kilómetros, y Guerrara, a 120 kilómetros.

Desde la altura de un otero que cruza la carretera, alcanzamos a ver, en primer término, el cementerio de Ben Isguen y la muralla. Detrás de ella asoma el delgado minarete de Melika, que domina el valle, y a su derecha, cegada por la luz, Bou-Moura. Más lejos, entre las colinas pardas, señorea la orgullosa Ghardaia, en tanto que El-Atteuf se esconde a la vista tras un recodo. Mientras contemplamos el primer paisaje del M'Zab, el rebuzno de un borrico surge de alguna cuadra de Ben Isguen, rebota en los roquedales, va y viene en metálicos ecos por las gargantas del valle, golpeándose contra el pecho de piedra de las sierras. Debajo de la ciudad, las blancas figuras de las mujeres se mueven entre las tumbas del cementerio y en los huertos vecinos, como garzas nerviosas en un barbecho.

Las ciudades mozabitas crecen en colinas pedregosas, casi todas ellas de una forma cónica casi perfecta, que se elevan sobre las hondas quebradas del valle. Arriba, en la punta de cada cerro, se encarama la mezquita, desde la que, golpeado por el sol, un esbelto minarete ocre y rojizo apunta hacia el cielo, como un dedo que nos indicara que desde allí nos vigila Dios. Bajo la mezquita, las casas de forma cúbica se derraman por las laderas de la colina y, abajo, en la cintura de la población, brillan lujuriantes los palmerales y los huertos: árboles abrazados entre sí, jugosos, de ramas rizadas; canales para el riego, albercas, verduras y frutales. Si el techo de la ciudad es seco y místico, su vientre es húmedo y sensual.

Los muros de la mayoría de las casas son de un discreto color siena. Pero entre ellas puntean, de pronto, aquí y allá, algunas viviendas pintadas con tonos más llamativos: azul marino, azul celeste, un brusco añil, verde esmeralda, verde desvaído, amarillos cálidos, malvas furiosos y rosas suaves. Así que estas ciudades parecen tartas de crema rematadas por una vela de aniversario y adornadas con caramelos de variados colores.

Décadas atrás, en lo alto de los minaretes se encendían hogueras y sus luces orientaban a las caravanas del desierto que venían desde el sur, como si fueran faros en el océano del desierto. En realidad, estas ciudades mozabitas eran puertos que abrían el mundo civilizado a las salvajes gentes meridionales. Por ello, a Ghardaia, la capital del M'Zab, se la llamó desde siglos atrás «Puerta del Sur», y siempre fue la encrucijada comercial de la región. En buena medida sigue siéndolo, pues por aquí cruzan los camiones que hacen el recorrido de ida y vuelta norte-sur, por las mismas rutas que seguían los camellos.

Dejamos atrás Ben Isguen, y, una vez que traspasamos el recinto de la vieja Ghardaia, que aquí llaman indistintamente *ksar* o *casbah*, todo parece volverse minúsculo: las empinadas calles adoquinadas, en muchas de las cuales no pueden pasar al mismo tiempo dos animales de carga, los patios interiores, las galerías de comunicación entre las callejuelas, las rácanas puertas, los ventanucos que son como aspilleras... Se oyen los gritos de los niños que juegan, el bastón de un anciano que golpea regularmente el adoquín mientras camina y la urgente carrera de las mujeres que huyen a esconderse del extranjero cuando lo ven llegar desde lejos. Hay rumores en las azoteas, las plazuelas y los callejones, y de todos lados surge el ruido de pasos apresurados. Las mozabitas son ciudades como palomares, con sus olores mezclados a cañería de desagüe y a hierbabuena, a los delicados jazmines y a los excrementos de las caballerías.

Las mujeres se cubren con una larga túnica blanca de la que tan sólo asoman los pies y un ojo. El ojo es un punto oscuro, nervioso y hondo, un ojo que no es temible como el del cíclope, sino curioso, el más cotilla de la Tierra, el que más se mueve, el que todo lo quiere ver, el que todo lo busca, el que quiere averiguar cada detalle de cuanto sucede en la calle, el que fisga en los patios a través de las puertas abiertas, el que quiere saber quién eres cuando, de improviso y antes de que pueda esconderse, cruzas delante de la mujer. De pronto, el ser huidizo se vuelve descarado hacia a ti, su mirada te recorre de arriba abajo como si quisiera desnudarte; y no sólo el cuerpo, sino también el alma. Creo que, entre todos los seres humanos, la mujer mozabita es el más impúdico a causa de su inagotable curiosidad.

Nos sentamos a cenar en el comedor del hotel después del fatigoso viaje. Tino pregunta al camarero qué le sugiere del menú. Y el empleado responde: «Yo no sugiero nada a los clientes, no sea que me equivoque».

8-6-1992. Vamos temprano al mercado matinal de ganado ovino, en una explanada que hay en el curso seco de un uadi, a las afueras de la ciudad. El recio sol luce con un vigor invencible. Desde el *ksar* de Ghardaia, al fondo, apunta al cielo, grácil y devoto, el minarete de la mezquita. Aquí abajo, en el mundo chabacano, los vendedores y compradores se enzarzan en un regateo infatigable. Como me sucede en las subastas de pescado de los puertos andaluces, no alcanzo a entender su sistema. Los pastores llevan a los animales atados por el cuello en grupos de diez o doce, pero lo hacen de tal forma que los cuerpos de los ovinos parecen las varillas de un abanico, con las cabezas unidas en el clavillo de engarce. Cuando un comprador adquiere una oveja o una cabra, se lleva al bicho tirando de una de las patas traseras, mientras éste bala asustado y se resiste, intentando regresar junto a sus compañeros. Hay ovejas muy lanudas, blancas y negras, y cabras de poderosas cornamentas y otras mochas y barbadas.

Subimos hacia la *casbah*. A la entrada, un cartel nos señala la prohibición de vestir faldas y pantalones cortos y de hacer fotografías. Pero Tino y yo, con cierto disimulo, no cesamos de utilizar las cámaras. Creo que nunca he hecho tantas fotos como esos días en el M'Zab. El guía nos indica que, cuando una mujer se cruza con nosotros, debemos hacernos a un lado, para que no pase entre los dos, pues se considera una falta de respeto y el marido, si está cerca, podría enfadarse.

Vamos a la mezquita, arriba de la loma, por las empinadas cuestas empedradas de adoquines, rodeados de un fuerte olor a estiércol y orines. Las puertas y las columnas del templo están labradas en madera de palmera, que puede durar casi diez siglos. Por eso, en bereber, a la palmera se la conoce con el nombre de «mil», según nos explica el aplicado guía. Las paredes, muy gruesas, se construyen con adobes, encaladas en el interior y, en el exterior, pintadas de color ocre. Es un edificio escueto, sobrio, sencillo y las alfombras que cubren el suelo son verdes y sin apenas dibujos. Por los arcos que se abren al exterior, entra y sale un pajarillo. Es un *bouchir*, nos dice el guía, el ruiseñor de los oasis, un pájaro al que la leyenda le atribuye la facultad de traer siempre buenas noticias. Por eso, en las mezquitas del M'Zab, siempre hay mijo y agua para él.

Descendemos hacia el cementerio. En el camino, vemos a un niño a la puerta de su casa, cogido de la mano de su abuelo. Va ataviado con un manto oscuro lleno de adornos de pedrería. Tiene el rostro y las manos pintados con hena y otros niños le rodean jubilosos. Nos enteramos de que están preparándolo para la ceremonia de la circuncisión. El niño parece asustado, mientras su abuelo le sostiene la mano, quizás para infundirle valor. Nos permite que hagamos un par de fotografías, algo muy raro, según el guía.

En el viejo cementerio de Ghardaia ya no se entierra a nadie, porque está lleno. Las tumbas aparecen marcadas por pedazos rotos de cerámica, algunos de ellos con inscripciones en árabe. Junto al camposanto hay una escuela coránica del siglo XI y un templo cuyo interior se asemeja a las construcciones ibicencas, con un toque de estilo que recuerda a Gaudí: las columnas blancas parecen desmayarse sobre el suelo, en lugar de sostener el techo.

El guía nos ofrece algunos datos sobre Ghardaia. En el interior de la ciudad vieja viven 15.000 almas, pero si se suman los habitantes de la ciudad nueva, la que se extiende fuera del *ksar* hacia el palmeral, la cifra crece hasta las 70.000. La altitud de la urbe, medida desde la punta del minarete, es de 526 metros.

Por la tarde, a primera hora, vamos hasta Ben Isguen, una urbe de 14.000 habitantes a la que los mozabitas consideran su ciudad santa y que es, por lo mismo, la más estricta en el cumplimiento de la ortodoxia mozabita, lo cual no significa otra cosa que un radicalismo religioso extremo. Tratar de hacer fotos aquí supone jugarse una pedrada o un palo a la cámara. Así es que las guardamos mientras subimos la empinada cuesta que lleva a la plaza del mercado. Abajo queda el frondoso palmeral, rizado como un vello púbico, tembloroso bajo el aire suave que llega hasta allí después de revolcarse en las profundas quebradas y entre los cerros redondos.

El zoco de Ben Isguen es famoso por sus hierbas aromáticas y, sobre todo, por tratarse de un «mercado al grito». Lo llaman así porque los comerciantes, mientras exponen sus productos, los subastan a grandes voces. Así que nos rodean un griterío atronador y un fuerte olor a especias. Los viejos se sientan alrededor de la plaza, en las aceras, con la concentración y el embeleso de quien contempla un buen espectáculo artístico. Cuando alguien, también vociferando, acepta el precio que ofrece el vendedor, éste se desgañita y sube de inmediato el costo de la mercancía. Y así sigue el proceso hasta que nadie ofrece nada y el dinero queda fijado en la última cantidad ofrecida. Al final de la jornada, todos los comerciantes deben entregar un tanto por ciento de sus beneficios a la mezquita.

Volvemos a Ghardaia. En la ciudad nueva, hay antenas parabólicas sobre la mayoría de los tejados y el tráfico rodado es intenso. Las mujeres pueden conducir automóviles en el M'Zab y, dentro del automóvil, les está permitido llevar los dos ojos al aire.

El zoco de Ghardaia, dentro de la vieja *casbah*, se sitúa en una plaza porticada de estructura cuadrada. Las tiendas se abren en los soportales. Y los tenderetes ocupan toda la explanada de la plaza: unos son una simple sábana en el suelo sobre la que se exponen los productos, mientras que otros cuentan con improvisados techos, que no son otra cosa que una manta sostenida por cuatro palos para protegerse de la ferocidad del sol. Hay un alto minarete en uno de los lados del mercado desde donde llega la voz del imam en las horas de oración. En ese instante, toda la actividad del zoco se detiene y los comerciantes y compradores se arrojan al suelo y rezan en dirección a La Meca.

En los comercios de los soportales se ofrecen costosos tapices y alfombras, mientras que los tenderetes de la plaza venden especias, frutos secos, frutas frescas, sobre todo dátiles en grandes racimos; ropas, babuchas, perfumes de olores muy fuertes; y zapatillas, bolsos y manteles de plástico, vasos y jarros de plástico, flores y ramas de plástico de las que cuelgan limones de plástico... Borricos, velomotores y bicicletas cruzan entre los comerciantes y la clientela.

El mercado se extiende en una de las vías que salen de la plaza, a lo largo de casi cinco kilómetros en dirección al oeste. Toda la calle está sombreada por cañizo y lonas. Huele a encurtidos, a hierbabuena, a letrina, a cagadas de burro, a cilantro y albahaca. Cada portal es un comercio: una relojería, una joyería, un *bric-a-brac*, una peluquería, una pollería. Ante los portales, pequeños mostradores ofrecen naranjas, tomates, cestos llenos de dátiles, enormes calabazas amarillas, las cabezas cortadas de tres corderos…

La vía rebosa de gente. Por el centro circulan las motocicletas, los ciclistas, algún ciego con su lazarillo, los tullidos, los limosneros y numerosas mujeres que mueven el ojo como el periscopio de un submarino. La humanidad se aprieta, la gente se grita de un lado al otro de la calle y los conocidos se saludan con un beso o un abrazo. Incluso las mujeres lo hacen entre ellas y uno no sabe cómo son capaces de reconocerse tan sólo con verse un ojo.

Todo en el M'Zab produce la impresión de vida integrada, de vida que gira alrededor de ceremonias y costumbres seculares, sin duda los signos de una conciencia milenaria que este pueblo defiende con fervor. Siento, aunque sé bien que la apariencia esconde a menudo una realidad muy distinta, que una honda armonía palpita en este universo que se resiste a la modernidad y a la desaparición de su manera de entender los rituales de la existencia. Tal vez no sea otra armonía que la que ofrece la fe.

El guía nos lleva al gran palmeral, que, además de un espacioso huerto parcelado en propiedades privadas, es una ingeniosa y trabajada obra de ingeniería agrícola. En el siglo XV, el jeque Ami Said inventó el sistema de retención y distribución de agua que aún perdura. Su intención era recuperar para el riego los millones de litros de agua que arrastraban las torrenteras después de las tormentas y que acababa tragándose el desierto. Para ello, construyó una presa con nueve galerías que filtraban el agua a cada uno de los nueve «barrios» que forman el palmeral. Se excavaron pozos de aireación y salidas de agua canalizadas para abastecer los huertos individuales según su tamaño y sus necesidades. También se abrieron piscinas como reservas acuíferas y canales subterráneos cuya función consistía en absorber el exceso de agua si las avenidas eran muy fuertes y se corría riesgo de inundación. Desde el siglo XV, el agua de Ghardaia se reparte de forma justa entre los vecinos, y los imames de la mezquita actúan como árbitros de los pleitos que puedan plantearse.

En los palmerales se cultivan numerosas plantas, pero la reina de todas, como el nombre del lugar lo indica, es la palmera. De las 120 variedades de dátiles que existen en Argelia, 20 se dan en Ghardaia, entre ellas la más sabrosa de todas, la llamada «dedo de luz», amarillenta y casi transparente. La fecundación de los árboles se hace a menudo también por injerto, pero predomina el sistema natural por polinización. De la palmera se usa casi todo: los dátiles, la madera, las hojas y la corteza. Incluso se elabora vino de palma. Bien cuidado, un árbol puede producir una cosecha anual de 150 kilos de dátiles.

Por la tarde vamos a El-Atteuf, la primera de las ciudades que construyeron en este valle los mozabitas tras ser expulsados de sus poblaciones originales del norte, allá por el siglo XI. Es un pueblo con aire de jovialidad, quizás porque aquí abundan los niños. Resulta muy bello y también muy fresco, a causa de la orientación de sus calles, que recogen como un embudo los vientos septentrionales. En sus fachadas predominan los colores blanco y crema. El-Atteuf alberga la mezquita de Sidi Ibrahim, para muchos la más hermosa del M'Zab, que inspiró a Le Corbusier para la construcción de su famosa capilla de La Rochelle.

Y terminanos la ruta de visitas del día en el cementerio de la ciudad de Melika, que está en lo alto, y en cuya explanada central se alza un mausoleo de inmaculada blancura, rodeado de las lápidas de tumbas más pequeñas de color ocre. Ante los túmulos, varias mujeres acompañadas de niños se detienen a rezar a sus muertos y a merendar luego junto a ellos. Traen café y un guiso llamado *tamena*, hecho a base de sémola cocida con azúcar. Se sientan tratando de esconderse tras las lápidas, como pájaros temerosos, su ojo inquieto moviéndose de un lado a otro, escrutando cualquier movimiento. Hay gatos que husmean alrededor de los pucheros.

Tino se ha acercado a una de las mujeres y le ha pedido que descubra el rostro para fotografiarla. Ella niega con la cabeza y le dice en un suave francés:

—Si lo hago, mi marido tendría derecho a cortarme el cuello.

El guía nos dice que el rostro de las mujeres sólo pueden verlo sus esposos. Y ello, únicamente después de casarse.

—Claro que eso —añade— supone a menudo un gran problema: al quitarse el velo después de la boda, puedes encontrarte con que tu esposa se parece a un camello. Y el asunto no tiene ya remedio.

Vamos a retirarnos cuando, de forma inesperada, la mujer nos llama. Se descubre el rostro y sonríe. Es joven y hermosa. Tino y yo la fotografiamos. Nos dice al despedirnos:

—Espero que vuelvan a mi país. Aquí decimos que nunca se llega a Argelia por primera vez y que, cuando uno se va, nunca lo hace para siempre.

Cuando decidí dejar el fragor del periodismo a tiempo completo y de ese modo rescatar todo el tiempo posible para la literatura, regresé a Nicaragua. En el año anterior, 1983, durante mi viaje a Centroamérica para el periódico que me empleaba entonces y que iba a cerrar unos meses después, me di cuenta de que lo que escribía en mis crónicas no era suficiente, no explicaba lo que yo había vivido en aquellos meses, en especial en Nicaragua. Y de inmediato, supe que necesitaba de la ficción para contarlo. Había visto a la gente cruzar ante los umbrales de la muerte por una necesidad de supervivencia; había percibido las contradicciones en el alma de los hombres comunes pillados en medio de una guerra y también la perplejidad que producía en muchos sacerdotes el choque entre la injusticia y la propia fe; y había sentido el miedo en las palabras de los soldados de la primera línea de fuego y oído el crepitar de viejos dogmas que ardían en el fuego y el grito de los dogmas que nacían; y también había encontrado un cierto desenfado de las gentes ante la presencia de lo terrible, una extraña alegría que fructificaba, para mi sorpresa, en el interior de la barbarie. ¿Qué era aquello?

Guardaba algunas historias sobre las que no había escrito ni una línea en el periódico e, incluso, conservaba el recuerdo de gentes que había conocido en Managua y en Jalapa, algunos de cuyos rasgos podían servirme como modelos para personajes de una novela. Pero era consciente de que, si quería escribir un libro de ficción, debía regresar al país, de que era preciso que hiciese un trabajo de campo diferente al del periodismo, de que estaba obligado a acercarme de otra forma a la realidad. Al fin, en 1984, volví a Nicaragua, viví nuevas emotivas aventuras y, un año después, publiqué la novela.

Por supuesto, no me era posible viajar con los mismos medios que la primera vez que lo hice, entre otras cosas porque ahora tenía que costearme yo los gastos y mi presupuesto no alcanzaba para alojarme en un hotel como el Intercontinental. También porque algunas circunstancias habían cambiado en el país. Por ejemplo, los coches de alquiler ya no podían pagarse con moneda local, esto es, a precio de mercado negro, sino que había que hacerlo en dólares. No obstante, para los restaurantes, las peluquerías, las copas de ron en los bares de los hoteles y la entrada en las discotecas, se aceptaba el pago en moneda «nica», el córdoba. Además de eso, el dólar se valoraba en el mercado clandestino diez veces más alto que el año anterior y alrededor de treinta veces más que el establecido en el mercado oficial de divisas. Así que, durante los días que permanecí en Managua, dormía por cinco dólares diarios en un humilde aposento de una casa privada, pero comía sin mirar precios en el restaurante mexicano Antojitos, tomaba Flor de Caña en el bar del Intercontinental, me limpiaba los zapatos y me lavaba el pelo en las peluquerías con mejor servicio de la ciudad y me hartaba de escuchar y bailar salsa en el Lobo Jack como un incurable noctámbulo.

Una de esas noches en Managua conocí a tres periodistas barceloneses que andaban recorriendo el país: Luis Mauri, Javier Belmonte y Juan Manuel Perdigó, a los que acompañaba el fotógrafo colombiano César Rangel. Por aquellos años era frecuente, entre la gente joven y progresista española, viajar en lo que el escritor Juan Goytisolo calificó por entonces, con mala uva, como «turismo revolucionario». Goytisolo acuñó la expresión a propósito de quienes se desplazaban a los campamentos saharauis de Tindouf para mostrar su solidaridad con los refugiados, como hizo su hermano José Agustín en un viaje que ya he contado antes. Juan Goytisolo es un intelectual que ejerce como progresista en los foros culturales europeos, pero cuando reside en Marraquesh aprecia como pocos intelectuales de Occidente las virtudes de un régimen de signo feudal cuyo rey mantiene a la mayoría de sus ciudadanos muertos de hambre.

Los tres barceloneses, el colombiano y yo nos hicimos buenos amigos. Pasamos algunas estupendas noches de juerga en Managua. Y fueron ellos quienes me presentaron a una chica que, de inmediato, me fascinó: era alegre, desenfadada y dotada de una enorme gracia natural, espontánea y llena de sentido del humor. Estaba bastante gorda y resultaba poco agraciada físicamente, pero compensaba su escaso atractivo con ese encanto extremo que he descrito. Decía que era camarera en un bar, pero yo creo que ejercía un cierto tipo de prostitución muy común en países latinoamericanos: provocar la seducción, dejarse seducir y luego pedir un «regalito» al seductor. Todas las noches andaba por el Lobo Jack y se quedaba hasta la madrugada bailando sin cesar con nosotros, haciéndose invitar a copas y pidiéndonos luego unos córdobas para regresar a su casa. Nunca la vi borracha, pese a la gran cantidad de ron que era capaz de beber. Yo disfrutaba enormemente hablando con ella y la tomé como modelo para un personaje de mi novela al que llamé Bluefields.

Mi pretensión principal era volver al norte, a Jalapa, lo cual resultaba bastante problemático, pues los transportes públicos apenas existían fuera de Managua y no contaba con dinero suficiente para alquilar un coche. Pero gracias a mis amigos barceloneses, encontré la solución. Desde su llegada a Managua, tenían contratado un taxi a tiempo completo y el taxista les cobraba en córdobas e, incluso, les hacía el mismo cambio de moneda que el mercado negro. De modo que tenían coche a la puerta del hotelito donde se alojaban y, gracias a la inflación, viajaban por la ciudad a un precio irrisorio, comparado con los costos que supondría un servicio parecido en España. Recuerdo que alguna noche recorrimos toda Managua hasta la madrugada, de bar en bar, en aquel taxi derrengado cuyo motor sonaba como el pecho de un fumador empedernido.

Cuando mis amigos abandonaron Nicaragua de regreso a España, contraté el coche. El taxista y yo estuvimos casi un mes juntos recorriendo geografías nicaragüenses, no sólo norteñas, sino que también viajamos a las cercanías de las fronteras con Panamá, en San Juan del Sur. Hicimos una gran amistad. A la postre, el alquiler del taxi, con los gastos del chófer incluidos, me supuso algo así como ciento cincuenta euros de ahora mismo. Tuve, además, la ventaja añadida de ver Nicaragua de la mano de un «nica». Siempre estaré en deuda con él.

Mi taxista, pocos días más tarde convertido en mi gran amigo Luis García, era un tipo en extremo vitalista. Hicimos buenas migas enseguida. Yo andaba entonces próximo a los cuarenta años, mientras que él rondaría los treinta y cinco. Era magro de carnes y casi barbilampiño, con un leve toque mestizo en sus rasgos. Tenía los ojos pequeños, el pelo lacio y una estatura media baja, más o menos como la mía. Le gustaba la marihuana, pero apenas tomaba alcohol, tan sólo una cerveza de cuando en cuando.

Se había casado una vez, pero había abandonado a su esposa por una segunda mujer y, en ese momento, vivía con una tercera. Tenía dos hijos de la primera, a los que podía ver de vez en cuando y a los que pasaba una pequeña pensión, si lograba hacerse con algo de dinero. «¿Sabes, brother? —me decía—. Los nicas somos bastante vagos: quiero decir que vagamos mucho de lugar en lugar y de mujer en mujer. Aquí en Nicaragua, casi todos los hombres han tenido tres o cuatro mujeres. Mi padre anduvo con cuatro y yo soy hijo de la segunda. Él vive en un ranchito de Palacagüina, allí me crié yo. Pero hay hombres que no pasan dinero a sus hijos y yo sí lo hago. Es cosa de honor. Y también es cosa de honor tener a tu madre a tu cuidado: la mía vive conmigo, y la alimento y le doy techo.»

El coche de Luis era un decrépito Toyota de color frambuesa, con los asientos de plástico rajados, motor renqueante y un radiador que precisaba reponerle el agua cada cuarenta o cincuenta kilómetros, pues goteaba por dos o tres agujeros. Cada mañana, Luis revisaba el motor con mimo, pieza a pieza, y lo rellenaba de aceite. Trataba a su coche como a un enfermo terminal en una UCI, negándose en redondo a la inevitable eutanasia. Por otra parte, aquel coche aguantaba lo increíble.

Luis no era sandinista ni partidario de la «Contra». «Aquí lo que la gente quiere es comida, transportes y escuelas pa' los niños —decía—. Yo no soy político, pero fui partidario del periodista Pedro Joaquín Chamorro e hice la huelga cuando Somoza le cerró el diario. Ese hombre sí que decía las verdades como puños y era recio de creencias como achote. Cuando iban a entrar los sandinistas en Managua, yo hice lo que la mayoría: me puse un pañuelo rojo y negro al cuello y me colgué del hombro un viejo fusil que encontré por ahí. Y jaleé en la calle a los "compas" que llegaban victoriosos: barbudos y vestidos de verde, como hizo Fidel en La Habana. Así que yo gané también la guerra, aunque lo hiciera a última hora y sin arriesgar la vida en batallas.»

Viajamos al norte con su vacilante e irreductible Toyota, por la misma carretera sin asfaltar que había recorrido el año anterior, la que corre en paralelo a las sierras que separan Honduras de Nicaragua. En más de una ocasión, nos quedamos atrapados en los vades de los ríos, que bajaban más crecidos que el año anterior. Por suerte, era frecuente encontrarnos con reatas de caballos que cruzaban por la misma pista que nosotros, conducidas por grupos de vaqueros. Nunca nos negaron su auxilio:

ataban con fuertes sogas el vehículo al cuello de un par de caballerías, daban algunas voces, algo así como «¡hipa, hipa, hipa!», y el coche salía del agua y seguíamos viaje.

Al iniciar el recorrido por aquella carretera donde tan frecuentes eran las emboscadas, Luis me aconsejó: «Si nos para la "Contra", tú me dejas hablar a mí y te quedas callado. Yo soy nica como ellos y me las sé arreglar».

En Jalapa, me cerraron en las narices la puerta de la casa cural. «¡No es usted bienvenido aquí!», gritó cuando le dije mi nombre el tipo que me había abierto. Pensé que, posiblemente, el cura palentino que el año anterior me llevó a asistir a una especie de «misa armada» en las montañas habría recibido una buena reprimenda de sus superiores desde España. En todo caso, en aquella comunidad revolucionaria de la casa cural de Jalapa, donde cohabitaban sacerdotes cimarrones y laicos fundamentalistas, yo no era bien recibido. Así que no insistí en verlos.

Nos alojamos de nuevo en la pensión La Luz y allá continuaba doña Laura con su madre y sus hijos. Maidole había crecido, estaba más mujercita, y seguía siendo una niña simpática y guapa, algo más coquetilla que el año anterior. Creo que Luis anduvo trasteando un poco a doña Laura durante los días que permanecimos allí, en competencia con un viajante de comercio. Pero no pude saber en qué terminó la cosa.

Por las noches, en el bar de Sandra, yo tomaba cervezas Victoria y Luis consumía un cigarrillo de marihuana detrás de otro. Una vez bien fumado, le daba por pedirme consejos sobre la vida, ya que, según él, yo era hombre viajado y de más edad y experiencia que él. A mí sólo se me ocurría decirle que cuidara bien de su coche, que atendiese a sus hijos lo mejor que pudiera, que no se le ocurriese traer ninguno más al mundo y que no confiase en exceso de los políticos, fuesen del partido que fuesen. Pero casi todo eso, menos lo de los nuevos hijos, él ya lo sabía bien.

De regreso a Managua, unos días más tarde, Luis me propuso que diésemos un salto a Palacagüina, que no quedaba lejos de la carretera general que bajaba de Ocotal a Estelí. Fue una idea estupenda. Compramos sombreros vaqueros en una tienda, porque según Luis no se podía montar a caballo sin llevar sombrero, y llegamos al rancho de su padre. Era un hombre pequeño, de fino bigote sobre el labio, silencioso y sonriente; ninguno de sus rasgos recordaban a Luis. Se saludaron con cierto afecto, besándose en las mejillas, el padre le preguntó por la madre y Luis le dijo que estaba bien de salud.

Después, Luis le pidió dos «bestias», dos caballos, para dar un paseo por el campo y le insistió en que la mía fuera «bien mansita». Al poco nos encontrábamos montados sobre dos jacos en silla americana, tocados con los sombreros y fusta en la mano. Los caballos centroamericanos tienen poca alzada, pero son vivarachos y muy bonitos de figura. El de Luis era nervioso, trotón, de pelo rojizo muy brillante y crines más claras. El mío era rubio, casi bayo, mustio y tranquilo, de crines largas azabaches. Me parecieron dos bellos animales.

Luis resultó ser un consumado jinete. Se le veía feliz. Daba cabalgadas cortas y volvía jubiloso mi lado. Y yo le seguía a lomos de mi tranquila «bestia», exactamente el tipo de caballo que desearía cabalgar cualquier jinete que no tenga ni idea del arte de la monta, como era mi caso. «¿Ves todo esto, brother? —me decía Luis—. En esta tierra me crié y crecí. Es hermosa, ¿no?»

Lo era en verdad: campos verdes, bosques apretados, arroyos de aguas muy claras, cielo inmenso y limpio sobre nuestras cabezas y, al fondo, cadenas de montañas azules de perfil mellado. ¡Qué bello es el paisaje del mundo que ignoran las guías turísticas en razón a que allí no hay monumentos ni nada que comprar! Dios tuvo que nacer en Palacagüina, decía más o menos una canción de Mejía Godoy. Y no le faltaba razón. Hacía calor y, en una pequeña laguna, nos bañamos en calzoncillos. Por la noche, el padre nos ofreció carne de vacuno para cenar y Luis y yo compartimos una habitación con dos camastros. Aquella cabalgada inolvidable por los campos del norte de Nicaragua me sirvió de referencia para una escena de mi novela *Los dioses debajo de la lluvia*: un paseo a caballo del sacerdote protagonista de la novela con la chica de la que se ha enamorado.

De regreso a Managua, Luis me llevó a las peleas de gallos en la gallera Larrainaga, donde se comían fritos a los animales muertos en combate mientras continuaba el programa de peleas. Acudí también a una corrida de toros en la Plaza Monumental de Managua, como pomposamente se llamaba el coso. Durante la corrida, ninguna res sufrió herida alguna, pues no se usaban banderillas ni picas ni los toros eran sacrificados al final. Pero varios de los toreros voluntarios recibieron enormes cornadas y, al menos uno, debió de morir poco después de la cogida. El cuerno del toro le alcanzó en la femoral y la sangre salía de su pierna como el chorro de una fuente rebosante de agua. Juzgué imposible que sobreviviera a tal cornalón, ya que en la Monumental no existía enfermería para proporcionar auxilios de urgencia.

Antes de irme del país, pretendía visitar San Juan del Sur, donde había una parroquia de sacerdotes españoles, militantes también de la Iglesia popular. Yo quería escribir una novela cuyo protagonista, un cura español, viviese las contradicciones que en ese momento dividían a la Iglesia católica, en plena guerra civil y con un gobierno revolucionario instalado en el poder. Había tratado con teólogos de la Liberación, como Ellacuría y Sobrino, y conocido a los curas cimarrones de Jalapa. Y sobre los de San Juan del Sur, me habían contado que mantenían estrecho contacto con el Ejército Guerrillero de los Pobres de El Salvador, una rama de la insurgencia dirigida por un hijo del premio Nobel Miguel Ángel Asturias. Pese a que los curas de San Juan mantenían su lucha principal en el vecino país del norte, su sede oficial estaba en Nicaragua. Allí tenían su base logística y contaban con todo el apoyo del régimen.

Cuando llegué, el principal dirigente de los curas de San Juan, de apellido Gurriarán y hermano del que había sido el último director de mi periódico, se encontraba fuera de Nicaragua, quién sabe si pegando tiros en las selvas y las sierras salvadoreñas o tal vez negociando ayuda económica en La Habana. Los sacerdotes que me atendieron fueron muy amables conmigo. Asistí a misas, bautizos, comuniones y sermones. Eran mucho más sutiles y matizados que los curas cimarrones de Jalapa. Además, habían abierto un dispensario para atender a enfermos y organizaban a los campesinos en cooperativas. Su discurso era, en la apariencia, moderado si se comparaba con el de Lucilio, el cura que me llevó a la misa de las montañas nicaragüenses un año antes. Pero su fondo era el mismo: o la Iglesia era justicia social, en alianza con el desfavorecido y en lucha contra el opresor, o no era Iglesia. Y si era preciso apoyar la violencia contra la opresión, se apoyaría la violencia. Ése era el mensaje esencial de la Teología de la Liberación.

Ese asunto constituía el eje sobre el que yo quería escribir: el choque de una Iglesia conservadora con una Iglesia rebelde. Y sobre todo, quería tratar sobre las contradicciones que ello creaba en la actuación de sus sacerdotes, obligados de nuevo a buscar el martirio e, incluso, a pedírselo a sus feligreses.

Mi regreso con Luis a Managua supuso una nueva aventura. Desde San Juan se podían emplear, para alcanzar la capital, unas cinco o seis horas viajando por la carretera Panamericana. Pero el coche no pudo más: a las dos horas de salir, el radiador reventó. Cuando abrimos el motor, humeaba como un volcán y escupía chorros de vaho hirviente. Lo dejamos enfriar y, cuando le echamos de nuevo agua, se salía a borbotones por seis o siete agujeros.

No podíamos seguir viaje en aquellas condiciones y, además, por allí no había ciudades donde encontrar un taller mecánico, sino tan sólo humildes ranchitos familiares. Además, los repuestos sólo podían lograrse en el mercado de contrabando de Managua. Y si dejábamos el vehículo allí y viajábamos a la capital de la forma que pudiésemos, sin duda Luis perdería su automóvil para siempre porque alguien se encargaría de desguazarlo. Aquella idea le aterraba porque no tenía otro modo de subsistencia que el coche. De modo que había que regresar con el Toyota, fuese como fuese.

Luis ideó un recurso. Calculamos, después de probar un par de veces, que el radiador tardaba en vaciarse unos diez minutos. ¿Cómo podíamos hacer para que mantuviese agua al menos media hora? Tapando con jabón los agujeros. Así que pedíamos jabón en los ranchitos y, durante un largo rato, Luis se aplicaba minucioso a la tarea de cubrir los orificios, lo que nos permitía seguir viaje cosa de media hora, más o menos, hasta la siguiente parada. La tarea se demoraba mucho, ya que, para que el jabón se fijase, el radiador debía estar frío.

Así se nos echó encima la noche. Por fortuna, unas cuantas de las luces del coche funcionaban y, aunque marchamos tuertos, podíamos ver con claridad la carretera. Cruzamos en cierta ocasión junto a una cantina y le propuse a Luis entrar allí a reponer fuerzas con un par de cervezas. «¿Estás loco, brother? —respondió—. Ni modo. Eso está lleno de hombres tomados y nos robarán todo lo que tenemos y nos terminarán a machete. Ni modo, brother. ¡Ahí no paramos, por mi madre!»

Luis viajaba atenazado por el miedo. Me insistió en que en toda aquella zona no había policía sandinista y que cualquiera que nos sorprendiera iría derecho a robarnos y matarnos. Las luces del coche alumbraban en ocasiones a caballistas solitarios tocados con sombreros de ala ancha y machete colgando del cinto. Pero tuvimos suerte: en los dos ranchitos que paramos antes de alcanzar la capital, la gente nos prestó jabón y luz de carburo para parchear el radiador. Incluso una mujer nos dio un platillo de frijoles estofados a cada uno. Llegamos a Managua bien entrada la madrugada.

Al día siguiente tuve que acompañar a Luis a su casa. «Es que mi compañera no se fía —explicó—. Cree que me ido con otra y tengo que probarle que viajé contigo y que gané plata en el negocio.» Así que, tomando un café en la humilde salita de su vivienda, le pagué sus servicios en dólares ante su compañera y su madre. La chica era muy joven y generosa de carnes; la madre, una anciana de rasgos indígenas. Apenas dijeron unas pocas palabras durante el tiempo que permanecí en la casa.

Luis consiguió un radiador de segunda mano en el mercado de contrabando de piezas de automóviles. Le ayudé aportando unos cuantos dólares. Y recuperó su ánimo y el Toyota salió del trance, achacoso pero dispuesto a seguir en la brega. No utilicé a Luis como uno de los personajes de la novela. Sin embargo, sus rasgos y muchas de sus historias aparecen en la siguiente novela centroamericana de mi trilogía, *El aroma del copal*, que transcurre en Guatemala. Luis está en el alma de un personaje al que llamé Efrén.

En los años siguientes volví a Centroamérica dos veces para pasar una larga temporada en busca de escenarios, léxicos e ideas para las historias que iban a completar mi trilogía de novelas centroamericanas. En Guatemala me sonrió la fortuna. Yo buscaba el modo de ir a visitar un campo de petróleo en la zona del Petén, una enorme selva casi virgen al norte del país, donde la compañía española Hispanoil explotaba pozos. Así pues, me dirigí a sus oficinas centrales de la capital. Me recibió el director general, un ingeniero nacido en Santander. Le conté que, unos meses antes, por mi novela de Nicaragua, me habían otorgado un premio en el Ateneo de su ciudad. Y de inmediato me invitó a visitar los campos de petróleo del norte y a quedarme allí el tiempo que quisiera. Permenecí en el norte varias semanas.

El campamento se alzaba en medio de la selva, a las afueras de un pueblo llamado el Naranjo. Había dos cantinas con prostitutas, un cuartel para un regimiento del ejército, guerrilla en los bosques de los alrededores, abundante fauna salvaje y restos de una ciudad maya sin excavar. Era el escenario perfecto para una novela de aventuras. El campamento consistía en un terreno cercado de un par de hectáreas, y los operarios y directivos se alojaban en caravanas, o *campers*, en las que contaban con aire acondicionado y sanitarios propios. En un *camper* mayor que todos los otros se encontraban el comedor y la cocina. Y a diario, un aeroplano de la compañía —el mismo que me llevó hasta allí— viajaba desde la capital al campo con alimentos y repuestos. Así que vivía en el centro de una selva virgen con aire acondicionado y comida en abundancia, cerveza fresca y buen ron. Y cazaba, pescaba, tomaba notas y leía y no pagaba ni un dólar por todo aquello. Daban ganas de quedarse allí toda la vida.

Había ríos de aguas muy limpias y bosques densos y sonoros. Y orquídeas y otros centenares de especies de flores que yo no conocía, mil clases de árboles, mariposas de fogosos colores, colibríes, tucanes, águilas, ánades, pavos, perdices, serpientes venenosas, pequeños caimanes, venados, puercos salvajes, monos aulladores, zorros, jaguares y pumas. De allí salieron los escenarios de *El aroma del copal*.

Pero, sobre todo, en el interior de la selva del Petén sentí de pronto que volvía a ser un niño. Además, a diferencia de mi infancia, ahora no soñaba las aventuras, sino que las vivía.

Para buscar la atmósfera de la tercera novela centroamericana, *El hombre de la guerra*, me trasladé a La Ceiba, en el norte de Honduras. Era un lugar mulato y salsero, donde vivía una comunidad de negros, antiguos esclavos traídos de África, que se llamaban a sí mismos garifunas. Tenían su propia lengua, quizás un dialecto africano desnaturalizado, su propia religión y su propio folclore. Al contrario que Tegucigalpa, capital del país, que era una ciudad sombría y triste, La Ceiba rezumaba vitalidad. Era una geografía caliente y viva, de mar bravo y olas que golpeaban con vigor contra el muelle de carga donde terminaba el tendido del tren. Se comía un excelente pescado frito en aceite de coco y un sabroso guiso de carne de caracola que no he logrado encontrar en ninguna otra parte. Las noches en La Ceiba eran jaraneras en un bailongo que llamaban «El Piloto». Un refrán local decía: «Las mujeres de Tegucigalpa tienen el culo blando y la cara dura; las ceibeñas, la cara blanda y el culo duro». Lo reproduje en un artículo de prensa y el periódico recibió una carta de la embajada hondureña en Madrid en la que se me tachaba de machista.

Mar adentro, a media hora de vuelo en un pequeño aeroplano desde La Ceiba, se encuentran las islas de la Bahía. Permanecí en la más grande, Roatán, durante tres días y aproveché para bucear en el arrecife caribeño, una de las formaciones coralinas más hermosas del mundo. En las islas hay una numerosa población de negros, descendientes de los esclavos africanos llevados allí siglos atrás por los ingleses. Curiosamente, se llamaban a sí mismos «ingleses» y muchos tienen en sus hogares el retrato de la reina de Inglaterra y una Union Jack en la pared. Hablan con desdén de los blancos, a los que llaman «indios».

La Ceiba era un lugar remoto del norte y, desde allí, viajé a otro aún más lejano, Puerto Lempira, también en la costa del Caribe. De nuevo me encontraba ante la naturaleza bravía y en un territorio fronterizo con la guerra, pues cerca de allí mantenían sus bases las guerrillas «contras» que hostigaban a los sandinistas nicaragüenses. También era un paraje de perfume aventurero: en las costas próximas a la localidad, más arriba de la Mosquitia, abundaban los tiburones; en los ríos campaban a sus anchas los cocodrilos y en sus selvas señoreaban los jaguares. No era raro oír hablar de ataques de escualos ni encontrar personas con algún miembro amputado a causa de ello. Puerto Lempira crecía junto a una laguna, separada del mar por una larga barra. A veces, las olas de un temporal saltaban la barra y la ciudad quedaba inundada durante varios días. En esas ocasiones, según contaban los lugareños, los jaguares salían de las selvas y nadaban por las calles de la urbe, tratando de cazar gallinas, cerdos, perros, terneros y niños pequeños.

En Puerto Lempira, eran frecuentes las reyertas y la gente

moría a tiro limpio por cualquier incidente en el que se jugaba ese atributo tan extraño que llaman honor. En cuanto los hombres empezaban a emborracharse a tu alrededor, percibías que tu vida corría peligro.

Recuerdo una tarde en la que arrancó a llover y me refugié del aguacero en una cantina. Había unos cuantos tipos en la barra y enseguida pegaron hebra conmigo. Hablaban suavito y calmado. Al poco, ya me sugirieron que les invitase a unas cervezas. Lo hice con gusto, pensando que era una excelente oportunidad para entablar relación con gente que me podía ser de utilidad literaria, por sus modos de expresión, por su carácter, por su biografía, cosas de esas que los escritores solemos robar a los otros. Mientras charlábamos, pidieron una segunda ronda de cerveza a mi costa y, al poco, una tercera. Cuando indicaron a la camarera que sirviera la cuarta, sin siquiera molestarse ya en pedir mi consentimiento, uno de los tipos colocó un pistolón sobre el mostrador.

—¿Y para qué lo lleva? —le dije por decir algo mientras mi pulso se aceleraba.

—Pues por si me encuentro un tigre bravo en la selva o alguien que no me gusta en la calle.

Estalló un trueno afuera y, durante unos segundos, el generador de luz del bar sufrió un apagón. Aproveché para decir que tenía que irme al hostal antes de que estallase la tormenta y salí corriendo del bar, bajo los gruesos goterones de la lluvia.

También en Puerto Lempira un italiano de unos cincuenta años me ofreció asociarme con él para pescar el camarón, llevarlo congelado a Estados Unidos y venderlo allí. Si no hubiese rechazado la invitación, quizás ahora sería un hombre rico. En la pequeña ciudad caribeña, conocí a una mujer que era la dueña del único hotel medio decente de la localidad y la primera fortuna de la Mosquitia, según decían: su marido había muerto alcohólico unos meses antes y me ofreció reemplazarle, porque «no es bueno, en el trópico, que una mujer viva sola». No recuerdo si la rechacé porque era demasiado gorda o porque le olía el aliento a cebolla cruda. O por ambas cosas tal vez.

Al recordar ahora aquellos viajes a Centroamérica, me acomete una cierta nostalgia. Siento que nada de cuanto escribí puede compararse con la intensidad de lo que viví, pues cabalgué a lomos de la aventura durante varios años y ello supuso para mí una experiencia única e inolvidable, la mejor de mi vida junto con el amor y la paternidad.

Hay escritores capaces de crear excelentes novelas a partir de su propia capacidad inventiva, en un solitario proceso de abstracción. Son pocos. La mayoría precisamos de una inmersión profunda en la realidad y de los olores de la vida. Necesitamos escuchar historias para imaginar lo que queremos contar, aunque transformemos la realidad a nuestro acomodo.

De modo que he vuelto a repetir la experiencia centroamericana en algunas ocasiones, con la búsqueda en otros continentes de materiales para un futuro libro. Al mismo tiempo, esos viajes me han abierto la posibilidad de nuevas experiencias y aventuras felices.

Por ejemplo, para mi última novela, *El médico de Ifni*, también recorrí los territorios donde pensaba que podría transcurrir una parte del relato.

Yo tenía el propósito, desde años atrás, de desplazarme a las costas del Atlántico marroquí, al sur de Agadir, a los lugares donde, décadas atrás, España mantuvo varias colonias, algunas de las cuales fueron incluidas como provincias africanas en el mapa administrativo del Estado español. No había ningún morbo histórico en mi intención, ni añoranza alguna de la España imperial. Sucedía tan sólo que un pariente mío del que ya hablé al principio del libro, mi tío Antonio, había servido como militar durante varios años, al término de la Guerra Civil, sucesivamente en Cabo Juby (hoy Tarfaya), Sidi Ifni y El Aaiún, y las historias que nos contaba a sus hijos y sobrinos cuando éramos unos críos, despertaban en mí la emoción de la aventura.

Quería escribir sobre ello. Así que me puse en marcha y, en noviembre de 2003, bajé en coche de Marraquesh hasta Essaouira y, desde allí, siguiendo la línea de la costa atlántica, hasta El Aaiún. Más tarde, en febrero de 2004, me desplacé a los campamentos de Tindouf con mi amigo saharaui Sidi Ahmed, y viví con familias de refugiados en sus jaimas de los campamentos de Smara, Auserg y 27 de Septiembre. Pensé en un principio que haría un libro de viajes sobre ello, pero cuando me puse a la tarea comprobé que mis emociones eran tan intensas que precisaba de la ficción para contar con rigor y con fuerza lo que fueron aquellos lugares en el pasado y lo que eran en el presente. Imaginé historias y personajes sobre un paisaje y una historia general reales. No inventé, sino que transformé la realidad y creé almas y peripecias que podían contar con mejor pulso la verdad.

Fueron dos viajes que me produjeron, por diversos motivos, una honda conmoción. Y en la historia que más tarde ideé y los personajes cuyas vidas dibujé para interpretarla, traté sobre todo de transmitir esa emoción que yo había sentido durante los viajes e, incluso, previamente a ellos. Eso ha sido siempre, en esencia, lo que he intentado hacer con la literatura: transmitir a quien me lee los desasosiegos, exaltaciones, agitaciones, euforias, tristezas o alegrías que nutren la existencia humana, tanto en mi propio ánimo como, sobre todo, en el de mis semejantes.

Recuerdo, de aquellos días camino del sur, una visión que me impresionó: la de los numerosos grandes barcos encallados, naufragados entre los altos farallones de piedra oscura que cercaban las playas batidas por el océano. Eran viejos cargueros comidos por la herrumbre, tirados de lado sobre la arena, osamentas del color rojizo del óxido que transmitían una poderosa sensación de derrota, de desolación y de muerte.

Escribí unos versos sobre ello:

La duna contra el hierro y contra el mar la piedra.
Desierto que es un barco a la deriva y naufragado en gritos.
Rubor de algas de sangre que ha trepado a las playas
y subido a los altos arenales y a los riscos,
a las rocas ancladas como crespones negros
sobre los vientos locos de los llanos.
Pecios de acero viejo,
malheridos en el último esfuerzo por alcanzar la tierra.
Y allí, quietos por siempre:
sus herrajes de hierro que se rompe y quejumbra
bajo el viento salvaje de la sal inclemente.

Mandíbulas de un tigre: tal son las costas de esta orilla,
afilados colmillos que apuntan a las olas
con ansia de morder su majestad de plata.
Avidez oceánica de carne desgajada.

Desde la herrumbre de los camarotes
oigo llegar el helado lamento de un niño
devorado por felinos de arena.

Mis novelas no han transcurrido siempre en escenarios exóticos. Una de las primeras que publiqué —hoy descatalogada—, que en su versión original se llamó *Lord Paco* y en la segunda *Muerte a destiempo*, nació de una manera un tanto original, después de una noche de juerga con dos amigos, Fernando Puig de la Bellacasa y Manolo Cacho, alrededor del año 1982. Como ya he explicado, nos habíamos conocido en un viaje a la India formando parte del séquito de los Reyes de España, ellos integrados en el grupo de funcionarios y yo en el de periodistas. Esa noche de juerga en Madrid recorrimos varios locales nocturnos, algunos de ellos de bastante baja estofa y mala fama; en cierta forma, llevamos a cabo un viaje urbano.

Era un martes o un miércoles y, en alguno de los garitos, perdí mi cartera. Llevaba en ella toda mi documentación y un billete de lotería para el sorteo del siguiente sábado.

El día posterior a la juerga volví a los locales donde había pasado parte de la noche y ninguno de los empleados había encontrado mis documentos. De modo que me resigné a comenzar el penoso trámite de pedir nuevas copias del carnet de identidad, el de conducir, el de profesional del periodismo y algunos otros. No llevaba nada de dinero en la cartera, pero sí algunas tarjetas con mi dirección y telefóno, por lo que pensé que quizás alguien podría llamarme y devolvérmelo todo. Me olvidé por completo del décimo de lotería.

A media tarde del domingo recibí una llamada de teléfono en mi casa. La voz del otro lado del hilo sonaba algo castiza, un punto chabacana y con el deje propio de una persona algo beoda.

—Oye, ¿eres Javier Martínez Reverte? —dijo la voz. Luego escuché una prolongada sorbición de mucosidades.

—Pues sí. ¿Con quién hablo?

—¿Has perdido una cartera?

—¿La ha encontrado usted?

Tosió con fuerza antes de añadir:

—¿Llevabas un billete de lotería?

—Ahora que lo menciona, creo que sí.

—Pues no te ha tocao ni un duro.

—Pero ¿tiene mi documentación?

—Claro, lo tengo todo. Y la lotería que no ha tocao.

Quedamos en vernos una hora después, en el mostrador del Café Comercial de la Glorieta de Bilbao. Yo llegué un cuarto de hora antes, deseoso de recuperar lo más pronto posible mi documentación, no fuese que aquel extraño tipo se arrepintiera.

Él me reconoció, quizás por la foto del carnet de identidad, y se acercó después de cruzar la puerta acristalada. Era un muchacho joven, quizás de unos veintidós o veintitrés años, pequeño de estatura, muy delgado, rostro largo y demacrado y casi barbilampiño. Tenía el pelo oscuro, rizado y sin peinar. Vestía ropas viejas y a todas luces hacía unos cuantos días que no se lavaba. Se movía nervioso.

—Eres Javier Martínez, ¿verdad?

Me tendió la cartera. En la temblorosa mano cubierta de mugre, los largos dedos mostraban un fuerte color amarillo tostado, la huella inconfundible del tabaco.

Miré dentro. No faltaba ningún documento. Tampoco el décimo de lotería. Sin preguntarle, pedí al camarero dos cañas de cerveza y le ofrecí al chico un cigarrillo, que aceptó de inmediato.

—¿Y qué hubieras hecho con mi documentación si llega a tocar la lotería? —le pregunté.

—Pues me habría quedado con el décimo y hubiera echado la cartera en un buzón de correos. Es lo que dicen que se hace, ¿no?

—Un detalle por tu parte. ¿Y por qué no lo has hecho en lugar de llamarme?

—Por si me caía alguna recompensa. Es lo que dicen que suele hacer la gente cuando le devuelven algo que ha perdido.

Me hizo gracia la salida. Busqué en mis bolsillos y le entregué un billete de mil pesetas.

Sonrió, mostrando una dentadura irregular y sucia.

—Bueno, ahora que tengo dinero, puedo invitarte yo a una caña con los colegas. Es ahí al lado, en Malasaña. El sitio no es muy guay para gente de tu clase. Pero es donde voy yo con mi gente. Me llamo Chema.

Le acompañé. Y, dicho con ánimo de metáfora, aquello fue parecido a un descenso a los reinos de Satanás. Era invierno y había caído la noche. En la plaza del 2 de Mayo, ardían varias hogueras y grupos de vagabundos, jovenes alcohólicos, drogadictos y prostitutas se calentaban al fuego. En un pequeño local, que no era más que un mostrador al final de una salita, con una puerta al fondo que daba a los lavabos, el humo de los cigarrillos llenaba el aire y borraba casi el perfil de las figuras. Olía fuerte a marihuana. Entramos y el muchacho pidió una frasca de recio vino tinto sin preguntarme. Después, me dejó solo, se alejó con otro joven a un lado del bar, entró en el cuarto de baño y al rato salió relajado y con aire de desenfado. Sin duda se había «pinchado» o tomado alguna pastilla.

Charlamos un rato sobre su mundo y su vida. Decía que vivía con su «vieja» y que estaba buscando trabajo de chófer y que si yo podía conseguirle alguno. Le pregunté por la droga y me respondió que se inyectaba heroína de cuando en cuando.

—¿Y crees que yo podría probarla tan sólo una vez sin peligro de engancharme?

—No te lo aconsejo. Engancha en cuanto la pruebas. Y te lleva al infierno.

—¿Y por qué la tomas?

—Yo estoy en el infierno, ¿no lo has notado?

Continuamos viéndonos en las semanas que siguieron. Yo le daba algo de dinero y él me llevaba a los lugares más lúgubres y tenebrosos de la noche madrileña. Conocí a otros muchachos y muchachas drogadictos y alcohólicos. Y chicas que eran casi unas niñas y se prostituían para lograr dinero con que comprar heroína o pastillas. No fueron viajes agradables los de aquellas noches.

Chema me insistía siempre en que le buscara trabajo como chófer. Yo le insistía en la necesidad de que hiciese una cura previa de desintoxicación. Quise ayudarle pero él no me lo permitió. No sé qué habrá sido de él, quizás esté ya muerto. Tenía los números de teléfono de mi casa y el trabajo, pero nunca me buscó después de que yo dejé de llamarle. Creo que era un chico digno y noble.

La novela que hice a partir de aquellas experiencias trata de un asesinato en el Madrid de Malasaña, en los escenarios de los bajos fondos de la droga y la delincuencia adonde viajé con Chema. Cuando se publicó, algún crítico la tomó como una historia real que yo había novelado. Y eso me halagó más que ninguna otra cosa. Porque, para mí, este tipo de narraciones son algo así como la mentira que no miente, pues constituyen casi un camino de ida y vuelta en el que la literatura cumple la función de una criba que actua sobre la realidad, con el objetivo de separar el grano de la paja. A menudo la literatura debe cumplir la función de hacer verosímil la vida.

9
Soltando amarras

Al partir para un viaje, a quien tiene que decir adiós el escritor es a sí mismo.

WILLIAM SOMERSET MAUGHAM, *El caballero del salón*

Al viajar, paseamos un sueño, afirma mi amigo Manu Leguineche. O «viajamos literariamente», sentenció Bruce Chatwin, un escritor de quien no me gusta casi nada de cuanto ha escrito, salvo esa frase. En mi particular mitología viajera, lo que busco es contrastar con mis sentidos la realidad de lugares sobre los que he leído mucho y que han despertado mis emociones. A poco de abrir *El corazón de las tinieblas*, de Joseph Conrad, deseé navegar por el río Congo y lo hice unos años después. De la misma forma, he visitado la Cuernavaca de Lowry, paseado por los campos manchegos de don Quijote y Sancho, recitado una oración fúnebre ante el túmulo de los griegos muertos en Maratón, navegado el golfo de Lepanto tratando de imaginar el velamen de la galera *La Marquesa* y al fantasma del soldado Cervantes, pateado los campos cretenses de Kazantzakis, bebido en el habanero Floridita un daiquiri en honor de Hemingway, surcado las aguas del Yukon de Jack London y recitado el comienzo del *Ulises* de Joyce en la torre de Sandycove el *Bloomsday* (Día de Bloom). Son sólo algunos ejemplos, porque la lista de mis mitos viajeros ocuparía bastante más espacio si recorro con minuciosidad su geografía.

Creo que ya he dicho que, en mi opinión, muchos viajamos un poco de la misma manera, necesitados de que nuestros sentidos se comuniquen con nuestras nostalgias. Porque en ocasiones se tiene nostalgia de lo que no se conoce. Esa nostalgia yo la percibo a menudo y pienso que es un sentimiento bastante más común de lo que pensamos en la naturaleza humana.

Pero eso no explica por completo las profundas razones de la pasión viajera. En un mundo como el nuestro, en el que la tecnología de las comunicaciones ha alcanzado un poder que nuestros antepasados no podrían imaginar ni en sus visiones más alocadamente futuristas, pocas cosas pueden permanecer mucho tiempo cerradas al conocimiento, incluso casi nada escapa a nuestra curiosidad particular. Nos sentamos ante el televisor, manipulamos un rato con el mando a distancia, y podemos ver la superficie del planeta Marte, la barriga de un termitero, el rincón más insalubre de la selva amazónica, las honduras abisales de los océanos, la escondida guarida del tigre indio y el nido remoto del cóndor andino. ¿Para qué irnos a un país lejano si su visión nos la sirven a la carta en la pantalla del televisor de nuestra casa?

Pues bien: pienso que una de las íntimas razones que en estos tiempos nos impulsan a viajar es la necesidad de dar satisfacción a nuestros sentidos. Tenemos que escuchar el viento y el oleaje, pero no mezclados con pureza a través de una mesa electrónica de control de sonido, sino con todo su estruendo y su carencia de limpieza: en su realidad caótica, en suma. Necesitamos las voces de los otros, la algarabía tronando alrededor, y el vacío abismal de los silencios. Nos hace falta tocar y que nos toquen, percibir en la piel la caricia de la lengua caliente del trópico y el arañazo de las uñas del frío del glacial. Queremos saborear lo dulce y lo salado, lo acre y lo sutil. Y queremos ver, con esa expresión tan exacta que dice «con nuestros propios ojos», la realidad que nos circunda. Hoy en día, son nuestros sentidos quienes nos hacen viajeros, no nuestra mente. Y por eso, el secreto del arte de viajar está en saber abrirse a las sensaciones antes que a la reflexión. El viaje es, sobre todo, una aventura sensual y sentimental.

«Entre los dones de la tierra —escribió Rudyard Kipling— hay pocos comparables a la alegría de entrar en contacto con un nuevo país. Tanto da que se hayan escrito sobre él enciclopedias enteras; cada nuevo espectador es, para sí mismo, un Hernán Cortés.»

Hasta hace pocas décadas, los españoles abandonaban su tierra natal para emigrar en busca de trabajo y pan, o se exiliaban a causa de las persecuciones políticas. Hoy se viaja, sobre todo, por el deseo de conocer. Y ese hábito se ha extendido en los últimos años como una benigna epidemia. «Hacer el viaje» de cada año es casi un rito para muchos iberos, como celebrar el cumpleaños o las bodas de plata. Se trata de un fenómeno que, sin duda, ha contribuido no poco a enriquecer nuestro espíritu.

No obstante, lo que distingue al viaje literario de los otros es que, en el primero, se dejan un buen puñado de cosas al azar y se busca que suceda lo imprevisto. Creo que los mejores momentos de mi vida de trotamundos han sido los que he decidido desviarme de la ruta trazada con anterioridad.

Claro está que algunos de estos desvíos estuvieron a punto de costarme muy caros. Pero como decía Paul Bowles: «Sólo merece la pena hacer las cosas que pueden terminar muy mal». En todo caso, cuando me dirijo hacia un sitio sin que exista una razón poderosa que me empuje hacia allí, siempre tengo la impresión de que me he quitado algo parecido a esas incómodas anteojeras que les ponen a los caballos para que no se aparten de su camino.

En el fondo de todo esto subyace el gusto por la aventura, palabra que no identifico con el amor al peligro, sino con la atracción por lo desconocido. El viaje, la aventura y la literatura tienen en su fondo un mismo significado: acercarte al territorio de lo ignorado con el solo bagaje de tu libertad, intentando con ello detener el tiempo. Vano empeño, desde luego. ¿Pero por qué no intentarlo? Como gusta de repetir Claudio Magris, «Hay que tratar de alcanzar el Jordán aun a sabiendas de que no podremos llegar nunca».

La aventura es descorrer la cortina para ver lo que se esconde en el otro lado. Viajar es encaminarse hacia ese lugar en el que nunca has puesto tus pies. Y escribir un libro no es más que abrir el cuaderno o encender el ordenador y empezar a buscar las palabras que han de conducirte a un relato, o a una reflexión, cuyo desarrollo y final no conoces en toda su dimensión. Alguna razón habrá para que la palabra aventura, en algunas lenguas, incluida la nuestra, rime con literatura. En mi caso, creo que viajar me ha ayudado a formarme como escritor, que me ha enseñado en cierta forma a escribir. Y a vivir, claro.

«Estoy atormentado con el perenne prurito de las cosas remotas —decía el personaje Ismael, de Herman Melville, en su monumental *Moby Dick*—. Sueño con navegar por mares prohibidos y abordar costas bárbaras.» Es el mismo anhelo que alentaba el ánimo del Ulises homérico. Se trata de dar rienda suelta a la nostalgia de lo que no conoces y acudir al lugar concreto con tus sentido abiertos a lo ignoto, un impulso muy semejante al de la vocación literaria.

Desde que dejé el periodismo a tiempo completo y viajé con el ánimo de escribir libros, mirando de otra forma la realidad, no sólo cambió mi literatura, sino mi manera de viajar y creo que, también, a mí mismo. Por encima de todo, me cambiaron las personas que encontraba en el camino, me transformaron las gentes del Sur, y muchas de sus reflexiones me hicieron cuestionarme una buena parte de mis ideas sobre la condición humana y planteármelas de una forma más viva y profunda. Aquellos días de viajes oficiales, en los que recorría las ciudades a bordo de coches de ventanillas oscuras, a toda hora acudiendo a actos oficiales y banquetes, saludando a presidentes y ministros y embajadores, y escribiendo crónicas sin otra sustancia que la política o el protocolo, no me habían aportado otra cosa que un anecdotario más o menos divertido. ¿Pero dónde estaba la vida? ¿Qué me ofrecía todo aquello? ¿Qué es lo que aprendía del mundo?

Cuando en cierta ocasión pregunté a una muchacha saharaui qué significaba para ella la palabra paz, me respondió: «Tener un frigorífico y una lavadora». En Etiopía, un taxista me dijo: «África está llena de niños listos y adultos tontos. La miseria embrutece». Navegando el río Congo, un pasajero del que me hice amigo, que iba desde Kinshasa al lejano pueblo de Boma para ejercer un empleo de ingeniero agrónomo, me dijo alegremente: «Lo más humillante que puede sucederle a un hombre es no poder trabajar en lo que de verdad conoce. Yo me gradué en Bruselas con veinticuatro años de edad y tengo ahora cincuenta. He vivido humillado veintiséis. Pero por fin voy a ser yo mismo».

En un campamento de prisioneros marroquíes, el saharaui Ahmed Du me llevó a hablar con algunos de ellos. Los trataba con extrema cortesía y yo le mostré mi aprecio por la forma tan generosa que tenía de dirigirse a sus enemigos. Él respondió: «Un prisionero no es un enemigo; es un hombre vencido». Maidole, la bonita niña nicaragüense de Jalapa, me preguntó una vez: «¿Cómo es un país sin guerra, señor?». En fin, encontré a una mujer en Split cuyo marido se encontraba en el Sarajevo cercado por los serbios radicales. Cuando supo que iba a ir a la ciudad, me pidió que le llevara a su esposo una bolsa con alimentos. Además de eso, me dio doscientos marcos alemanes para él, el único dinero que poseía. Yo le dije: «Señora, usted no me conoce, puedo quedarme con el dinero y no buscar a su marido». Ella respondió: «En este país nos hemos acostumbrado a confiar en los desconocidos y a desconfiar de los conocidos».

Viajando, aprendí mucho sobre la miseria, la tristeza y el dolor, pero también sobre la generosidad, la dignidad y la fe. Y decidí que eran estas cosas sobre las que quería escribir y para las que el periodismo me resultaba insuficiente.

Ciudad de Guatemala, Kinshasa, Manila, Dar-es-Salam, Lima, Maputo, Manaos, Addis Abeba, Tegucigalpa…, tantas otras. ¿Qué nos dicen esas ciudades de calles rectas y polvorientas, atestadas de gentes que pululan de un lado a otro? ¿Cuál es la historia de esas ciudades, cuáles sus tradiciones? ¿Las dibujó alguna vez algún pintor, retrató su geografía algún fotógrafo de renombre? ¿Tuvieron un poeta que las cantara? Escribimos a veces en los periódicos sobre su pobreza, el caos de su tráfico, el calor abrasador, las plagas que las asolan en ocasiones, su contaminación, su hacinamiento, la escasez de productos, su falta de servicios, la carencia de hospitales y de escuelas. Y fotografiamos de cuando en cuando sus desdichas. ¿Pero quién las ama?

Ya no entro en sus calles oculto en un coche de cristales ahumados, detrás de los que puedo mirarlo todo sin ser visto por nadie de afuera. Desde el puerto, desde la estación o desde el aeropuerto, me dirijo a la ciudad en autobús o en un taxi colectivo con las ventanillas bajadas, oliendo sus aromas y sus hedores. Veo enormes barriadas destartaladas, repletas de casas de madera, e incluso de cartón duro, y techos de uralita, algunos remendados con plásticos. El asfalto, si existe, está destrozado y las basuras se amontonan en las aceras, junto a todo tipo de desechos, desde latas de conservas vacías a neumáticos inservibles. Huele a excrementos, agua estancada y carne podrida. En su mayoría, las gentes visten harapos, una buena parte van descalzas y a menudo cargan fardos sobre la espalda o sobre la cabeza. Hay niños de mirada perdida que parecen no hacer nada salvo buscar cosas que no existen en el suelo y el aire. La mayoría de los vehículos a motor visten una carrocería de tres o cuatro décadas de edad y marchan renqueantes, echando por el tubo de escape insanas humaredas de gasolina quemada. Aquí y allá, sorteando a los coches, burros y pencos tiran de carritos cargados de trastos en apariencia inútiles y de mercancías baratas. Con frecuencia, aparecen extraños edificios de hormigón, muy altos, que se elevan sobre la multitud de casitas bajas. Son edificios abandonados, a medio construir, que nadie parece interesado en terminar ni en habitar. Hay pequeños mercados donde escasea casi todo y la miseria se reparte por igual entre compradores y vendedores. En las calles, apenas hay semáforos y los que quedan no funcionan o están rotos o cuelgan agónicos entre los árboles escuálidos. Cuando tu coche se detiene en un inmenso atasco de tráfico, se acercan a tu ventanilla hombres, mujeres y niños en demanda de limosna. Hay mutilados sentados en las aceras con un cacillo ante los pies en el que brillan un par de monedas y, en ocasiones, leprosos que muestran un muñón intentando despertar tu caridad. Hay peluqueros que ofrecen sus servicios al aire libre, con un espejo colgado del tronco de un árbol, un taburete para la clientela y un cartel en el que él mismo ha dibujado los tipos de rapado de pelo que constituyen su especialidad. Hay hombres con máquinas viejas de escribir que ofrecen redactar instancias o cartas de amor a quien lo precise. Hay ciegos que caminan del brazo de sus lazarillos con la mano extendida en espera de algún óbolo. Las calles no tienen nombre. Si ha llovido la noche anterior, los coches escupen el barro a las aceras y ensucian a los peatones. Pero a muy pocos parece importarles.

A veces debes recorrer varios kilómetros hasta alcanzar el centro de la ciudad. Allí se alzan unos cuantos edificios altos, unos pocos hoteles, un par de establecimientos bancarios, las sedes de los departamentos del Gobierno, una o dos pizzerías, una hambuguesería de alguna cadena americana y quizás cuatro o cinco bares de alterne con chicas locales. Se ven coches algo más modernos y hay todavía gentes vagabundas que van de un lado a otro con aire desorientado, aunque ahora son muchas menos. Pero, sobre todo, hay policías, legiones de policías. Incluso en las puertas de los hoteles ves hombres grandes, de rostro de boxeador, armados con bastones y pistolas. Y en las aceras próximas al hotel forman hilera una decena de taxis de lujo, taxis de confianza de los dueños del hospedaje, cuyas carreras suponen un costo veinte o treinta veces superior al de los taxis colectivos.

Cuando iba a estas ciudades como periodista, me alojaba en esos hoteles donde cualquier servicio se pagaba en dólares o con tarjetas de crédito. Los salones estaban llenos de hombres blancos y, ocasionalmente, veías algún cliente negro en cuyos dedos y cuello refulgían el oro y las piedras preciosas. Los camareros eran gente reclutada en el país a muy bajo costo y vestían con chaqueta corta, camisa de cuello almidonado y pajarita negra o roja. El aire acondicionado funcionaba a la temperatura adecuada, en el piano del bar sonaba algún tema de los Beatles y podías tomarte en el mostrador una cerveza alemana, un whisky escocés o un coñac francés. La mesa del bufet rebosaba de alimentos bien condimentados y vinos surafricanos, americanos, australianos o franceses. En tu habitación, merced a la antena parabólica, se podían captar emisoras de muchos lugares del mundo y, en la cadena de pago, se ofrecían películas pornográficas para viajeros aficionados al onanismo.

Ya no entro en esos hoteles ni añoro sus comodidades. Si acaso, alguna vez, cuando estoy harto de comer lo mismo y de cierta escasez, voy a la hora del almuerzo y tomo el bufet del día. También, si llego a una ciudad en la que existe un hotel histórico, un hotel citado por escritores y que sirvió de hospedaje a ilustres personajes de la historia y de la literatura, me alojo allí una noche. El Raffles en Singapur, el Grande Bretagne en Atenas, el Ritz de París, el Old Cataract de Asuán, el Pera Palace de Estambul... y muchos más. Casi siempre me ofrecen algún tema para mis libros.

Me atraen las horas de la noche en esas ciudades del Sur. Muchos de sus habitantes apenas duermen, sencillamente porque no tienen dónde hacerlo, o porque es tanta la población y resultan tan pequeños los hogares que hay que dormir por turnos. Salvo en las calles del centro, normalmente no existe el alumbrado público y, en muchas urbes, la luz se corta por las noches durante varias horas. Caminas entre sombras, casi a ciegas, guiándote por las lucecitas de algunas casas que mantienen encendidas lámparas de queroseno, de gas o de carburo. Te sorprende encontrarte con mercados nucturnos, entre cuyos tenderetes sombras humanas se mueven con linternas. Para una gran cantidad de personas, en muchas de estas ciudades, la noche no existe como tiempo para el descanso y el sueño, sino que supone largas horas de oscuridad.

Y entonces, al doblar una calle, vas a dar con una plaza en la que hay una hoguera de llamas enormes que trepan hacia el cielo tenebroso. Alrededor se arrima la gente. Charlan en grupos, juegan a las damas en el suelo e, incluso, algunos cantan y bailan. ¿Por qué cantar y danzar cuando hay tanta miseria y aflicción en sus vidas?

—Hoy han sobrevivido —me explicó un misionero en una ciudad africana—. Y ése es un buen motivo para alegrarse. Mañana, ya veremos.

Una tarde, durante mi primer viaje por Uganda, regresaba a la capital, Kampala, a bordo de un todoterreno con chófer por una carretera polvorienta. En una curva del camino, nos cruzamos con una camioneta de caja abierta, de ese tipo que llaman *pick-up*, tan abundante en los países del Sur. Al menos una decena de africanos viajaban detrás, apretados como el ganado. Y entre ellos, recuerdo que distinguí a un joven blanco: sujetaba una mochila con el brazo derecho y las piernas le colgaban fuera de la caja. Era moreno, de pelo alborotado, vestía pantalones cortos y una camiseta negra, y calzaba grandes botas sobre calcetines negros.

Lo recuerdo con tanta nitidez porque, de inmediato, pensé que aquel muchacho sí que era un verdadero viajero. Me produjo una enorme envidia. Y desde entonces, cuando he viajado solo, lo he hecho como él: con una mochila en la que llevo las cosas imprescindibles y usando los transportes locales. Es incómodo, sin duda; pero me conforta el alma, me rejuvenece, me hace sentir que es cierto que viajo, todo lo contrario a que me lleven de viaje.

Cuando tenía diez años, mis padres alquilaron una casa de verano en Valsaín, un pequeño pueblo de la serranía segoviana cercado por inmensos pinares y donde corren las aguas limpias del río Eresma. Había muy pocos chicos con los que jugar en aquella pequeña localidad y la mayor parte de los días me iba solo al río, a pescar renacuajos y ranas que luego guardaba en botes con agua. También capturaba lagartijas y grandes lagartos que ataba con una cuerda a la pata de la cama, hasta que mi abuela los descubría y los mataba a escobazos.

La naturaleza significaba para mí la libertad plena, la alegría, el mundo en colores vivos tan alejado del Madrid gris de la posguerra. Irme en verano de la ciudad y recorrer libremente los bosques que en invierno tan sólo podía ver durante las excursiones, la mayor parte del tiempo a través de la ventanilla del autocar, me hacía sentirme en el escenario mismo de las ensoñaciones que me provocaban los tebeos, los libros y las películas de aventuras.

Pero ya he dicho que en Valsaín apenas tenía con quien jugar. Mis hermanos eran todavía demasiado pequeños y no había casi niños en aquel pueblo, aparte de los de las otras dos familias de veraneantes que ocupaban otros dos pisos de la misma casa grandota en la que nos alojábamos nosotros. La única panda de pequeños con la que podía jugar la constituían casi por completo niñas, poco partidarias de imaginar aventuras en el salvaje Oeste o en las junglas. En general, al anochecer, en el patio delantero de la casa, ellas preferían entretenerse con juegos como las prendas o el escondite, no exentos de cierto contenido erótico. Cuando los adultos no andaban cerca, las niñas algo mayores nos buscaban a los niños menores que ellas para ensayar besos iguales a los que veían en el cine.

Todas las mañanas, mi madre y mi abuela nos llevaban a mis hermanos y a mí a bañarnos a las pozas del río Eresma, adonde solían ir también las otras familias de veraneantes. Los críos y las crías chapoteábamos en el agua helada y jugábamos a aguadillas. Yo me cansaba enseguida. Me alejaba de los demás y me internaba un rato en el bosque, o me iba río arriba e intentaba atrapar truchas metiendo la mano en las cuevecillas de las riberas del río. Muy pocas veces lo lograba. Y de cuando en cuando, me llevaba un buen susto al sacar del agujero una escurridiza e inofensiva culebra de agua.

Por las tardes, en la hora de la siesta y mientras los mayores y mis hermanos dormían, me largaba al monte y buscaba a un chico algo mayor que yo, hijo de un ganadero, que cuidaba de las vacas sueltas por los pastos cercanos al pueblo de Valsaín. Era un maestro contando historias. Me quería hacer creer que en los bosques que trepaban a los cerros del oeste, en una montaña que llamaban la Mujer Muerta, todavía podían encontrarse lobos. También que el fantasma desnudo de aquella mujer que daba nombre a la montaña salía a pasear las noches de luna llena, llorando desconsolada por haber perdido la vida. Yo no me creía esa historia; pero sí lo de los lobos. Mejor dicho: lo de los lobos estaba deseando creerlo.

Así que un día me preparé un bocadillo, llené una cantimplora con agua y, a la hora de la siesta, me interné en los bosques. Subí a la cumbre de una montaña y alcancé a ver, más abajo, un embalse de aguas quietas, imagino que el de Revenga. Y mientras lo contemplaba desde la altura, me pareció distinguir cómo asomaba durante unos instantes en la superficie del agua el lomo oscuro de un enorme animal. Tal vez fuera un pariente del monstruo del Loch Ness o, quizás, durante los años posteriores, mi fantasía infantil fue agrandando la espalda de una carpa grande hasta convertirla en un ser mitológico.

Caminé durante horas entre los pinares, disfrutando de una libertad que no había conocido nunca antes y tratando de escuchar el aullido lejano de los lobos. En un pequeño calvero del bosque, estuve a punto de pisar una serpiente que, enroscada como una soga, parecía disfrutar del calor del sol. Di dos pasos hacia atrás al verla y ella levantó el cuello como una cobra y sacó hacia mí la afilada lengua de bífida. Recuerdo que su cuerpo era de un color casi blanco, quizás porque acababa de mudar la piel, y que tenía los ojos y la lengua muy negros. La esquivé dando un rodeo mientras mi corazón palpitaba con fuerza y percibía, emocionado, que aquélla era una buena aventura.

Orientándome por el sol, en ningún momento me sentí perdido. Regresé de atardecida a mi casa, con hambre, muy fatigado, pero poseído por un inmenso orgullo. Mi abuela me echó una buena reprimenda y me dio un par de azotes. A pesar de no haber visto ningún lobo, yo me sentía casi un héroe, como los personajes de los libros que despertaban mi admiración y cuyas vidas quería interpretar. Creo que aquel día no me hubiese importado que me dieran una veintena de latigazos atado al palo mayor de un navío, castigado por mi indisciplina, en uno de aquellos barcos que surcaban los océanos bravos de la literatura de piratas.

Un par de meses más tarde, regresamos a Madrid y comenzó el nuevo curso escolar. Volvieron los curas con sus oscuras sotanas, los castigos, los palmetazos en la mano con la regla de cálculo cuando te consideraban desobediente, las aulas frías, las calles del Madrid gris y polvoriento de la posguerra. Y decidí escaparme de aquel mundo y refugiarme en mis amados montes libres de Valsaín, junto al río Eresma.

Preparé con minuciosidad la fuga. Puesto que pensaba vivir de la caza y de la pesca, empecé a acumular todo lo necesario para la empresa. Debajo de mi cama, escondí una vieja escopeta de perdigones, municiones, un cuchillo de monte, cantimplora, una tienda de campaña fabricada con pedazos de tela, una manta vieja, cuerda para hacerme una caña de pescar, cerillas, una linterna y no sé cuántas cosas más por el estilo. Ahorré de mi paga semanal y sisé a mi madre algo de dinero hasta juntar veinticinco pesetas, que era el precio de un billete de autobús de línea hasta La Granja, a una decena de kilómetros de Valsaín. Y le escribí una carta a una chica de mi edad, de la pandilla de niñas que jugaban a las prendas y se bañaban en la misma poza que mis hermanos y yo, animándola a fugarse conmigo. No es que me gustase especialmente la niña, pero influido por la lectura de Tarzán, pensaba que no se puede vivir en el bosque sin la compañía de una mujer audaz. Y aunque la niña no se llamaba Jane, sino Mari Carmen, para el caso era lo mismo, puesto que yo me llamaba Javier y no Tarzán. No recibí respuesta suya, así que no me quedó más remedio que irme solo: ya encontraría alguna Jane en los bosques, si es que era imprescindible.

Sin embargo, el día previsto para la fuga, mi padre regresó del trabajo antes de lo acostumbrado y se quedó unas cuantas horas en casa. No cesó de charlar conmigo y en más de una ocasión me miraba con guasa, conteniendo la risa. Por la tarde, toda mi impedimenta expedicionaria había desaparecido de su escondrijo. Tengo la impresión de que alguno de mis dos hermanos, con los que compartía habitación, reveló mis planes a mis padres. Nadie me dijo nada, de todas formas, y yo desistí de intentarlo de nuevo.

En los últimos años, algunas veces me acerco hasta Valsaín, paseo cerca de sus pinares, me asomo al río y pienso que aquello de la fuga fue una buena idea. Luego, regreso al pueblo, me siento frente a la casa de dos pisos que compartíamos las tres familias de veraneantes y donde pasé aquel verano que marcó mi infancia y mi vida. Sigue en pie, decrépita, con los postigos y las puertas cerradas. Allí, junto a la planta baja, que entonces era una tienda de comestibles, se encuentra el mismo banco de piedra de granito en el que jugábamos algunas veces a las prendas con las niñas al arrimo de dos olmos. Y en la parte trasera, aún permanecen las cabañas de madera donde al final de aquel verano los dueños de la finca procedieron a llevar a cabo todo el impresionante ceremonial —al menos lo era para los niños de la ciudad— de la matanza del cerdo.

Más abajo, al final de un terraplén, el río aún se remansa en la pequeña presa donde pescaba los renacuajos y las ranas, y que alcanzaba a ver desde la ventana del cuarto en el que dormía junto a mis dos hermanos varones. Medio kilómetro a la izquierda, se arraciman las casas del pueblo, junto a uno de los altos muros de lo que fuera un pabellón de caza de los Austrias, destruido por un terremoto hace dos o tres siglos. Siguiendo la loma que hay tras el pueblo, en la altura, pastan vacas y toros vigilados por algún que otro chaval. Y arriba puntean las crestas cubiertas de pinos que miran hacia la Mujer Muerta. Todavía siento el deseo de subir hasta allí y ver qué se esconde detrás de la montaña.

Sentado frente a la casa, puedo casi escuchar las voces de los míos: las regañinas de mi abuela, las risas alegres de mi madre, las canciones absurdas con que nos divierte mi padre, el jaleo que forman mis hermanos pequeños y el llanto de la menor de todos. Y a menudo imagino que me encuentro con aquel niño que se fue a explorar la montaña de Valsaín una tarde de verano y que se topó con una serpiente que dormía la siesta bajo el sol, un ofidio pequeño que se enfadó y se alzó desafiante y bravo, imitando a una cobra india, ante la presencia de un chaval que soñaba con parecerse a los héroes de los tebeos, las películas y los libros.

A ese niño que fui le digo que, durante los años siguientes, mi pretensión más ambiciosa no ha sido otra que estar a su altura.

—¿Cuál ha sido el mejor de sus viajes? —me preguntan a menudo los jóvenes periodistas.

—El mejor de los viajes es el próximo —les contesto.

Y se alegran al oírlo, porque ya habían leído la respuesta en internet, en alguna de las entrevistas que me han hecho otros jóvenes periodistas durante los meses anteriores.

Amigo lector, ¡salud y aventuras!
Vale.

Escrito en la ciudad de Madrid
y en un pequeño pueblo del valle del Lozoya,
entre febrero de 2005 y enero de 2006.

Índice